彼得堡故事

[俄] 果戈理 著

满涛 译

据 Н.В.ГОГОЛЬ.СОБРАНИЕ СОЧИНЕНИЙ В ШЕСТИ ТОМАХ（МОСКВА,ГОСЛИТИЗДАТ,1949）翻译。

图书在版编目(CIP)数据

彼得堡故事/(俄罗斯)果戈理著;满涛译.—北京:人民文学出版社,2022
(果戈理三大小说集)
ISBN 978-7-02-016931-3

Ⅰ.①彼… Ⅱ.①果…②满… Ⅲ.①长篇小说—俄罗斯—近代 Ⅳ.①I512.44

中国版本图书馆 CIP 数据核字(2022)第 014997 号

责任编辑　柏　英
装帧设计　黄云香
责任印制　王重艺

出版发行　人民文学出版社
社　　址　北京市朝内大街166号
邮政编码　100705

印　　刷　三河市中晟雅豪印务有限公司
经　　销　全国新华书店等

字　　数　176千字
开　　本　850毫米×1092毫米　1/32
印　　张　11.375　插页1
印　　数　1—5000
版　　次　1957年4月北京第1版
印　　次　2022年3月第1次印刷

书　　号　978-7-02-016931-3
定　　价　68.00元

如有印装质量问题,请与本社图书销售中心调换。电话:010-65233595

目次

序 / 001

涅瓦大街 / 001

鼻子 / 055

肖像 / 095

外套 / 177

马车 / 223

狂人日记 / 243

罗马：片断 / 281

序

尼古拉·瓦西里耶维奇·果戈理（1809—1852）被别林斯基誉为"文坛盟主，诗人魁首"，被车尔尼雪夫斯基称为"俄国散文之父"①，关于果戈理在俄国文学史上的意义已经无须赘述。长久以来人们对果戈理的研究热情长盛不衰，对果戈理及其作品的解读也随着历史语境的变迁而表现出不同的时代特点。

在果戈理时代，别林斯基的文学批评形成了评论界的主流观点，同时也奠定了十九世纪果戈理文学批评的主要基调。果戈理被解读成一个揭露俄国社会黑暗和弊病的现实主义作家，一个伟大的讽刺作家。到了二十世纪初，果戈理的现实主义作家身份开始受到白银时代文学家和思想家的重新审视。梅列日科夫斯

---

① "散文"在俄国文学中通常是指无结构重复和节奏划分、有别于诗歌的无韵文本。短篇小说、长篇小说、中篇小说、随笔、寓言等都属于散文。

基、勃留索夫、别尔嘉耶夫等人纷纷指出，果戈理的作品反映的并不是作者生活的那个时代的现实，把果戈理称作现实主义作家是十分荒谬的，而他同时代的那些批评家们并没有真正理解他。苏联时期的果戈理文学批评实现了向别林斯基传统的回归，以赫拉普钦科为代表的苏联文艺学家再次确立了果戈理的现实主义作家身份，并在此基础上对果戈理的艺术世界进行全面的诗学分析，白银时代学者的声音被逐渐淹没并遗忘。随着苏联的解体，对果戈理的马克思主义研究中断，代之以自由主义研究，果戈理身上被学者们贴上了"宗教作家""浪漫主义作家"的新标签，对果戈理文学遗产的批评表现出多元化、多声部的新倾向。

事实上，无论在果戈理生前还是身后，批评家们对果戈理的看法从未达成过一致。在别林斯基时代，以舍维廖夫为代表的斯拉夫派学者对果戈理作品的批评结论与别林斯基的观点大相径庭；在苏联时代，"永远的反对派"西尼亚夫斯基、《洛丽塔》的作者纳博科夫等海外学者发出了与苏联学者完全不同的声音；直到今天，俄国学者关于果戈理的争论仍在继续，以瓦罗巴耶夫为代表的宗教解读派和以尤里·曼恩为代表的诗学解读派，都坚持自身方法与观点的正确性，互不认可对方的研究成果。果戈理研究的学术史表明，对果戈理及其作品的解读在共时和历时两个维度上都从未有过统一的观点，这一现象本身已经说明了其作品本身的复杂性。经典文学的魅力就在于它具有复杂而多意的深刻内涵，作为读者大可不必受限于文学史上对作品已经形成的定见，阅读的美好在于享受阅读过程，感受文字背后的思想，并与作者展开跨越时空的心灵碰撞。伟大的文学作品往往能让读者的心灵在碰撞中产生更多的花火，照亮，甚至改变读者的灵魂底色。果戈理的创作无疑是具有这种影响力的。

阅读是对作家最好的纪念与缅怀。在果戈理逝世一百七十周年之际，人民文学出版社推出了"果戈理三大小说集"——《狄康卡近乡夜话》《密尔格拉得》《彼得堡故事》。这三本小说集涵盖了果戈理所有中短篇小说创作，写作过程历时十余年，几乎延续了果戈理的整个创作生涯，体现了果戈理在不同时期的创作主题和艺术风格。

一

《狄康卡近乡夜话》（以下简称《夜话》）共有两部，第一部出版于1831年，第二部出版于1832年。《夜话》创作于果戈理在彼得堡供职时期，当时在俄罗斯文化圈中带有浪漫色彩的民间文学十分流行。为了完成《夜话》的写作，果戈理在家信中请求母亲告诉他乌克兰的各种传说故事、传统习俗和奇闻逸事，为他提供写作的素材。果戈理的小说迎合了当时的人们对乌克兰民间文学的兴趣，刚一出版就获得了评论界的好评。在《夜话》出版之前，果戈理不知道这部作品会遭遇怎样的命运，他并没有十足的把握，在此之前，果戈理曾经自费出版长诗《汉斯·古谢加顿》，因为评论界反响不佳，他将未出售的图书从书店中全部购回，付之一炬。但是，这一次命运对他的辛劳和天赋做出了奖赏，凭借《夜话》他名噪一时，顺利敲开了彼得堡文学界的大门。

从整体上看，这是一部充满魔幻色彩的浪漫主义作品，作家讲述了一个个充满精灵鬼怪的神奇故事，塑造了一个远离现实生活的奇妙世界。这些传奇故事的主题与乌克兰民间文学有着紧密的联系，但是果戈理并不是单纯地重复这些主题，而是赋予民间文学主题更加复杂的道德内涵。在《夜话》中，人类并不是总能战胜魔鬼，善良和美德也并不是总能战胜邪恶，这与民间文学中简单的道德范式有着明显的不同，模糊善与恶、神圣与堕落、现实与幻觉之间的界限，这是《夜话》在表面上的轻松欢快的背后隐藏的最本质的，也是最有价值的艺术思想。从《夜话》开始，果戈理打开了地狱之门，魔鬼从此常驻在他的作品之中，与魔鬼斗争的主题在他的创作生涯中贯彻始终。

梅列日科夫斯基指出，"果戈理的'笑'，就是人与魔鬼的斗争。"在《夜话》中，果戈理充分发挥了自己天赋的喜剧才能，对民间生活场景和人物形象的描写充满了喜剧性，带有民间特色的笑话式情节和日常闲聊式语言是形成作品滑稽幽默风格的基础。果戈理继承了普希金《别尔金小说集》的传统，以一个假托作者形象——养蜂人鲁得·潘柯作为故事的讲述人。鲁得·潘柯作为一个庄稼人讲不出文雅的书面语，他用活泼的民间语言讲述自己身边的故事，充满了民间生活的欢乐气息，形成了作品轻松幽默的调性。普希金读过《夜话》之后称赞道："它使我感到惊喜。这才是真正的快活呢，真挚，自然，没有矫饰，没有拘束。"《夜话》的出版让果戈理从此顶了上"喜剧作家"的头衔，以至于当他后来想努力摘掉这个头衔的时候遭到了所有人的反对。

西尼亚夫斯基曾经说过，"果戈理总是需要将极端对立的东西结合在一起"。欢乐与忧伤，低俗与崇高，幻想与现实，在果戈理的创作中常常会复杂地同时出现，这种倾向在《夜话》中初露端倪。《夜话》虽然以鲁得·潘柯的日常口语作为主要的叙述语言，但是果戈理本人的面貌偶尔也会凸显出来，对笔下的景物做出完全超出庄稼人词汇范畴的诗意描绘。有时，果戈理站在旁观者的立场上对笔下充满欢乐的画面做出自己的评价，在明快的曲调中突然插入一两个忧郁的音符，让人在刹那间感受到悲伤的气息。《圣约翰节前夜》《失落的国书》《魔地》等作品中，都是在欢快滑稽的背景之上混入了出人意料的忧伤，作家以令人伤感的抒情插叙提醒读者，欢乐转瞬即逝，而悲伤如影随形。而且，在这部以精灵鬼怪为主要描写对象的小说集中，插入了一篇与幻想毫无关系的作品《伊万·费多罗维奇·施邦卡和他的姨妈》，这篇现实主义小说在《夜话》系列作品中显得十分突兀，乏味的现实生活与充满传奇色彩的魔幻世界形成了鲜明的对比，果戈理是否要借此提醒读者，在恣意的幻想中纵情欢乐之后终究要面对平庸的现实？我们不得而知。但是这篇现实主义作品的出现使《夜话》的浪漫主义风格发生了动摇，这是确定无疑的。

二

1835年2月，果戈理的小说集《密尔格拉得》出版，这本集子的出版确立了果戈理的作家地位，同时也在沉寂多时的俄国文坛引起了强烈的反响。尽管果戈理在文集的前言中指出，"这几篇故事，均系《狄康卡近乡夜话》之续篇"，但是作品的倾向与选题已经与《夜话》有了很大的不同。《密尔格拉得》中虽然只有四篇作品，但却风格各异，主题多样，历史与当下、幻想与现实并存于小说集中。十九世纪三十年代的果戈理正站在两种艺术方法的分水岭上：一边是盛行多年的浪漫主义传统，一边是刚刚崛起的现实主义倾向。果戈理的创作在两者之间摇摆，时而回归浪漫主义，时而倾向现实主义。

小说集中的第一篇小说《旧式地主》被普希金称为"一部诙谐、动人的田园诗"。小说讲述了一对乡村地主夫妇与世无争的田园生活。在他们淳朴自然的生活中，美食占据了中心地位，各种食物接连不断地被他们吃进肚子里。安德烈·别雷曾经数过，亚法纳西·伊万诺维奇一昼夜要吃九次东西。因此，别林斯基在他们身上看到的是地主阶级的寄生性，"接连几十年喝了吃，吃了喝，然后像自古已然那样地死掉。"梅列日科夫斯基在这种田园牧歌式的生活中看到的是不可救药的庸俗习气，他认为，田园诗式的幸福是一切庸俗习气的源泉。而斯坦凯维奇在读过这篇小说之后看到的，却是"平淡而卑微的生活中的人类美好感情"。两位老人心地善良，待人真挚热情，每当有客人造访，他们都恨不得把家中的所有美食拿出来招待客人，在他们明澈的灵魂中没有任何上流社会的虚伪狡诈。老夫妻之间的感情也令人动容，地主亚法纳西·伊万诺维奇在妻子普尔赫利雅·伊万诺夫娜去世之后终日沉浸在对妻子的思念之中，死亡并没有终结他们之间的爱情，反而让他们的感情超越了死亡的界限得到了进一步升华，亚法纳西·伊万诺维奇在即将离开人世时，感受到的不是恐惧，而是即将与妻子团聚的喜悦。对作品的多元化阐释源自果戈理本人态度的模糊性，他对地主夫妇的生活在嘲讽中又暗含着忧伤，而对他们之间至死不渝的爱情既赞美又同情。因此，上述评论家的看法都有其自身的正确性。优秀的文学作品最大的价值就在于能够在读者心中引起不同的美学感受，使读者对作品中的内容做出自己的道德判断。

历史小说《塔拉斯·布尔巴》描写了古代哥萨克为捍卫东正教信仰同异教徒展开的残酷而血腥的斗争，歌颂了哥萨克时代的英雄主义和勇士精神。果戈理主要通过三件事塑造了塔拉斯·布尔巴光辉的英雄形象：第一件事是杀死了背叛祖国和战友的小儿子安德烈；第二件事是当大儿子奥斯达普被波兰人处死、绝望地呼喊父亲时，他不顾自己身处险境，在刑场外做出了回答；第三件事是当他被敌人绑在树上即将被烧死之时，他无视脚下燃烧的熊熊烈火，拼尽最后一丝力气指挥远处的兄弟们安全撤离。果戈理通过布尔巴的形象赞美了俄罗斯精神的强大,"难道在世上能够找到这样一种火、痛苦和这样一种力量,能够战胜俄罗斯力量吗!"小说的整体结构建立在信仰东正教的哥萨克与异教徒的对立上,充满着英雄主义的宗教激情。

小说《维》的主题和内容与《夜话》的联系最为紧密,表现了人与魔鬼的直接冲突。在《夜话》中,人类凭借宗教的力量往往能逼退魔鬼的入侵,但是在小说《维》中这种情况发生了改变,人与魔鬼的斗争更加复杂,无论是十字架还是祈祷,都不能帮助人逼退魔鬼。小说共分为两个部分,第一部分讲述主人公霍马·布鲁特在神学校的生活,第二部分讲述他与魔鬼之间的斗争。第一部分可以说是对他后面的悲惨遭遇的注解和说明。与霍马·布鲁特同时遇到女妖的还有两个人,为什么只有他悲惨地死去?作家认为,这是对霍马·布鲁特一直以来的不洁生活的惩罚。贪吃、酗酒、淫乱、放纵,对上帝缺乏虔敬,对世人缺少慈悲,在他身上承载着堕落的原罪,他为此受到惩罚也是理所应当。而且,霍马·布鲁特在第一次与女巫相遇时,偷吃了女巫家的一条大鲫鱼干,霍马·布鲁特由此背负了对女巫的清偿义务,那么女巫后来找上他自是理所当然。霍马·布鲁特最终死去的地方是一所乡村教堂。教堂是上帝的祭坛,本应受到神的庇护,但是却成为魔鬼肆虐的地方,霍马·布鲁特的祈祷和咒语都没能阻止妖怪的进攻。主人公的悲惨结局也反映了作家内心深处对魔鬼的恐惧以及对东正教信仰力量的怀疑。《维》成为果戈理最后一篇直接描写魔鬼形象的作品,在此之后果戈理不再描写浪漫主义传统中的魔鬼形象,而是转向描写现实生活中的魔鬼。

在小说《伊万·伊万诺维奇和伊万·尼基福罗维奇吵架的故事》中,果戈理通过两个小城地主之间无聊的诉讼呈现了外省地主空虚而庸俗的生活。小说的叙述带有果戈理一贯的幽默调性,讽刺性却比以往的作品更进一步。两个地主曾经是一对形影不离的好朋友,但是因为一件微不足道的小事发生了争吵,直至发展到老死不相往来的地步。两位地主之间既无财产纠纷,也无爱情竞争,更无血海深仇,他们不死不休的姿态完全是生活过于空虚无聊的结果。当生活中没有什么值得关心的大事时,不值一提的小事就会被人们紧紧地抓住不放,把微末之事无限放大,把没有价值的胜利当成自己生存的目标,两个地主就在这种无意义的争斗中消耗了半生的光阴。因此,果戈理在小说的结尾处发出了无奈的感叹,"这世界真是沉闷啊!"一个趣闻一样的故事变成了对现实引人深思的映射。当人性被庸俗玷污、心灵染上肮脏的污点,生活就会陷入非理性的深渊,即便是喜剧，也只能让人发出忧郁的慨叹。

与《夜话》相比，《密尔格拉得》中的感伤气息攀升到一个新的高度，果戈理的"笑"不再轻松愉悦，现实生活的浅薄与庸俗让他的"笑"有了苦涩的味道。

三

《彼得堡故事》中共有七篇小说，其中《涅瓦大街》《肖像》《狂人日记》曾经在1835年出版的《小品集》中发表过。1836年以后，果戈理游历欧洲，旅居罗马，对艺术与宗教、艺术与现实的关系都有了新的看法，因此他对自己的旧作进行了改写，并将它们一起收录在新的作品集中。《彼得堡故事》集中反映了果戈理在创作成熟期的世界观和艺术观。

果戈理笔下的彼得堡是个充满谎言与假象的世界。在这里"一切都是欺骗，一切都是幻影，一切都和表面看到的样子不同！"你眼前看到的纯情少女，其实是个卖身为生的娼妓；那个衣冠楚楚的官僚，其实是个脱离了主人身体的鼻子；看似志得意满、功成名就的画家其实早已失去了最初的才能；那幅看起来人畜无害的肖像画其实蕴含着魔鬼的力量，会把所有拥有它的人引入黑暗的深渊……在这个虚伪的世界里,想要诚实地、高尚地生活的人们注定没有幸福的结局。《涅瓦大街》中,高尚的画家庇斯卡辽夫因为爱情理想的破灭而悲惨地死去,而他的朋友,只把爱情当成享乐的庇罗果夫仍好好地活在世上;《外套》中,兢兢业业的小官吏通过节衣缩食买来的新外套被人抢走,而为此受到训斥并付出生命代价的却是他自己。美德不被奖赏,恶行不被惩罚,果戈理颠覆了传统文学中的道德范式,并以这样的情节设定表现了现实的非逻辑性。

《彼得堡故事》收录的三篇旧作中,《肖像》一篇与旧版相比差别最为明显。果戈理对《肖像》进行了大手笔的改写,新版《肖像》成为果戈理在新时期的美学宣言。果戈理通过小说中的人物——僧侣画家之口,阐明了自己带有神秘主义色彩的基督教艺术观。首先,他认为现实没有高下之分,任何材料都可以成为艺术家描绘的对象,但是这里有一个重要的前提,那就是艺术家的心灵参与,只有心灵纯洁的艺术家才能创造出真正的艺术;其次,有罪的艺术家只有在宗教的怀抱中才能获得拯救,才能洗净自己的灵魂并获得重生;最后,艺术家保持心灵纯洁的奥秘就在于为艺术献身,远离尘世的享受与欢乐,彻底地投身于艺术之中。在《肖像》中果戈理开始表现出说教倾向,明确提出了艺术家的"心灵事业"问题。

与《密尔格拉得》相比,《彼得堡故事》中感伤激情的成分进一步增加,悲苦的情绪始终笼罩在底层社会小人物的身上,营造出一种感人至深、催人泪下的效果。在小说《外套》中感伤的气息达到了顶峰,虽然滑稽可笑的画面仍然存在,但是作品的整体基调已经发生了改变。冷酷的社会现实让身处底层的小官吏没有任何实现幸福的可能,他们饱受屈辱的心灵唯有在幻想中才能获得情感上的安慰与补偿。车尔尼雪夫斯基曾经说过:"那些需要被保护的人在很多方面受恩于果戈理。"果戈理塑造的"小人物"形象提高了这一阶层的个体尊严与人格,让人们意识到"小人物"也是人,也有自己的感情和渴望,也值得被人们珍惜和保护。

最后,关于《马车》和《罗马:片断》需要做一点说明。这两篇小说看上去似乎偏离了"彼得堡故事"的主题,故事的发生地都与彼得堡相距甚远。《马车》中的故事发生在一个小县城,《罗马:片断》中的故事发生在遥远的意大利。果戈理这样安排自有其深意。外省小城既是所有外省城市的缩影,也是彼得堡空间的延伸,在那里发生的一切都和彼得堡生活一样虚幻且不可思议。果戈理借此说明,彼得堡的非逻辑性不仅是彼得堡的地域性特征，而且是具有全俄罗斯的性质。《罗马：片断》在小说集中的意义与《马车》并不一样，它是作为彼得堡的对立面和参照系而存在。果戈理将罗马置于永恒的理想之城的位置上，明朗、热情的罗马与涅瓦河畔灰暗、忧郁的帝国首都形成鲜明的对比，那里才是艺术和艺术家的理想圣地。在果戈理的认知中，理想之城罗马不仅与冷漠、虚伪的彼得堡相对立，而且与整个罗马以外的世界相对立，它不仅是一座城市，而且更是幸福的彼岸所在。这两篇作品的存在使《彼得堡故事》的叙事空间扩展到了全俄罗斯、全世界的范畴，表达了果戈理在经历过彼得堡残酷现实的考验和多年海外生活之后对整个资本主义现代文明所抱有的怀疑与否定态度。

在《彼得堡故事》中，果戈理远离了浪漫主义的艺术传统，转向描写现实生活，但是果戈理并不是一个彻底的现实主义者。在小说《肖像》中他保留了神秘主义的痕迹，用模糊的幻想代替了直接的幻想；小说《鼻子》以鼻子出走这一幻想事件为基础展开叙述；而在小说《外套》中果戈理直接给这篇现实主义作品加上了一个幻想式结局，让巴施马奇金的鬼魂为自己生前受到的委屈进行了报复。在浪漫主义创作中加入现实主义元素，在现实主义创作中保留浪漫主义印记；在幽默欢乐的作品中插入感伤忧郁的音符，在感伤激情的作品中保留滑稽可笑的细节，这种艺术风格的复杂镶拼正是果戈理艺术世界的本质特点。

果戈理以其独特的艺术创作开创了俄国文学史上的一个时代，这个时代虽然已经结束，但是他对俄国文学的影响并没有消失。陀思妥耶夫斯基曾经说过，"我们都是从果戈理的'外套'中走出来的。"果戈理的艺术世界滋养了包括陀思妥耶夫斯基、屠格涅夫、托尔斯泰、左琴科、布尔加科夫等人在内的众多俄国作家。时间将漫长的岁月带入永恒，但是果戈理的声音直到今天仍然让读者感动，他的作品仍然以难以企及的精神花火闪耀在读者面前。

* * *

在果戈理位于莫斯科新处女公墓的墓碑上写着选自《圣经》之《耶利米书》中的一句话："我用痛苦的眼泪嘲笑。"这句话是对果戈理的人生与创作的最佳注解。

侯 丹

二〇二二年一月于北京

涅瓦大街

至少在彼得堡，没有东西比涅瓦大街更好的了；对于它说来，涅瓦大街包括尽了一切。这条街上还有什么东西不起眼呢——可以称得是首都之花！我知道，那些穷苦的和做官的居民没有一个人肯拿涅瓦大街去调换世上的任何财宝。不但拥有二十五岁青春、美髯和缝得极漂亮的大礼服的人，甚至就是下巴颏长出白毛，脑袋光滑得像银盆一样的人，都对涅瓦大街神魂颠倒。至于淑女们！——啊，淑女们就更是喜爱涅瓦大街了。哪一个人会不喜爱它呢？只要一走进涅瓦大街，你就感觉到完全被一种游荡的气氛包围住。任凭你再有多么重要的急事，可是一踏上这条街，你就准会把一切事情都抛到九霄云外去。这是唯一的一个地方，人们不是因为必要才上这儿来，不是实利和吞没整个彼得堡的商业利欲把他们赶到这儿来的。在涅瓦大街遇到的人，仿佛比在海洋街、豌豆街、打铁街、小市民街和其他的街上遇到的人更不自私些，在那些地方，吝啬、贪欲和实利刻画在步行的以及坐着轿车和弹簧座马车飞驰的人们的脸上。涅瓦大街是彼得堡的一个交通枢纽。彼得堡或维堡区的居民，凡是好几年没有去拜访住在沙滩或莫斯科关卡的朋友的，尽管可以放心，一定会在这儿碰见他们。随便什么人名通讯录和问讯处都不能像涅瓦大街传递这样正确的消息。万能的涅瓦大街！这是绝少散步之处的彼得堡的唯一解闷的地方！人行道打扫得多么干净，天啊，有多少双脚在上面留下了印迹！退伍兵的好像要把花岗石踩烂似的笨重而肮脏的长统靴，脑袋转向商店辉煌的橱窗像向日葵转向太阳似的年轻太太的精致的、轻得像烟一般的鞋子，前途充满希望的准尉的在地上划出鲜明痕迹的铿锵作响的佩刀，——这一切，都在它上面宣泄了强大的力或柔弱的力。仅仅在一天中间，海市蜃楼在这儿变幻得多么迅速！仅仅在一昼夜之间，它经历了多么大的变化！我们先从清晨说起吧，那时整个彼得堡飘荡着热烘烘的刚烤好的面包的香味，穿着破烂衣衫和旧斗篷的老婆婆们奔向教堂，奔向同情的过路人去乞讨施舍。那时的涅瓦大街是空洞洞的：身体结实的掌柜和他们的大伙计都还穿着荷兰衬衫睡觉，或者用肥皂涂抹他们高贵的脸颊，喝着咖啡；乞丐们聚集在点心铺门口，睡眼惺忪的学徒昨天托着可可茶像苍蝇似的满屋子乱飞，现在不打领结、手里拿着扫帚、踱出来布施给他们发硬的糕饼和剩肴残饭。有事的人在街上走着：有时走过一些干活儿去的俄国庄稼汉，穿着沾满石灰的长统靴，即使以清洁驰名的叶卡捷琳娜运河也没法把它们洗干净。照例淑女们是不好意思在这时候出门的，因为俄国人喜欢说些粗野刺耳的话，她们就是在戏园子里也不会听到。有时一个睡眼惺忪的官吏腋下夹着皮包走过，如果他需要经过涅瓦大街上衙门去的话。可以确定地说，在这时候，就是说，在十二点钟以前，涅瓦大街对于任何人都不是目的，却只是手段罢了：它渐渐地挤满了一些人，他们各有自己的职务、自己的关怀、自己的烦闷，但他们压根儿没有想到这条街。俄国庄稼汉谈说着十戈比银币或者七枚半戈比铜币，老大爷和老大娘们挥舞着手，或者自言自语着，有时做出惊人的手势，可是没有一个人去听他们，笑他们，除非只有穿着条纹麻布长袍、手持空酒瓶或者缝好的靴子，像一阵闪电似的奔过涅瓦大街的孩子们。在这时候，不管你再穿得随便些，甚至不戴礼帽而在脑瓜上扣一顶没有边的便帽，硬领高高地耸出在你的蝴蝶领结上面，——谁都不会注意到这些的。

到了十二点钟，各种国籍的家庭教师带领他们扎着细麻布硬领的学生涌进了涅瓦大街。英国的琼斯们和法国的柯克们①跟托付在他们亲如父母一样的照顾下的学生挽着手同行，谆谆地教导他们，商店挂着招牌是为了让人知道店里有些什么货。女教师们，苍白的密斯②和玫瑰色的斯拉夫女郎，威严地走在轻快的、活泼的女孩子们后面，叫她们把肩膀抬高一些，挺起胸来；总之，这时候的涅瓦大街是一条教育味道的涅瓦大街。可是在靠近两点钟的时候，家庭教师、老师和孩子就越来越少了：他们终于被温文优雅的父亲们排挤了出去，这些人跟他们珠光宝气的、花花绿绿的、神经衰弱的女伴们挽着手在这一带徜徉漫步。慢慢地，许多刚做完十分重要的家务的人参加到这一群里来了，有的刚同自己的医生谈过天气和鼻子上长出来的一粒小疙瘩，有的关心着马和自己很有天分的孩子的健康，有的读了广告和报上关于来往人物的重要报导，有的刚喝过了咖啡和茶；此外，还有一些凭着令人钦羡的命运赢得办理特别事务的重要职位的人。混到这一群里来的，还有一些在外交部做官，职务和习惯都显得超群出众的人。老天爷，多么令人惊叹的官职和职位啊！它们是怎样慰娱和升华人的心灵啊！可

---

① 琼斯和柯克分别是英国人和法国人的常见名字。此处即指英国籍和法国籍的家庭教师。
② 即指西洋女子。

惜我不做官，没有福气领教上司老爷待人接物的这一份体己劲儿。你在涅瓦大街遇见的所有人，都是彬彬有礼的：绅士们穿着长长的大礼服，双手插在口袋里，淑女们穿着粉红色的、白色的和浅蓝色的长裾缎外衣，戴着小巧玲珑的帽子。你在这儿可以遇见以卓然不凡的令人惊奇的技巧从领结下面挤出来的独一无二的络腮胡子，天鹅绒般的、缎子般的、黑得像貂和炭似的，但是可惜，只有外交部的官员才有的络腮胡子。在别的衙门里办事的人，老天爷不肯赏赐他们黑色络腮胡子，最使他们不乐意的是他们必须长着棕黄色的胡子。你在这儿可以遇见笔墨不能形容画笔不能描摹的美丽的短髭；半世精力花费在上面的短髭，——日日夜夜长时期担忧照顾的对象；这是洒满销魂荡魄的香水和香料，涂抹各式各样最名贵最稀有的香油的短髭，夜晚用薄犊皮纸卷起来的短髭，主人无比喜爱、过路人眼红羡慕的短髭。女人们会在两天内爱不忍释的千百种绚烂轻飘的帽子、衣裳、头巾，使涅瓦大街上的行人眼睛发花。好像是一片蝴蝶的海蓦地从花丛中飞起来，在雄性的黑甲虫上面像灿烂的云彩似的骚动着。你在这儿可以遇见从来不曾梦见过的腰身：不比瓶颈粗一些的纤巧而窄细的腰身，你看见了准会远远地躲到一边去，恐怕一不小心，粗鲁的胳膊肘把它碰了；你的心充满着懦怯和恐惧，害怕一口气会吹断了大自然和艺术的美妙的作品。并且，你在涅瓦大街可以遇见什么样的女衣袖子啊！哎呀，别提多么美啦！它们有点儿像两只氢气球，淑女们要是没有绅士们搀扶着的话，就会飞到半空中去；把淑女举到半空中，正像把盛满香槟酒的酒杯举到口边，是同样容易而愉快的。无论在别的什么地方，两个人相遇时决不会像在涅瓦大街这样大方而从容地寒暄行礼。你在这儿可以遇见举世无双的微笑，精巧绝伦的微笑，一种笑使你迷醉得骨酥肉麻，另一种笑叫你自惭形秽，低下头去，又有一种笑叫你觉得比海军部大厦的尖塔还高，踌躇满志起来。你在这儿可以遇见人们气宇轩昂、派头十足地倾谈音乐会或者天气。你在这儿可以遇见千奇百怪、不可思议的人和事。老天爷！在涅瓦大街上可以遇见多少古怪的人物啊！有许多人，见到了你，准要注视你的靴子，当你走过去的时候，他们就回过头来注视你的后襟。我到现在还不明白这是怎么一回事。我起初以为他们是鞋匠，然而事实不然：他们大部分都是在衙门里办事的，许多人擅长拟办从一个衙门送到另外一个衙门去的来往公文；还有一些人爱好散步，坐在点心铺里读报纸。总之，他们大部分都是衣冠楚楚的上流士绅。在正午两点到三点之间可以称为涅瓦大街活动焦点的这一段幸福的时间中，人间一切优美的作品在这儿举行着盛大的展览会。第一个人夸耀有上等海獭皮领子的风度翩翩的大礼服，第二个人夸耀美丽的希腊式鼻子，第三个人夸耀卓越无比的络腮胡子，第四个人夸耀一双勾魂的眼睛和美丽的女帽，第五个人在优美的小指头上戴着嵌有压邪符咒的宝石戒指，第六个人夸耀穿着迷人的鞋子的纤足，第七个人夸耀叹为观止的领结，第八个人夸耀令人迷醉的短髭。可是一过三点钟，展览会就结束了，人迹稀少了起来……在三点钟的时候，发生了新的变化。春天蓦地降临了涅瓦大街：整条街上挤满了穿绿制服的官员们。饥饿的九等文官、七等文官和其他的文官们尽量地加快脚步往前赶路。年轻的十四等文官、十二等文官和十等文官还想抓紧时间多在涅瓦大街上溜达一下，装出一副神气，好像他们压根儿没有在衙门里坐过六个钟头似的。可是，上了岁数的十等文官、九等文官和七等文官们急急忙忙地走过去，低着头；他们没有闲心思细看过路人；他们还没有完全摆脱掉自己的挂虑；他们脑袋里乱糟糟的，塞满一大堆开了头而尚未办理完毕的案卷；他们有很久的时间看不见招牌，却只看到公文箱或者处长的团团的面孔。

过了四点钟，涅瓦大街又变得空洞洞的了，街上几乎很难碰到一个官。一个女裁缝走出店门，捧着一只匣子穿过涅瓦大街；股长的一个多情的弃妇，穿着粗毛布外套，沦落在街头；一个不怜惜时光的外乡来的怪人；一个拿着手提包和书本的瘦长的英国女人；一个俄国工人，穿着短得盖不住腰眼的老棉袄，有一缕疏朗的胡子，一生没有过过一天好日子，当他悄悄地在人行道上走过的时候，背脊呀，手呀，脚呀，头呀，各部分都会哆嗦起来；有时候，是一个矮小的手艺匠；此外，你在涅瓦大街再不会碰见别的人了。

可是，只要等到苍茫的暮色笼罩着房屋和街道，守夜人披着遮风的席子爬到梯子上去点亮街灯，商店的矮窗子里露出白天不敢露面的铜版画的时候，涅瓦大街就又活跃起来，开始颤动了。灯火给一切东西笼罩上美妙诱人光彩的那种神秘的时刻就来临了。你会遇见许多穿着暖和的大礼服和外套的年轻人，大部分都是单身汉。你在这时候会感觉到一种目的，或者宁可说是类似目的的东西，一种不可思议的东西。大家的脚步加快了，变得零乱起来。颀长的影子在墙头和街心闪动，几乎要投射到警察桥的桥头。年轻的十四等文官、十二等文官和十等文官们溜达了很久；但年老的十四等文官、九等文官和七等文官们大都待在家里，因为他们都已娶了老婆，或者因为家里的德国女厨子给他们烧了可口的菜肴。你在这儿可以遇见两点钟的时候道貌岸然地在涅瓦大街上散步的那些可敬的老头儿们。你看见他们现在也像年轻的十四等文官一样地奔跑着,打算从帽檐底下偷窥前面走着的一位淑女,她的涂脂抹粉的厚嘴唇和脸蛋儿早就把散步的人招惹得一个个直眉瞪眼的,特别是那些掌柜的、工人、穿着德国制的大礼服成群结队挎着胳膊散步的商人们。

"喂!"庇罗果夫中尉这时候拉住一个跟他一块走的、穿燕尾服和斗篷的年轻人,喊道,"瞧见了没有?"

"瞧见了,真美,活像是彼鲁吉诺①画的毕安卡。"

"你说的是哪一个?"

"她呀,就是那一个黑头发的。一双多么美丽的眼睛啊!老天爷,多么美丽的眼睛!身段、线条、脸的轮廓——都美极了!"

"我跟你讲的是那个浅黄头发的女人,就是跟在她后面走到那一边去的那一个。你要是看中了那个黑头发的,为什么不钉上去呢?"

---

① 彼鲁吉诺(1446—1524),著名的意大利画家。

"这怎么行！"穿燕尾服的年轻人涨红了脸喊，"你把她错当成傍晚在涅瓦大街卖单的女人了；看样子她准是一位名门闺秀哪！"他叹了口气继续说："她穿的那件斗篷少说也得值八十卢布！"

"傻瓜！"庇罗果夫喊着，把他使劲往飘扬着鲜艳的斗篷的那一边推过去："去呀，笨蛋，再不去就要错过了！我去追那个浅黄头发的。"

两个朋友分了手。

"你们的底细我全都清楚。"庇罗果夫心里想，浮起自满自足的笑，深信没有一个女人逃得过他的手掌。

那个穿燕尾服和斗篷的年轻人跨着羞怯而战栗的步子，直向远远地飘荡着绚烂的斗篷的那一边走去，靠近街灯时，斗篷闪出鲜艳的光辉，离开时，刹那间又被黑影吞没了。他心里直扑腾，于是不由自主地加快了步子。他不敢妄想那个飞往远方去的美人儿会对他垂加青睐，庇罗果夫中尉暗示过的那种非分之想，他就更是不敢僭望；可是他只想看一看那幢房子，要知道这位艳绝人寰的天仙住在什么地方，她看来一定是从天上降落到涅瓦大街，并且一定会飞往不可知的地方去的。他飞快地跑着，不时把长着灰色络腮胡子的体面的先生们从人行道上挤下来。这年轻人属于我们国内一个非常古怪的阶级，要说他是彼得堡的市民，那就如同说我们梦中见到的人物属于现实世界一样。在这个触目尽是官吏、商人或者德国工匠的城市里，这个独特的阶层是很不平常的。他是一个画家。这不是一个奇怪的现象么？一个彼得堡的画家！积雪之国的画家，来自芬兰人的国度的画家！——在那儿，一切都潮湿、平坦、单调、苍白、灰色、雾气沉沉。这些画家完全不像傲慢而热情如同意大利天空一样的意大利画家；相反的，他们大部分都是些善良的、温柔的人，害羞、乐天、悄悄地爱好着自己的艺术，喜欢跟二三友人在斗室里品茶，谦和地谈论心爱的话题，不过问其他事情。他常常把一个老丐婆叫到家里来，让她坐上整整六小时，为的是要把她寒酸的冷淡无情的面孔移植到画布上。他描画堆满各种零七八碎的画具的房间的景色：由于时光和尘埃而染成咖啡色的石膏手脚、折断的画架、翻倒的调色板、弹吉他的友人、涂满颜料的墙以及外面闪现着白茫茫的涅瓦河和穿红衬衫的穷苦渔夫们的敞开的窗户。他们笔下画出的一切，几乎总是带着灰沉沉的浑浊的色彩——这是北国的不可磨灭的烙印。话虽如此，他们却兴高采烈地干着自己的工作。他们常常怀抱着真才实学，只要一阵意大利的新鲜的风吹到他们身上，才能就会自由、广阔而光辉地发展起来,像从房间里搬到清新的空气中来的花草一样。他们往往是很胆怯的;看见了勋章和厚的肩章就着了慌,不由自主地要把作品减价贱卖。他们有时也爱打扮打扮,可是打扮起来总显得不顺眼,倒像是打了个补丁似的。你有时看见他们在漂亮的燕尾服上披一件污迹狼藉的斗篷,在贵重的天鹅绒背心外面罩一件沾满颜料的大礼服。同样地,你有时也会看见在他们没有画完的风景画上画着一个倒立着的仙女,因为一时找不到别的地方,就在从前兴致勃勃地画过的一幅作品的脏污的背景上勾勒了这个形象。他从来不直望你的眼睛;如果要看你,那么总是恍惚蒙眬地看一眼;他不用观察家的鹰一般的眼睛或者骑兵军官的隼一般的眸子来刺穿你。这是因为他同时看到你的脸和放在他房间里的赫拉克勒斯[①]石膏像的脸;或者是因为他眼前浮动着他正想动笔的一幅图画。因此,他常常答非所问,有时甚至语无伦次,再加上脑子里乱七八糟的一大堆东西,就更是增加了他的懦怯。我们写的这个年轻人,画家庇斯卡辽夫,就正是属于这一类型,怕羞、胆怯,可是心里埋藏着感情的火花,随便什么时候都会勃发成熊熊的火焰。

---

① 赫拉克勒斯,希腊神话中的英雄,宙斯之子。

他神秘地震颤着，紧跟着他惊为天仙的那个人物走去，奇怪自己会有这么大的胆子。强烈地吸引住他的眼睛、思想与感情的陌生女人，忽然回过头来瞟了他一眼。天啊，多么美的脸蛋儿呀！白得耀眼的迷人的前额覆盖着玛瑙般美丽的头发。奇妙的鬈发卷成一圈一圈的，有一缕从帽子边上挂下来，碰着了在夜寒中染着轻微的鲜艳的红晕的脸颊。嘴唇闭锁在层层迷人的幻梦中。一切儿时回忆的残痕，一切在明亮的圣灯前面带来幻想和恬静的灵感的东西——一切的一切，仿佛都凝聚、汇合、反映在她柔和的嘴唇上。她看了庇斯卡辽夫一眼，被她这一瞧，他的心房跳动了起来；她严厉地看了他一眼，看见有人厚颜无耻地在后面追逐，愤怒之情闪过她的脸上；可是在这张美丽的脸上，即使怨愤也是令人销魂的。他被羞辱和怯懦压倒了，低下眼睛，停了下来；可是，怎么能够连她要去歇脚的神庙都还不知道，就把仙女轻轻地放过呢？这样的念头烦扰着年轻的梦想家，于是他又决心继续追逐了。不过为了避免人的耳目，他离开得远些，茫然地看着两边，眺望着招牌，同时却把陌生女人的一举一动都看在眼里。来往的行人稀少了，街上静寂无声；美人儿回头顾盼了一下，他仿佛觉得她嘴唇上闪过了一丝微笑。他浑身直打哆嗦，不相信自己的眼睛。不，这是街灯用虚幻的光在她脸上描画了近似微笑的线条；不，这是他的幻想在嘲笑他自己！可是，他呼吸急促，他整个儿陷入一阵不可捉摸的战栗，他的全部感情燃烧起来，眼前的一切笼罩在雾霭里。人行道在他脚下飞驰，驾着连蹿带跑的骏马的轿车仿佛静止不动了，桥身拉长，在拱形的地方折断，房屋倒立，岗亭迎面飞来，哨兵的戟连同金字招牌和招牌上画着的剪刀，仿佛在他的眼睫毛上发亮。这一切，都是因为美目的一下顾盼，可爱的小脑袋的一下转动啊。他什么也不听，不看，不注意，一个劲儿追随着纤足的轻盈的踪迹飞奔，竭力想收束随着心的跳动而加速的脚步。有时候他心里发生了疑问：她脸部的表情真是这样善意的么，——这样一想，他就停住了脚；可是，心的跳跃、不可抗拒的力量以及全部感情的骚动，又驱策他前进。他甚至都没有注意到一幢四层楼的楼房耸立在他面前，亮着灯光的四排窗户一齐盯住他，他不提防在门口的铁栏杆上碰了一下。陌生女人沿着楼梯跑上去，回过头来瞟了他一眼，把手指放在嘴唇上，做出暗号叫他跟上去。他的膝盖直打哆嗦；感情、思想，燃烧了起来；一阵欢乐以令人不可忍受的迫力穿透了他的心。不，这不是空想！老天爷，这一瞬间包含着多少幸福！在这两分钟里过着多么奇妙的生活！

可是，这一切不是在做梦么？只要巧目一盼，他就愿意献出整个生命，只要挨近她的住家，他就认为是莫大的幸福的这个人——难道此刻对他一往情深的就是她么？他飞似的奔上楼去。他没有任何一点俗念；他不是被尘世热情的火焰所燃烧，不，他在这一瞬间纯正而贞洁，像缅怀着朦胧的精神爱的要求的童贞男子一样。挑逗荒淫的人发生大胆妄念的东西，相反的，却只会使他更加圣化。美人儿对他所表示的信赖，在他心里唤起了骑士一样的严肃的誓愿，唤起了一种准备赴汤蹈火去执行她的吩咐的誓愿。他只希望这些吩咐越困难，越难于实现就越好，他就可以拿出全副力量去克服最大的困难。他相信，一定有什么秘密而重大的事情使这陌生女人非信赖他不可；她一定是要请他帮一个大忙，并且他已经觉得自己有力量和决心去完成任何事情。

楼梯回旋着，他的迅速的幻想也跟着一起回旋着。"留神点走呀！"响起了竖琴一般的声音，使他全身的血管充满了新的颤动。在四层楼的黑暗的高处，陌生女人敲了一下门——门开了，他们一起走了进去。一个长得挺不坏的女人手里拿着蜡烛出来给他们开门，可是这样古怪而无耻地瞧着庇斯卡辽夫，使他不由得把眼睛低了下去。他们走到房间里去。分散在各个角落里的三个女人的姿影映进了他的眼帘。一个人在打纸牌；另外一个人坐在钢琴前面用两只指头弹一支不成腔调的古老的波兰舞曲；第三个人坐在镜子前面用梳子梳理长头发，看见陌生人进来，压根儿没有打算停止梳妆。到处呈现出只有在单身汉无人照料的房间里才会有的煞风景的混乱状态。挺好的家具盖满尘埃；蜘蛛在有雕刻花纹的房顶上张着网；透过通往另一房间的没有关严的门，可以看到一只扎有刺马针的长统靴在发亮，制服的花边泛着红光；响亮的男人声音和女人的哄笑肆无忌惮地交响成一片。

老天爷，他走进什么地方来了！他起初不肯相信自己的眼睛，开始更加仔细地察看摆在房间里的东西；可是赤裸的墙和不挂窗帘的窗并不显示出有一个细心照料的主妇的痕迹；这些可怜人的疲惫不堪的脸——有一个人几乎就坐在他面前，平静地望着他，像望着别人衣服上的斑点一样，——这一切都告诉他，他走进了一个盘踞着浮华文明和首都人口过剩所产生的悲惨的淫乱的令人憎厌的魔窟。在这个魔窟里，人亵渎地践踏并嘲笑一切点缀生活的纯洁神圣的东西，女人，世界之花，一切创造物中的王冠，变成了古怪的莫名其妙的存在，一切女性美，连同灵魂的洁净，一齐失去了，丑恶地学会男人的神态和粗野大胆，不再是柔弱的、美丽的、和我们不同的人物。庇斯卡辽夫张大惊愕的眼睛把她从头到脚端详着，仿佛还想知道，她是否就是那个迷惑了他、带着他走过涅瓦大街的女人。可是她站在他面前，依旧那么可爱；她的头发还是那么美丽；她的眼睛还是闪着天仙般的神采。她鲜艳活泼；她看来只有十七岁；可以看出她掉在火坑里还并不长久；他仍然不敢去摸一下她的脸，这两片面颊是鲜嫩的，稍微染上一层红晕——她长得真美。

他一动不动地站在她面前，几乎就要像先前一样地陶然忘情。可是美人儿再也受不住长时期的沉默，意味深长地笑着，直对他的眼睛望着。这微笑充满着可怜的无耻，在她脸上显得古怪而不相称，正像贪污的人表示虔诚、诗人拿着账本一样。——他战栗了。她张开可爱的小嘴，说了些什么话，但全是这样愚蠢，这样俗不可耐……仿佛一个人心灵不纯洁，就把理性也失掉了。他再也听不下去。他像孩子一样戆直而可笑。不想利用对方的好意，也不高兴有这样的机会，——换了别人，无疑一定是求之不得的，——他撒腿就跑，像野山羊似的，一溜烟地跑到了街上。

他坐在自己的房间里，低下头，垂着双手，像穷人拾到无价的珍珠而又掉落在大海里一样。"这样的美人儿，这样天仙般的容貌,可是她待在哪儿?住在什么地方!……"这便是他能够说出的一切。

说实在的,再没有比看到美被腐朽的淫乱侵蚀着更叫我们痛心的了。让丑恶去跟淫乱携手吧,可是美,柔和的美……我们只能把它跟纯洁无垢联想在一起。魅惑了可怜的庇斯卡辽夫的美人儿,实在是一个神妙而不平常的人物。她这样的人竟堕入肮脏的火坑,就尤其显得不平常。她的整个姿容这样秀丽,她的俊俏的脸上的整个表情这样雍容华贵,使你简直想不到淫乱会对她张开可怕的毒爪。她对于热情的丈夫可能是无价的珍宝、整个世界、整个天堂、全部财富;她在无人知晓的家庭圈子里可能是一颗美丽而安静的明星,小嘴一动,就发出甜蜜的命令。她在人群杂沓的大厅里,在亮晶晶的镶花地板上,辉煌的烛光旁边,在一大群拜倒石榴裙下的爱慕者们的无言的企敬中,可能是一尊女神;——但是可惜!渴望着破坏生活和谐的可怕的地狱精灵狞笑着,把她投入了深渊。

被撕裂心灵的悲悯侵袭着,他坐在烧残的烛光前面。午夜早已过去了,钟楼上的钟打了十二点半,可是他还是一动也不动地坐着,不睡,也不干什么。睡魔趁他不动的时候就快要悄悄地把他征服,房间已经蒙眬地远去,只有摇摇欲坠的烛火透过快要征服他的梦幻，在闪动。这时候叩门声忽然使他震了一下，惊醒了过来。门开了，一个穿着阔绰的制服的仆人走进来。从来还没有一个大户人家的仆人到他这间孤寂的房间里来过呢，何况又是在这样一种不寻常的时候……他狐疑不决，怀着难于克制的好奇心望着走进来的仆人。

"有一位太太，"仆人深施了一礼说，"就是几个钟头以前您到她家里去过的那位太太，叫我请您过去，已经打发一辆马车接您来啦。"

庇斯卡辽夫站着，惊奇得说不出话来：马车，穿制服的仆人……不，准是弄错了……"听我说，朋友，"他胆怯地说，"你一定走错了人家。你们太太准是派你去接别的什么人的，不会是我。"

"不，您哪，我没有弄错。送我们太太走回打铁街四层楼上的，可不就是您么？"

"是我呀。"

"那就请您快去吧，太太急等着要见您哪，请您这就过去。"

庇斯卡辽夫奔下楼去。果然有一辆轿车等在外边。他坐了进去，车门砰的一声关上，铺道的石子在车轮和马蹄下面响起来——许多房子的辉煌的剪影同着鲜明的招牌在车窗外边飞驰过去。庇斯卡辽夫一路上寻思，不知道应该怎样解释这件奇遇。私宅呀、马车呀、穿着阔绰的制服的仆人呀……他怎么也不能够把这一切跟四层楼的房间、尘封的窗以及音调不准的钢琴联想到一块儿。马车在灯火辉煌的门口停下来，他一下子看得呆住了：一长排轿车、驭者的嘈杂声、灯火通明的窗和音乐的旋律。穿着阔绰的制服的仆人把他从马车上搀下来，恭敬地引他到前厅去，——那儿有着大理石的柱子、穿绣金制服的看门人、成堆的斗篷和皮大衣、照耀如同白昼的灯光。围有发亮的栏杆洒着香水的云雾般的楼梯，一直通向楼上。他登上了楼梯。第一间大厅里挤满了人。他刚一迈步就吓得往后倒退，但还是走了进去。五光十色的人物使他眼花缭乱；他觉得仿佛一个魔鬼把整个世界砸成许多碎块，然后把这些碎块杂乱地混糅在一起。灿然的女人的肩膀和黑色的燕尾服，枝形烛台、灯、空气似的飘舞的薄纱、轻飘飘的缎带，耸出在华美的音乐台的栏杆外面的低音提琴——这一切在他看来都是耀眼欲眩的。他一眼看到了这么多燕尾服上挂勋章的可敬的老头子和中年人，这么多飘飘然地、傲慢地、优雅地在镶花地板上走着或者并排坐着的淑女；听到了这么多法国话和英国话；再加上穿黑色燕尾服的年轻人们这样气概轩昂，说话和沉默时都这样令人敬畏，知道应该怎样不说一句多余的话，这样庄重地开玩笑，这样谦恭地微笑着，长着这样出色的络腮胡子，整理领结时懂得这样巧妙地伸出一双优美的手来；淑女们这样婀娜多姿，这样沉湎在尽情的满足和陶醉里，这样迷人地低垂着眼睛，简直是……可是，光是惶恐地凭靠在柱子上的庇斯卡辽夫的柔顺的神色，就足够说明他是怎样地张皇失措。这时候，一大堆人围住跳舞的人们。她们裹着巴黎出品的透明的薄纱，穿着仿佛用空气织成似的衣裳，旋转着：她们灿然的纤足潇洒地滑过镶花地板，比起完全不接触地板来，给人更多的飘逸的感觉。其中有一个人超群出众，长得格外丰美，打扮得格外漂亮。她的整个装束透露出一种难以形容的细致的风情，并且仿佛完全不是故意卖弄，而是自然而然地流露出来的。她对周围旁观的群众好像望着，又好像没有望着，美丽的长睫毛冷静地覆盖着，而当她低着头，轻微的阴影遮蔽着迷人的前额的时候，她那张莹洁白皙的脸就更是耀眼地映入人的眼帘。

庇斯卡辽夫使尽了力气推开众人，想看清楚她；可是，非常遗憾的是，一个长着黑色卷发的大脑瓜总是不断地遮住她；并且人堆里这样拥挤，叫他进也不是退也不是，害怕一不小心会挤着了一位什么三等文官之类。可是他好容易挤到了前面去，看看自己的衣服，想理得齐整些。天啊，这是怎么的啦！原来他身上穿了一件沾满颜料的大礼服；忙着出门，竟忘记换一件像样点的衣服了。他羞得耳朵根都红了，低垂着头，恨不得找个地缝钻下去，可是他无路可逃：服装华丽的少年侍从官们像一垛墙似的挡在他后面。他愿意离开这有着美丽的前额和睫毛的美人儿越远些越好。他战战兢兢地抬起头来，看她是不是在望他：天啊！她就站在他面前……可是这是怎么一回事？怎么一回事？"这就是她呀！"他几乎大声地喊了出来。一点儿也不错，这正是她，正是在涅瓦大街邂逅，一直伴送回家的那个她。

这时候，她的睫毛往上一抬，用清澄的眸子望着众人。"哎哟，哎哟，哎哟，多么美啊！……"他屏息着，只能说出这几句话来。她扫视了一下周围，这些人争先恐后地都想吸引住她的注意，可是她显得疲倦而疏忽，很快地把眼睛转了过去，接着就和庇斯卡辽夫的视线接触了。登上了七重天！登上了天堂！老天爷，给我力量让我支撑下去！世间不会有这样的奇迹，它要毁灭我的心灵，勾走我的灵魂！她打了个暗号，但不是招手，也不是点头示意，——不，她的一双勾魂的眼睛传出了这个暗号，这是一种细微的隐约的表情，大家都没有看出来，可是他看到了，懂得了。跳舞延长得很久；懒洋洋的音乐好像已经寂静了，停止了，俄而又响起来，呜咽着，雷鸣着；终于结束了！——她坐下来，胸脯在烟雾般的薄纱下面起伏波动；她的一只手（老天爷，多么美的手！）放在膝盖上，捏着下面空气般的衣裳，衣裳也好像带着音乐旋律似的，它的轻微的淡紫色把这只莹洁白净的美丽的手衬托得更加引人注目。就想过去碰一碰这只手呵——再不想别的什么！再没有别的愿望——那都太大胆了……他站在她的椅子背后，不敢说话，连气也不敢出。"您寂寞么？"她说，"我也很寂寞呢。我知道您恨我……"她又找补了一句，低垂着长长的睫毛。

"恨您！我恨您？我……"狠狈的庇斯卡辽夫打算说下去，并且一定会说出一大堆不连贯的话来，可是这时候，一个词锋尖刻而又风趣，头上有着美丽地卷曲着的刘海的侍从官走近来了。他欣然露出一排挺不坏的牙齿，每一句戏谑的话都像一颗颗锋利的钉钉在他的心里。终于幸亏旁边有一个人过来问侍从官一个问题。

"真叫人受不了！"她一边说，一边抬起天仙般的眼睛来望着他，"我去坐到大厅的那一头去；您也过来！"她挤进人丛里去，消失了。他像发了疯似的推开众人，也走到那一头去。

不错，这正是她。她像女皇似的坐着，比所有人更可爱，更美丽。她用眼睛在找他。

"您来了,"她悄悄地说,"我什么事都不瞒您:我们初次相遇的那种情形您一定觉得奇怪吧。您以为我真就是您所看到的那种卑贱的人么?您觉得我的行为古怪,可是我可以告诉您一个秘密:您能够答应我,"她一边说,一边用眼睛牢牢地盯住他,"不把秘密泄漏么?"

"呵,决不!决不!决不!……"

可是这时候,一个肥头胖耳的人走过来了,用一种庇斯卡辽夫不懂得的语言对她说了几句话,向她伸出了手。她用恳求的眼光望着庇斯卡辽夫,暗示叫他留在老地方,等她回来,可是他再也忍不住,即使她发出命令,他也无法从命了。他跟在她后面走去;可是,人群把他们隔开了。他已经看不见淡紫色的衣裳了;他不安地从一个房间走到另外一个房间,不留情地推开一切挡住去路的人,可是在所有房间里只看见许多阔人在打牌,笼罩着死一般的寂静。在房间的一个角落里,几个年长的人在议论武职比文职强;在另外一个角落里,穿漂亮燕尾服的一群人对一个辛勤写作的诗人的卷帙浩繁的作品加以轻率的批评。庇斯卡辽夫觉得一个相貌堂堂的年长的人抓住了他燕尾服的扣子,请他评断一下自己的一个非常正确的意见,可是他粗暴地推开了对方，甚至没有注意到对方脖子上挂着非常贵重的勋章。他奔到另外一个房间里去——她也不在。奔向第三个房间——还是不在。"她在哪儿？给我把她找来！我要是不瞧她一眼，就活不下去啦！我要听听她想说些什么。"可是，他的一切搜索都毫无结果。他烦恼而又疲劳，紧偎在一个角落里，望着人群；可是，他的充血的眼睛看出去，什么全是迷迷糊糊的。终于他房间里的墙壁分明地显露在他眼前。他抬起了眼睛；放在他前面的是一只烛台，火苗快要在凹处熄灭了；蜡烛已经完全融化；蜡油淌满在他的桌上。

原来他睡着了！老天爷，多么香的梦啊！为什么要醒过来呢？为什么不再等一会儿呢？她一定又会出现的！不知趣的黎明闪着暗淡的光辉，窥入他的窗户。房间里是一片灰沉沉的阴暗的杂乱……现实是多么可厌的东西啊！它为什么偏要跟梦想作对？他匆忙地脱掉衣服，躺到床上，裹着一条被子，想强制地再把逝去的梦找回来。果然，不久他又做起梦来了，可是他梦见的完全不是他所愿意看见的东西：忽而是庇罗果夫叼着一根烟管，忽而是美术学院的看门人，忽而是一个四等文官，忽而是他给画过肖像的一个芬兰女人的头颅，诸如此类乱七八糟的东西。

他躺在床上一直到正午,想重圆好梦;可是她始终没有出现。但愿她美丽的脸显露一刹那,轻盈的步伐响动一刹那,但愿她裸露的像高岭白雪一般莹洁的手闪动在他面前哟!

他抛开一切,忘怀一切,带着忧伤绝望的神情坐着,一心一意只想到梦。他不想触碰任何东西;他的眼睛里没有任何感情,没有任何生命,茫然地望着面向院子的窗,一个肮脏的挑水的在外边倒水,水一倒出来就冻住了,一个挑担子的发出山羊似的吆喝声:"有估衣我买哇。"日常的和现实的声音,在他耳朵里听来,显得非常古怪。这样,他直坐到天黑,然后贪婪地爬上床去。他好久辗转不能入寐,终于把失眠克服了。又做了一个梦,一个鄙陋的、丑恶的梦。"老天爷,发发慈悲吧,一分钟,只要让我见到她一分钟!"他又等待着夜晚,又睡着了,又梦见一个官,这人既是一个官,又是一支低音笛;这简直叫人受不了!终于她出现了!她的头和鬈发……她凝望着……多么短促的一刻呀!接着又是浓雾,又是一个什么愚蠢的梦。

终于梦变成了他的生活,从此以后,他的整个生活发生了奇怪的变化:可以说,他醒着时在做梦,在梦里又醒着。要是有人看见他不言不语地坐在桌子旁边或者走在街上,准会把他看成一个梦游病患者或者被烈酒毁掉的人;他的眼光不含蓄任何意义，生来就有的精神恍惚的毛病加深了，横暴地从他脸上赶走了一切感情，一切悸动。他只有在夜色来临的时候才显出活跃。

这样的情况损害了他的体力，而他最大的痛苦是：终于再也做不成梦。他想挽回这唯一的财富，想尽各种方法要把它找回来。他听说有一种方法可以叫人入梦，只要抽上几口鸦片就行了。可是上哪儿去找鸦片呢？他想起了有一个开披巾店的波斯人，这个人几乎每一回碰见他总要请他画一张美人画。他估量这个人一定藏有鸦片，就决定上他那儿去走一趟。波斯人盘着腿坐在沙发上，接待了他。

"你要鸦片干什么？"

波斯人问他。庇斯卡辽夫把失眠的情形从头至尾对他说了一遍。

"好吧，我给你鸦片，可是你得给我画一张美人画。一张挺美挺美的。黑眉毛，橄榄样的大眼睛；我躺在她身边，抽着烟管，——听见没有？得画一个美的！一个美人儿！"

庇斯卡辽夫什么全都答应了下来。波斯人出去了一会儿，拿了一只盛着黑色液体的小罐子回来，爱惜地倒了一些在另外一只小罐子里，交给了庇斯卡辽夫，嘱咐他每回只能和着水喝七滴。他贪婪地把给他金山银山也不肯调换的这只贵重的罐子接过来,三脚两步地跑回家去。

回到家里,他倒了几滴在盛满水的杯子里,吞下去,倒头在床上睡了。

天哪,多么快活呀!她!又看到了她!可是模样儿跟先前大不相同。她坐在村舍的明窗净几前面多么美呀!她的衣服富有朴素之美,那种朴素是只能用来寄托诗人的文思的。她头发的式样……老天爷,这式样多朴素,并且跟她多么相配!短短的围巾轻轻地披拂在她美丽的脖颈上;她整个儿是淡雅宜人的,整个儿透露出一种神秘的、难以描摹的风韵。她的优雅的步伐多么娇媚!她的脚步声和简朴的衣裳的窸窣声多么悦耳!她的箍着发制的镯子①的手多么惹人疼爱!她含着眼泪对他说:"别瞧不起我:您完全把我错看了。瞧瞧我,仔细瞧瞧我,您说吧:难道我真是您想象的那种女人?呵!不,不!您要说我撒谎,那也没有办法……"可是,他惊醒了过来!亢奋、骚乱,眼眶里含着眼泪。"还是没有你这个人好些!你还是不活在世上,而只是一个富有灵感的画家的创造物好些!我将不离开画布,

---

① 可能是当时一种流行的装饰品。

永远望着你，吻着你。我将以你为生命，以你为呼吸，把你当成最美丽的梦想看待，那时候我就会感到幸福。我再没有更大的愿望。在梦中或者醒着，我将呼唤你的名字，像呼唤守护天使的圣名一样，当我向往庄严而神圣的事物的时候，将等待你出现。可是现在……多么可怕的生活呀！你活着有什么好处？难道一个疯子的生命，对于爱过他的亲友会是愉快的么？老天爷，我们这算是过的什么日子啊！梦想老是跟现实作对！"几乎老是这样的思想挤满在他的头脑里。他什么也不想，甚至几乎不吃一点东西，怀着恋人一样的焦急和热情等候着夜晚，等候着心爱的幻象。永远把思想集中在一点上，结果就支配了他的整个存在和想象，他所爱慕的形象几乎每天都以和现实相反的姿态出现在他的梦里，因为他的想法是像孩子一样的天真纯洁的。在梦里，那个人儿变得更加纯洁，简直完全变了样。

鸦片使他的思想更加沸腾了，如果有人猛烈地、骇人听闻地、势不可当地、骚动地爱恋到疯狂的极限，那么，这个不幸的人就是他。

在所有这些梦中，最使他感到欣慰的一次是他梦见了自己的画室，他是这样地高兴，手里拿着画笔这样怡然自得地坐着！她也在那儿。她已经做了他的妻。她坐在他旁边。可爱的胳膊肘凭靠在他的椅子背上，瞧着他画画。她的娇慵的、疲倦的眼睛里闪动着幸福的光芒；整个房间笼罩着天堂的气氛；这样光亮，这样整洁。老天爷！她把可爱的脑袋偎在他怀里……他再没有做过比这更甜蜜的梦。他醒来之后，觉得胸襟一畅，也不像先前那样神思恍惚了。他忽然有了一个奇怪的想法："也许，"他想，"她是遭到了什么意外的可怕的不幸，才落到火坑里去的；也许，她内心充满着悔恨；也许，她自己也希望从劫难中挣脱出来。难道我就忍心瞧着她毁掉自己？何况只要一伸手就可以把她救出来。"接着，他越想越远。"反正不会有人知道，"他对自己说，"人家不管我，我也不去管人家。只要她真心悔改，重新做人，我就跟她结婚好了。我一定得娶她，这总比许多人娶女管家，甚至娶下贱的骚娘儿们做老婆强得多。我这样做，可并不是自私，甚至可以说是了不起。我要把最美丽的装饰品交还给世上。"

打定了这样轻率的计划，他觉得红晕浮上了他的脸颊；他走近镜子，看见高耸的颧骨，憔悴的脸色，吃了一惊。他仔细地打扮起来；洗了脸，梳光头发，穿上崭新的燕尾服，漂亮的背心，再披上了斗篷，走到街上。他呼吸到新鲜的空气，心里也感觉到舒畅，像一个久病初愈的人第一次出门。当他走近那条自从宿命的邂逅之后就一次也没有去过的街,他的心跳动了起来。

那幢房子他寻找了许久;他仿佛再也记不起来了。他在街上来回走了两遍,可是不知道应该在哪一家门口停下来。终于有一幢房子他觉得有点相像。他飞快地跑上楼去,敲了一下门;门开了,出来迎接他的是谁啊?他的理想,他的神妙的形象,幻想之画的蓝本,他这样骇人听闻地、这样痛苦地、又这样甜蜜地为她倾倒的那个人儿。正是她,站在他的面前。他战栗了;在一阵欢乐的袭击下,他软弱得几乎站不住脚。她站在他面前还是那么美丽,虽然眼睛有点睡肿,虽然苍白袭上了她的已经不十分鲜嫩的脸蛋儿,可是她还是非常美丽的。

"啊!"她喊了起来,看到了庇斯卡辽夫,揉着眼睛(那时候已经两点钟了),"您上回干吗要溜掉?"

他疲倦地坐在椅子上,望着她。

"我现在刚睡醒,是早上七点钟人家把我送回来的。我真喝醉了。"她微笑着加添了一句。

宁可你是哑巴,没有舌头,也比说出这样的话来强呵!她像全景画似的蓦地把全部生活向他展示了出来。可是他还是硬着头皮,想用劝诫打动她的心。他鼓足了勇气,用战栗但却热情的声音告诉她，她现在是处在可怕的境地里。她注意地听着，显出惊骇的表情，那是当我们看到意料不到的奇怪的事情时会表露出来的。她微笑着，瞧着坐在角落里的女友，那人不去剔净梳子，也注意地倾听着新来的传道者。

"不错，我是穷，"经过了长久的富有教益的劝诫之后，庇斯卡辽夫终于说，"可是我们可以好好地干；二人同心，黄土变金。再没有比万事都依靠自己更愉快的了。我坐下来画画，你坐在我的旁边，鼓励着我，做点刺绣或者什么别的活，我们就再不缺什么了。"

"这怎么行！"她带着轻蔑的表情打断了话头，"我又不是洗衣服的或是女裁缝，干吗要做活？"

天哪！这些话表现出了整个低劣的、卑贱的生活，——在这种生活里充满着空虚与倦怠，那是淫乱的忠实伴侣。

"您跟我结婚吧！"一直坐在屋角里沉默不语的女友厚颜无耻地插嘴说。"我要是嫁了您，我就这么坐着！"她寒酸的面孔扮了个鬼脸，把美人儿引得笑了起来。

这太难了！叫人没法忍受。他失魂落魄地冲了出去。他的头脑一片昏沉：痴痴呆呆的，漫无目标，什么都看不见，听不见，感觉不到，整整一天在外边踯躅着。谁都不知道他在什么地方过了夜没有；直等到第二天，他才被愚蠢的本能推动着回到了自己的寓所，面色苍白，神情可怕，头发蓬乱，脸上刻着疯狂的标记。他关在房间里，谁也不放进来，也不要随便什么东西。四天过去了，锁闭的房门一次也没有打开过；又过了一星期，房门依旧锁着。人们走到门口喊他，可是一声回应也没有；终于打破门进去，找到了他的断了气的尸体，喉咙被割断了。染血的剃刀掉落在地上。从双手痉挛地撑开和脸部可怕地歪曲这些地方可以断定，他的手没有肯听使唤，他痛苦了许久，有罪的灵魂才离开他的肉体。

就这样地毁灭了，这疯狂的热情的牺牲品，安静的、胆怯的、谦恭的、孩子般天真的人，怀有才能的火花，也许到时候会广阔而辉煌地发光的可怜的庇斯卡辽夫。谁都没来悼哭他，除了巡长的常见的姿影和法医的冷漠无情的面孔之外，在他冷冰冰的尸体旁边再也看不到任何人。甚至没有经过宗教仪式，人们把他的棺材运到奥赫塔去；只有一个哨兵跟在棺材后面哭了，这也是因为多喝了一瓶伏特加酒。连生前对他爱护备至的庇罗果夫中尉也没有来跟这不幸的可怜虫的尸体诀别。事实上，他完全没有工夫顾到这些：他在忙着一件了不起的大事情呢。那么，我们现在就来谈到他吧。——我不喜欢死尸和死人，我在路上看到漫长的送殡行列，打扮得像托钵僧似的残废兵左手拿鼻烟嗅，因为右手擎着火炬，这时候我总觉得不痛快。我看到阔绰的灵柩车和覆盖天鹅绒的棺材，心里总是感到惋惜；可是当我看到赶大车的抬着穷人的红色的没有遮盖的棺材，一个女乞丐可巧在十字路口碰上了，因为没有事干，就跟在后面走去的光景，惋惜就和忧愁混糅在一起了。

记得上面讲到庇罗果夫中尉跟可怜的庇斯卡辽夫分了手，追那个金发女郎去了。这金发女郎是一个婀娜活泼的、很有趣的人物。她在每一家商店门口站下来，眺望橱窗里摆着的皮带、围巾、耳环、手套及其他零碎物件，不断地扭动身子，张望一阵，又回过头来看。"小宝贝，你是我的人儿哟！"庇罗果夫很有把握地说，继续着追逐，用外套的领子把脸藏起来，害怕会碰见什么熟人。应该让读者知道一下庇罗果夫中尉是个什么样的人。

可是，在我们没有讲到庇罗果夫中尉是个什么样的人之前，先应该说一说庇罗果夫出身的那个社会。有这么一些军官，在彼得堡构成了一种中等阶级。你在经过四十年宦海浮沉才得到这样高的爵位的五等文官或者四等文官家里的夜会上和晚餐会上，总会遇见一个这样的人。几个苍白的、像彼得堡一样灰暗失色的女郎,其中有几个是已过妙龄的,再加上茶桌、钢琴、家庭舞会——这一切,跟那个在灯光下,在温淑的金发女郎和兄弟或戚友的黑色燕尾服中间辉煌着的亮晶晶的肩章是分不开的。要使这些冷静的姑娘激动,使她们发笑,是非常困难的;要做到这一点,必须有高明的艺术,或者宁可说没有任何一点艺术。说话必须不太聪明,也不太可笑,必须处处不忘记女人所喜欢的琐碎细节。在这一点上,我们对上面所说的这些先生们的本领是不得不表示钦佩的。他们有一种特殊的本领,可以叫这些灰暗失色的佳人们发笑,听他们的话。湮没在笑声里的狂喊:"哎呀,别说下去了!真笑死人了!"常常是他们最好的酬报。他们很少混到上流阶级中间去,或者宁可说,从来不去。在那边,他们是被这个社会中叫作贵族的一类人完全压倒的;然而他们却仍旧冒充作有学问有教养的人。他们喜欢谈论文学;称颂布尔加林①、普希金和格列奇②,带着轻蔑和俏皮的讽刺讲到奥尔洛夫③。他们从不放过任何一次公开演讲,不管讲的

---

①② 布尔加林和格列奇都是当时红极一时的文人,但人格与文章都很卑劣。他们是反动刊物《北方蜜蜂》的编辑,又与宪兵第三厅有密切的联系。
③ 奥尔洛夫是通俗小说的作者。但普希金曾经写过一篇杂文,大意说:对奥尔洛夫不必过于挑剔,布尔加林之流和他比较起来,也不过是一丘之貉。

是会计学还是森林学。在戏院里，不管演的什么戏，你总可以碰见他们中间的一个，除非演的是他们洗练的口味受到极度凌辱的什么"傻瓜费拉特卡"之类。他们三天两头上戏院去听戏。他们是戏院老板最欢迎的人。他们特别喜欢戏里精彩的诗句，又喜欢怪声叫好地捧戏子，许多人在官立学校里执教或者给学生补课准备考入官立学校，终于攒了些钱，购置了轻便马车和一对骏马。接着，他们交友的范围扩大了；他们终于娶到了能弹钢琴的商人女儿做老婆，带来十万卢布现款的陪嫁或将近这个数目，还有一大群满脸胡子楂的亲戚。然而，他们至少也得当上上校才行，否则是得不到这光荣的。因为俄国的胡子大爷们，尽管满身白菜气味，都非要女儿嫁给将军或者至少是上校不可。这些便是这一类年轻人的主要的特征。可是，庇罗果夫中尉还有许多他个人所独有的才能。他把《德米特里·顿斯柯伊》①和《聪明误》②里的诗句朗诵得出神入化，又有一种特殊的本领，能够从烟斗里一个接一个喷出十来个烟圈。他能够引人入胜地讲一段笑话，告诉你山炮就是山炮、榴弹炮就是榴

---

① 俄国作家奥捷罗夫（1769—1816）创作的悲剧，讲述金帐汗国时期莫斯科大公德米特里的事迹，当时俄国处于反对拿破仑入侵时期，因此深受观众欢迎。
② 俄国剧作家格利鲍耶陀夫（1795—1829）的著名喜剧。

弹炮。可是，天赐给庇罗果夫的全部才能是很难一一列举的。他喜欢讲到女戏子和舞女，但不像通常一个年轻准尉讲到这些话题时那样地粗俗刺耳。他对不久以前刚刚提升的官级很引以自满，虽然有时躺在长椅子上说："嘻，嘻！真无聊，一切都是无聊！我是个中尉，这又算得了什么？"可是这新的身份却很使他暗地里洋洋得意；他在谈话的时候总要绕着弯提到这一点，有一次他在街上碰到一个录事对他粗暴无礼，他就立刻叫他站住，用短促但却锋利的几句话提醒他，站在他面前的是个中尉，而不是别的什么军官。要是可巧有两个长得挺不坏的女人在旁边走过，他就格外要描摹得淋漓尽致。庇罗果夫喜欢附庸风雅，曾经鼓励过画家庇斯卡辽夫；虽然这也许是因为他想看见自己的英姿画在肖像上。关于庇罗果夫的品质，讲得已经够多了。人是一个奇妙的东西，他的全部优点是一言难尽的，你越是深入地看透他，就越是可以发现许多新的特色，要一一描写出来，那就无穷无尽了。

且说庇罗果夫继续追逐那个陌生女人，不时想出一些话来勾搭她，她却简短地、断断续续地、含含糊糊地答着。他们穿过昏暗的喀山门踅入了小市民街，这是一条充满着烟草店和杂货铺、德国手艺匠和芬兰妖娆女人的街道。金发女郎飞奔着，闪入了一家挺肮脏的人家的大门。庇罗果夫跟了进去。她走上狭窄暗黑的楼梯，走进一个门，庇罗果夫也勇敢地紧跟着挤了进去。他看见自己置身在一间有黑色墙壁和被煤烟熏黑的天花板的大房间里。一大堆螺丝钉、打铁用具、亮晶晶的咖啡壶和蜡台摆在桌上；地上撒满着铜和铁的屑末。庇罗果夫立刻看出这是一个工匠的家。陌生女人又跳进了一个侧门。他沉思了一会儿，可是遵从俄国人的惯例，还是继续前进。他走进了一间房间，和先前的一间完全不同，拾掇得非常整洁，证明主人是一个德国人。他被一个非常奇怪的景象怔住了。

在他面前坐着的是席勒，不是写《威廉·退尔》和《三十年战争史》的那位席勒[①]，而是遐迩驰名的席勒，小市民街上一个焊洋铁壶的老师傅。站在他旁边的是霍夫曼，不是作家霍夫曼[②]，而是一个从军官街来的手艺高超的鞋匠，席勒的好朋友。席勒喝醉了酒，坐在椅子上，顿着脚，兴致勃勃地说着些什么话。这还都不是庇罗果夫惊奇的原因，使他觉得诧异的是这两个人非常古怪的姿势。席勒坐着，耸出一只大鼻子，仰着脑袋；霍夫曼却用两只手指抓住这只鼻子，用修鞋刀的

---

① 席勒（1759—1805），德国诗人和剧作家。
② 霍夫曼（1776—1822），德国小说家。

刀刃不住地在上面撇。两个人说着德国话，只懂得一句德国话"早安"①的庇罗果夫完全听不懂这是怎么一回事。然而，席勒是这么说的：

"我不要，我不需要这只鼻子！"他一边说，一边挥着手……"我一个月得花掉三磅鼻烟伺候这只鼻子。我付钱给倒霉的俄国铺子，因为德国铺子是不卖俄国烟的；我付给倒霉的俄国铺子每磅四十戈比；一个月就是一卢布二十戈比——一年就是十四卢布四十戈比。听见了没有，我的朋友霍夫曼？光是一只鼻子就得花十四卢布四十戈比。并且我逢年过节的时候得闻拉丕烟，因为我不想在大节下闻倒霉的俄国鼻烟。一年我闻两磅拉丕烟，每磅两卢布。六②加十四——光是鼻烟就得花二十卢布四十戈比！这简直是抢劫呀，我的朋友霍夫曼，你说是不是？"霍夫曼也喝醉了，就点头说是。"二十卢布四十戈比！我是一个士瓦本③的德国人；咱们德国有皇帝。我不要鼻子！给我割掉这只鼻子！喏，我的鼻子！"

要不是庇罗果夫中尉突然来到，那么，毫无疑问，霍夫曼

---

① 原文为德语的俄文音译。
② 两磅价值四卢布，按理应该是四加十四，此处系席勒醉后胡说，把数字说错了。
③ 中世纪日耳曼士瓦本公国的居民。

一定糊里糊涂把席勒的鼻子割掉了，因为他已经拿刀做出这样的姿势，好像要切鞋底似的。

席勒看到一个不招而至的陌生人突然不识趣地来妨碍他，心里觉得老大的不痛快。虽然啤酒和酒精把他灌得醉醺醺的，他却也感觉到，让一个陌生的目击者看到这副神情，看见自己在干这样的事情，是不大体面的。这当口，庇罗果夫稍微行了一礼，用他天赋的优雅调子说道："请原谅我……"

"出去！"席勒拉长着声音答道。

这使庇罗果夫中尉窘住了。受到这样的对待，在他还是生平第一次。他脸上隐约浮起的一丝微笑蓦地消失了。他带着威严受到损伤的神气说："我觉得很奇怪，亲爱的先生……您一定没有看出……我是一位军官……"

"军官算得了什么！我是士瓦本的德国人。俺，"（说到这儿席勒用拳头打了一下桌子）"也会当上军官的：一年半士官候补生，两年中尉，明天我就是大大的军官。可是我不想做官。我对军官就是这样：呸！"席勒伸出手掌来，对上面啐了一口唾沫。

庇罗果夫知道除了离开此地再没有别法了；然而，这种跟他的身份完全不称的对待，使他觉得很不高兴。他好几次在楼梯上停下来，仿佛要鼓起勇气，想用什么方法让席勒知道自己不该这么胆大妄为。最后他断定席勒是可以原谅的，因为他脑袋里装满了啤酒；再加上眼前浮现出俏丽的金发女郎的姿影，他就决定把这件事给忘掉了。第二天，庇罗果夫一大早就到焊洋铁壶的老师傅的工场里来。在前面的房间里迎上来的是俏丽的金发女郎，用跟她的小脸蛋儿很配称的严厉的声音问道："您有什么事？"

"啊，您好啊，亲爱的！您不认得我了么？小妖精，那一双眼睛够多么美呵！"同时，庇罗果夫中尉想亲亲热热地用手指撩一下她的下巴。

可是金发女郎吓得叫了起来，还是那么严厉地问："您有什么事？"

"就想见您一面，我再没有别的事情，"庇罗果夫中尉说，很有风趣地笑着，挨近了一步；可是看见胆怯的金发女郎想溜进门去，就加添了一句："亲爱的，我想定做一副刺马针。您能够给我做刺马针吗？虽然要爱您，压根儿用不着什么刺马针，倒是用得着马缰绳。那一双小手多么惹人爱啊！"庇罗果夫中尉在说明这一类事情的时候总是很动人的。

"我这就去叫我的丈夫来。"德国女人叫着，走了出去，过了几分钟，庇罗果夫见到了睡眼惺忪的席勒，他还没有从隔宿的醉意中醒过来。他一眼看到军官，好像做梦似的朦胧地想起了昨天的事情。他再也不能清清楚楚地记得什么了，但感觉到曾经做过一些傻事，所以就带着严厉的神情来接待这位军官。"没有十五卢布，刺马针我不做。"他说，想把庇罗果夫打发走；因为他，一个诚实的德国人，碰见一个曾经看见他仪态失常的人，是觉得非常惭愧的。席勒喜欢旁边没有一个闲人，跟两三个朋友在一起喝酒，连自己雇用的工人也不放进来。

"为什么这么贵呀？"庇罗果夫温柔地问。

"德国人的手艺，"席勒摸摸下巴，冷冷地说，"俄国人只要两卢布就可以做了。"

"好吧，为了证明我爱您，想跟您认识，我就出十五卢布。"

席勒踌躇了一会儿：他，一个诚实的德国人，觉得有点惭愧了。他想叫对方取消订货，就说：至早非要两个星期不可。可是，庇罗果夫毫无异议地什么都答应了。

德国人沉思了起来，他琢磨着要怎么把活做好，叫它真正值到十五卢布。这时候，金发女郎走到工场里来，在摆着咖啡壶的桌子上翻寻着。中尉趁席勒想得出神，走近了她，捏了一下她的裸露到肩膀的胳膊。这使席勒很不高兴。

"我的老婆①！"他喊。

"您还有什么事②？"金发女郎答道。

"出去③到厨房里去！"金发女郎一转身，走掉了。

"那么隔两个星期？"庇罗果夫说。

"是的，隔两个星期，"席勒沉思着回答，"我手边有许多活要做。"

"再见，我过两天再来。"

"再见。"席勒答道，在他后面把门关上了。

庇罗果夫决心不放弃自己的追求，虽然德国女人已经显然给他碰了个钉子。他不明白，人家怎么敢和他对抗；尤其是他的仪态和辉煌的官衔使他有充分的权利引起人的重视。必须指出，席勒的老婆虽然有十分姿色，人却很愚蠢。然而，一个美貌的妻要是愚蠢，就更增加了魅力。至少，我知道有许多丈夫喜欢他们的妻子愚蠢，认为这是孩子气的天真烂漫的标记。美貌会产生奇迹。一切精神的缺陷，在一个美人儿的身上，不但引不起厌恶，反而会特别地动人；恶习在她们身上也会显得是高雅；可是一旦人老珠黄不值钱，女人就得比男人聪明二十倍，

---

①②③　原文为德文的俄文音译。

才能够引起别人的尊敬，如果不能引起爱慕的话。然而，席勒的老婆，不管多么愚蠢，却还是忠实于自己的本分，所以庇罗果夫大胆的计划很难获得成功；可是克服困难常常是令人愉快的，金发女郎就一天天地更使他怀念了，他开始常常来打听刺马针，终于使席勒觉得厌烦起来。席勒竭力要把刺马针快些做好；终于一副刺马针做成功了。

"嘿，多么好的手艺啊！"庇罗果夫看见了刺马针喊道，"老天爷，做得可真好。就是我们的将军，也没有这么好的一副刺马针呢。"

自满之感洋溢在席勒的心里。他的眼睛显得高兴起来，他完全跟庇罗果夫和好如初了。"这俄国军官倒是个明白人呢。"他心里想。

"您也许会镶嵌短剑这类东西吧？"

"当然会喽。"席勒微笑着说。

"那么，您把我的短剑给镶一下吧。我把它拿来；我有一把很好的土耳其短剑，可是我想重新把它镶一镶。"

席勒听到了这句话，好像遇到了晴天霹雳一样。他的眉头立刻皱了起来。"又来了！"他想，暗地里直咒骂不该自己招揽生意。他觉得现在再要拒绝，太不好意思了，何况俄国军官夸赞了他的手艺。——他稍微晃了晃脑袋,答应了;可是,庇罗果夫走出去时无耻地印在俏丽的金发女郎的嘴唇上的吻又引起了他的猜疑。

我觉得向读者把席勒介绍得更详细点不是多余的。席勒是一个十足的地地道道的德国人。从二十岁起,从俄国人还糊里糊涂过日子的那幸福的时候起,席勒已经把一生估量定了,说什么也决不破一下例。他规定七点钟起身,两点钟吃饭,做随便什么事情都毫厘不爽,每逢星期天喝醉一次。他规定在十年中攒聚五万卢布本钱,这已经像命运一样地确定而不可抗拒,因为叫德国人自食其言,是比叫官吏忘记张望上司的传达室更要困难的。他决不增多一点开支,要是马铃薯的市价比平日涨了,他也不多花一戈比,情愿少买些,虽然有的时候肚子吃不饱,可是也就对付着过去了。他精密到了这步田地,规定一昼夜亲妻子的嘴不得超过两次,为了不多亲一次起见,从来不在汤里放过一勺以上的胡椒①;不过在星期六,这条规则就不这么严格地遵守了,因为席勒那时候要喝两瓶啤酒和一瓶他常常骂不绝口的孜然泡的伏特加。他喝酒不像英国人,一吃完饭就

---

① 他认为多吃胡椒就要打喷嚏,打喷嚏时就要乘势亲吻妻子。

关起门来，一个人自斟自饮。相反的，他是个德国人，喝酒时总是痛痛快快的，不是约了鞋匠霍夫曼，就是约了木匠孔茨——他也是个德国人，喝酒的好手。这些便是终于陷入非常困难处境的高贵的席勒的性格。席勒虽然是一个迟钝的家伙和德国人，可是庇罗果夫的行为在他心里引起了近似嫉妒的感情。他绞尽了脑汁，也想不出办法来摆脱这个俄国军官。这当口，庇罗果夫在一伙朋友中间吸着烟管——因为上帝就是这么安排定的：有军官的地方就有烟管——一边吸烟管，一边浮着愉快的微笑，意味深长地提到他跟一个俏丽的德国女人的一段情史，据他说，他跟这个德国女人很有交情，但事实上，他几乎已经没有丝毫希望赢得她的欢心。

有一天，他在小市民街上溜达，对挂着画有咖啡壶和茶炊的席勒的招牌的一幢房子望着；他喜出望外地看见金发女郎探出头来，在眺望窗外来往的行人。他站住脚，向她招招手，说道："早安①！"金发女郎也像看见了熟人似的对他回了礼。

"您丈夫在家么？"

"在家哪。"金发女郎答道。

---

① 原文为德文的俄文音译。

"他什么时候不在家?"

"他每逢星期天不在家。"傻呵呵的金发女郎说。

"这倒不坏,"庇罗果夫心里想,"这机会可不能错过。"

于是在下一个星期天,他就骤然出现在金发女郎面前了。席勒的确不在家。俏丽的主妇吓坏了,可是庇罗果夫这一回小心得多,行着礼,显示出柔韧的束紧的身段的全部美丽来。他风趣而文雅地说着笑话,可是傻呵呵的德国女人老是回答他简单的一两个字。最后,什么法子都想遍了,还是引不起她的兴趣,他就要求她跳一个舞。德国女人立刻就答应了,因为德国女人总是非常爱跳舞的。庇罗果夫对这个玩意儿抱了很大的希望:第一,这很使她满足,第二,这可以显出他苗条的身材和灵巧的动作,第三,跳舞最能使人接近,便于去搂抱俏丽的德国女人,给一切奠定基础;总而言之,他指望从此可以得到完全的成功。他开头跳了一种慢步的加伏特舞,知道对付德国女人必须有耐心才行。俏丽的德国女人走到房间中央,翘起一只迷人的纤足。这种姿势惹得庇罗果夫心花怒放,他过去搂住了她接起吻来。德国女人扯着嗓子直喊,在庇罗果夫看来这就更增加了魅力;他没头没脸地吻上去。忽然门打开了,席勒同着霍夫曼和木匠孔茨走了进来。这三位高贵的手艺匠都喝得醉醺醺的。

可是，我让读者去想象席勒的恚怒与愤慨吧。

"混蛋！"他愤愤地喊道，"你怎么敢跟我的老婆亲嘴？你是下流鬼，不是俄国军官。见鬼，我的朋友霍夫曼，我是个德国人，不是个俄国猪！"

霍夫曼对他点头称是。

"我不要戴绿帽子！扯领子把他抓出去，我的朋友霍夫曼，我不要。"他继续说，挥动着双手，同时他的脸变成像他坎肩的那种红呢子一样的颜色了，"我在彼得堡住了八年，我在士瓦本有一个老娘，我舅舅住在纽伦堡，我是德国人，可不是戴绿帽子的牛肉！叫他滚出去，我的朋友霍夫曼！抓住他的手跟脚，孔茨兄弟！"

于是旁边两个德国人抓住了庇罗果夫的手跟脚。他怎样使劲也挣扎不脱：这三个手艺匠是所有彼得堡的德国人里面最强壮的，他们这样粗暴无礼地对待他，老实说，我简直找不出话来形容这件凄惨的遭遇。

我想，席勒第二天一定发着高热，每一分钟担心警察会来，身子像败叶似的发抖，他愿意献出随便什么东西，只要昨天发生的事情是一场梦。可是，事情已经发生，再也挽不回来了。再也没有东西可以比得上庇罗果夫的恚怒与愤慨。只要一想到这可怕的屈辱，他就要发疯。他认为，西伯利亚和答刑对于席勒算是最轻的责罚。他飞快地跑回家去，打算更了衣，直奔将军府，在将军面前有声有色地诉说德国手艺匠的暴行。他还想递一份呈文给参谋本部。要是判刑不能令人满意，就再上诉上去，再上诉上去。

可是，事情很古怪地结束了：他路过一家点心铺，进去吃了两个酥脆的肉馅饼，读了一会儿《北方蜜蜂》，出来时已经不怎么愤愤然了。再加上很惬意的凉爽的夜晚引诱他在涅瓦大街上溜达了一下；到九点钟，他就安静了下来，认为在星期天去麻烦将军是不大好的，并且无疑一定有人把将军请出去了。因此他就到一个检察院院长的家里去消磨一个晚上，文官和军官们在那儿举行着欢乐的集会。这一晚过得很愉快，他的玛佐尔卡舞跳得真好，不但淑女们，连男舞伴们也都觉得挺高兴。

"我们这个世界安排得多么巧妙啊！"前天我在涅瓦大街上蹀着，记起了这两件故事，想道，"命运多么奇怪而令人不可捉摸地耍弄着我们啊！我们什么时候得到过我们所愿望的东西？我们什么时候达到过我们的力量仿佛足以胜任的目的？事情总是不如人意的。命运赐给一个人几匹骏马，却偏叫他冷淡地驾着它们奔驰，丝毫不去注意它们那份神美；另外一个人一心一意渴慕着马，却偏叫他只能够步行，千里驹在他身旁走过的时候，只有咂咂舌头的份儿。一个人有一个厨子，烧得一手好菜，可是不幸，他有一张这么小的嘴，两小块肉就吞不下了；而另外一个人有一张像参谋本部的拱门一样大的嘴，但可惜，只配吃马铃薯做的德国饭。命运多么奇怪地耍弄着我们啊！"

可是，最奇怪的是涅瓦大街上发生的事情。千万可别去相信这条涅瓦大街啊！当我走过这条街的时候，我总把斗篷裹得更紧些，尽量不去看见迎面遇到的东西。一切都是欺骗，一切都是幻影，一切都和表面看到的样子不同！你以为这位穿着漂亮的大礼服徜徉漫步的先生很有钱么？——才没有这回事：这件大礼服就是他全部的财产。你想象站在正在建筑中的教堂前面的这两个胖子是谈论它的结构么？——完全不对：他们是在讲两只乌鸦古怪地面对面蹲着。你以为这个心直口快的人，挥舞着双手，在讲妻子从窗口把一个纸团掷在他完全不认得的军官身上么？——完全不对，他是在谈论拉斐德①。你以为这些淑女们……淑女是最不可相信的。你顶好不要去眺望商店的橱窗：橱窗里摆着的小玩意儿瞧着挺美，可就是铜臭熏天。天保

---

① 拉斐德（1757—1834），法国政治家。

佑你别去窥望帽檐下淑女们的脸！不管美人儿的斗篷怎样地在远处飘扬，我也决不盯上去欣赏。看老天爷的面上，离开街灯，离开街灯远些！快一些，尽可能快一些走过去，要是你的风度翩翩的大礼服上光滴了一滴臭灯油，那还算是你的造化。可是不但街灯，别的一切也都充满着欺骗。涅瓦大街老是在撒谎，可是顶厉害的是当浓重的夜色投射在街上，把家家户户白色的和浅黄色的墙壁衬托得格外分明的时候，当全市发出轰响和闪光，无数马车从桥上涌来，骑手①吆喝着，在马背上跳着的时候，当恶魔点亮灯火，要使一切东西显出不真实的面貌来的时候。

---

① 旧时富豪人家的马车，通常驾四匹或六匹马，分成两排或三排并辔齐进，除驭者外，还有骑手骑在左侧第一或第二排的马背上。

鼻子

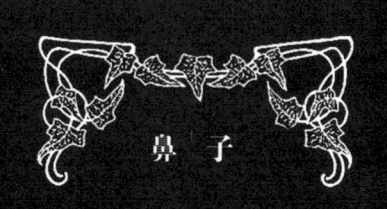

一

三月二十五日那一天，彼得堡发生了一桩非常奇怪的事情。住在升天大街的理发师伊万·雅柯夫列维奇（他的姓失掉了，连他的招牌——画着一个满脸涂着肥皂的绅士，并有"兼放淤血"字样——也不再注明什么）很早就醒来了，闻到了热面包的香味。他在床上稍微抬起一下身子，看见他的老婆，一个爱喝咖啡的挺体面的太太，从炉子里把刚烤好的面包取出来。

"普拉斯柯维雅·奥西波夫娜，我今天不喝咖啡，"伊万·雅柯夫列维奇说："我想吃一点儿热面包，加上葱。"

（其实，伊万·雅柯夫列维奇两样都想要，可是他知道同时要求两样东西是绝对办不到的：因为普拉斯柯维雅·奥西波夫娜顶不喜欢这种异想天开的嗜好。）"让这傻瓜吃面包去；这样我倒更合适，"老婆心里想，"那就多出一份咖啡来了。"于是她把一个面包掷到桌子上。

伊万·雅柯夫列维奇出于礼貌,在衬衫外面穿了件燕尾服,靠桌子坐下,倒了点盐,准备好两只葱头,拿起刀,装出意味深长的模样,动手切开面包。——他把面包切成两半,往当中一瞧,大吃了一惊,看见里面有一个白色的东西。伊万·雅柯夫列维奇小心用刀扒开些,用指头去一摸。"硬的?"他对自己说:"这是个什么东西呀?"

他探进指头去,往外一拉——是个鼻子!……伊万·雅柯夫列维奇丧气地垂下了手;擦擦眼睛,再去摸摸:鼻子,真是鼻子!并且,好像瞧着还挺面熟似的。伊万·雅柯夫列维奇脸上露出了恐惧的神气。但这恐惧却远赶不上他老婆心头的满腔愤怒。

"你打哪儿割了这鼻子来的,你这畜生?"她愤愤地喊,"骗子!酒鬼!我要亲自到警察局告你去!无法无天的强盗!我已经听见三个客人说过,你在刮脸的时候使劲揪住人家的鼻子,几乎要把它们拉下来。"

可是,伊万·雅柯夫列维奇已经吓得死去活来。他知道这不是什么别人的鼻子,正是他每星期三和星期六去给刮脸的八等文官柯瓦辽夫的。

"慢着,普拉斯柯维雅·奥西波夫娜!我用破布把它包起来,放在墙犄角里：让它在那儿搁一会儿，以后我再把它拿出去就是了。"

"我听都不要听你的！指望我会让你把割下来的鼻子搁在这屋里？……你这又干又臭的老帮子！你光知道皮带磨剃刀，往后连正经的责任都快忘干净了，你这二流子，混蛋！你想我会替你在警察面前担不是？……唉，你这懒鬼，废料！把它给我拿出去！拿出去！随便你拿到什么地方去！别让我闻到它这股子臭味！"

伊万·雅柯夫列维奇失魂落魄地愣住了。他想了又想——可不知道该想点什么。

"鬼知道这是怎么一回事，"他终于说，用手搔着后耳根，"我昨天是不是喝醉了回家的，可真是说也说不上来了。可是，不管从哪一点来看，事情总不像是真的：因为面包是烤过的，鼻子却完全不是。我真琢磨不透！……"

伊万·雅柯夫列维奇不作声了。一想到警察要在他家里搜出这鼻子，给他吃官司，他简直吓昏了。他恍惚已经看见绣银边的红领子，剑……他浑身哆嗦起来。他终于取出内衣和靴子来，把这些破烂全给穿上，被普拉斯柯维雅·奥西波夫娜的厉声责骂伴送着，用破布包了鼻子，走到街上来了。

他打算把它塞到什么地方：或者塞在大门边柱子底下，或者抽冷子把它丢掉，然后踅入小胡同里去。可是运气坏得很，他总是遇到一些熟人，他们不住地问他："你上哪儿？"或者"这么早给谁刮脸去？"使伊万·雅柯夫列维奇怎么也抓不着机会。另外有一回，他已经完全把它扔掉了，可是岗警大老远的就用戟对他一指，找补上一句："拾起来呀！你把什么东西丢在地上了！"于是伊万·雅柯夫列维奇只得把鼻子拾起来，藏在口袋里。他感到绝望，尤其因为这时大店小铺都开了门，接着街上的人也越来越多。

他决定走到以撒桥那边去：不知道能不能设法把它扔在涅瓦河里？……可是，我直到现在还没有对伊万·雅柯夫列维奇这个在许多方面都十分可敬的人说上几句话，是很抱歉的。

伊万·雅柯夫列维奇，像每一个正派的俄国手艺匠一样，是一个了不起的酒鬼。虽然天天刮别人的下巴，他自己的下巴却是向来不刮的。伊万·雅柯夫列维奇的燕尾服（伊万·雅柯夫列维奇从来没有穿过大礼服）是有斑纹的，就是说，从前曾经是黑色的，现在却染满了肉桂黄和灰色的斑点；硬领油光锃亮；三颗纽子掉落了，只剩下些线脚。伊万·雅柯夫列维奇是一个伟大的冷嘲家，八等文官柯瓦辽夫通常在刮脸时问他："伊万·雅柯夫列维奇，你的手上总有一股子臭味儿！"那么，伊万·雅柯夫列维奇对于这一句问话就答道："怎么会臭呢？"——"这我可不知道，朋友，我只知道有一股子臭味儿。"八等文官说，——于是伊万·雅柯夫列维奇闻了一撮鼻烟，在颊上，鼻子下面，后耳根上，下巴颏上，总之，在他兴之所至的任何地方涂上肥皂，当作他的回答。

这位可敬的市民已经走到了以撒桥上。他先往四下里张望一下；然后俯伏在桥栏上，好像要看看桥下有没有许多鱼在游着，接着悄悄地扔掉了包着鼻子的破布。他觉得好像一下子卸下了十普特①重的担子：伊万·雅柯夫列维奇甚至微笑起来。他不去刮官们的下巴了，却向一家挂着"茶点小酌"的招牌的铺子走去，想要一杯果酒喝，这时候忽然看见桥头上站着一个仪表堂堂、长着茂密的络腮胡子、戴三角帽、佩剑的巡长。他吓呆了；这当口，巡长用手指招招他，说："来一下，你！"

伊万·雅柯夫列维奇很有礼貌，老远的就脱了便帽，敏捷地趋前一步，说："大人您好！"

"什么您好不您好，朋友；倒不如对我说，你站在桥上在

---

① 1普特合16.38公斤。

干什么?"

"实实在在,大人,我去给人剃胡子,顺便看一下河流得快不快。"

"撒谎,撒谎!瞒不了我的。照实说!"

"我情愿给您大人每星期刮两回脸,三回也行,决不敢推托。"伊万·雅柯夫列维奇答道。

"不,朋友,少说废话!我有三个理发师给我刮脸,他们还觉得我是赏了他们天大的面子哩。你倒是说,你在那儿干什么?"

伊万·雅柯夫列维奇的脸刷地变了颜色……可是,事情从此完全笼罩在雾里,以后到底发生了些什么,一点也无从知道了。

二

八等文官柯瓦辽夫很早就醒来了,用嘴唇弄出"勃噜噜……"的声音,那是他醒来时总要做的,虽然他自己也说不出所以然。柯瓦辽夫伸了个懒腰,叫人把桌上的小镜子拿来。他想看一看昨天晚上鼻子上长出来的那粒小疙瘩;可是,他大吃了一惊，应该有鼻子的地方，变成完全平塌的一块了！柯瓦辽夫吓坏了，叫人倒水来，用手巾擦了眼睛：当真没有鼻子！他伸手拧自己一把，要知道是不是在做梦？似乎不是做梦。八等文官柯瓦辽夫一骨碌从床上爬起来，抖了抖身上：没有鼻子……他叫人立刻给他穿起衣服来，飞似的一直去见警察总监。

我们得交代一下这位柯瓦辽夫，让读者可以知道他是个什么样的八等文官。依靠学校文凭获得这一头衔的八等文官，是决不能跟高加索一带弄到手的八等文官相提并论的。他们是完全不同的两种。学校出身的八等文官……可是，俄国是一个不可思议的国家，你只要讲到一个八等文官，从里加到堪察加所有的八等文官都一定会认为是讲到了他自己。其他的官衔和品级当然也都是这样的。——柯瓦辽夫是一个在高加索弄到的八等文官。他弄到这个官衔还不过刚刚两年，所以一刻也忘不掉它；并且为了给自己增添些气派和分量起见，他从来不称呼自己八等文官，却总叫少校。"听着，大婶，"他如果在街上遇见一个卖衬衣硬胸的女人，总是说："你上我家里来吧；我住在花园街；只要问：柯瓦辽夫少校住在这儿么？谁都会告诉你的。"如果遇见一个略有几分姿色的，那么，除此之外，还要给她加上点秘密的嘱咐，找补上一句："宝贝，你打听一下柯瓦辽夫少校的家吧。"——正因为这样，所以我们往后也管这位八等文官叫少校。

柯瓦辽夫少校有每天在涅瓦大街散步的习惯。他的衬衣硬胸的领子总是雪白、浆硬的。他的络腮胡子，是现在省衙门或县衙门的丈量员、建筑师，——只要他们是俄国人就行，——还有执行各种警察职务的人，总而言之，一切有着胖胖的红脸蛋，打得一手好波士顿牌的人脸上还能看到的那一种：这些络腮胡子在脸颊中部蔓生开来，一直伸到鼻子附近。柯瓦辽夫少校带着许多玛瑙图章，有的刻着纹章，有的刻出星期三、星期四、星期一等等字样。柯瓦辽夫少校是因为有事才上彼得堡来的，就是说，要找寻一个和他的官衔相称的职位：运气好，弄到个副省长，否则就在一个什么红衙门里当个庶务官。柯瓦辽夫也不反对结婚；可是，先决条件是新娘必须带来二十万卢布的陪嫁。所以，读者自己可以判断：当少校看见长得不讨厌而又大小适中的鼻子变成了糟糕透顶的、光光的、平塌的一块时，心里够有多么难受。

真不凑巧，街上连一辆出租马车也没有，他必须徒步走去，紧裹着斗篷，用手帕遮住脸，装出像是出鼻血的样子。"没准儿只是我这样想象罢了。鼻子不会糊里糊涂落掉的。"他故意跑到一家点心铺里去，想照照镜子。幸亏点心铺里一个人也没有：小伙计们在打扫房间，安排桌椅；有几个睁着惺忪睡眼，用托盘搬出刚烤好的馅饼来；桌上和椅上散乱地摆满沾了咖啡渍的隔夜的报纸。"谢天谢地，一个人也没有，"他说，"现在可以照一照了。"他怯生生地走到镜子前面，往里一瞧："鬼知道像个什么东西，真糟糕！"他啐了一口唾沫，说……"就算没有鼻子，另外要是有个什么也好呀，可是一点东西也没有！……"

他懊丧地咬紧嘴唇，走出了点心铺，决定打破平日的习惯，不对任何人望一眼，也不对任何人笑一笑。忽然他像生了根似的停在一家人家的门口；一件难以索解的怪事在他眼前发生了：一辆马车在门口停下；车门打开了；弯着腰，跳出一位穿制服的绅士来，一直跑上台阶去了。当柯瓦辽夫认出这是他自己的鼻子的时候，他是多么害怕而又惊奇啊！他目睹这样不平常的景象，觉得眼前一切东西都旋转了起来；他感觉到站都站不稳了；可是，他像发疟疾似的浑身哆嗦着，决定无论如何要等他回到车子里来。两分钟之后，鼻子真的出来了。他穿着绣金的、高领的制服，熟羊皮的裤子，腰间挂一口剑。从有缨子的帽子可以推知他是忝在五等文官之列。从一切迹象上都可以看出他是到什么地方去拜客的。他向两边望了一望，对车夫喊道："走吧！"坐上马车，就拉走了。

可怜的柯瓦辽夫差点没有发疯。他对于这样的怪事简直琢磨不透。说真的，昨天还在他脸上挂着、不会坐车也不会走路的鼻子，怎么竟会穿起制服来的呢！他跟着马车追上去，幸亏走不多远，马车在喀山大教堂门前停下了。

他急忙向教堂走去，穿过一队他以前嘲笑刻薄过的，脸上包着布，只给眼睛露两个窟窿的老乞婆们，一直走了进去。教堂里祈祷的人不多，他们都站在门口。柯瓦辽夫觉得自己的心情这样紊乱，怎么也不能定下心来祈祷，就用眼睛向四处去寻找这位绅士。终于看见了他站在前面。鼻子完全把脸埋在高耸的领子里，装出非常虔敬的神气祈祷着。

"怎么去搭理他呢？"柯瓦辽夫想，"从一切迹象，从制服、从帽子上都可以看出，他是一位五等文官。鬼知道我该怎么办！"

他在他身旁咳嗽了一声；但鼻子一刻也不改变他虔敬的姿势，向圣像行着礼。

"仁慈的先生……"柯瓦辽夫强自振作着，说："仁慈的先生……"

"您有什么事？"鼻子回过头来回答。

"我很奇怪，仁慈的先生……我认为……您应该知道自己的位置。可是我竟在什么地方找到了您呀？——在教堂里。您得承认……"

"对不起，我简直不明白您在说些什么……您往明里说吧。"

"我怎么给他解释呢？"柯瓦辽夫想了想，鼓起勇气来，说："当然，我……不过，我是个少校。我没有鼻子在街上走，你得承认，这是不成体统的。一个在升天桥上坐着卖剥皮橘子的女贩可以将就着没有鼻子；可是我还在等待升官呢……况且我认得许多人家的太太：五等文官夫人契赫塔辽娃，还有别人……您自己想想吧……我不知道，仁慈的先生……（说到这儿，柯瓦辽夫少校耸了耸肩。）对不起……如果按照义务和名誉的法则来看这件事情……您自己可以明白……"

"我一点也不明白，"鼻子答道，"您再解释得清楚些吧。"

"仁慈的先生……"柯瓦辽夫带着威严的神气说，"我不知道应该怎样理解您说的话才好……事情摆得明明白白的……要就是您想……您是我的鼻子呀！"

鼻子对少校望着，稍微皱了一皱眉。

"您弄错了，仁慈的先生。我跟您不相干。再说，我们之间不可能有什么密切的关系。照您这件常制服的纽扣判断起来，您应该是在参议院，或者至少是在司法衙门里供职的。我可是在学术机关方面。"说完这句话，鼻子扭过脖去，又继续祈祷起来。

柯瓦辽夫完全愣住了，不知道该干些什么，甚至也不知道该想些什么。这时候听见了一阵悦耳的女人衣裙的窸窸窣窣声：来了一个浑身上下绣满花边的中年妇人，旁边还有一个娇小玲珑的女人，一袭白衣服配着她苗条的身材显得格外动人，头戴一顶淡黄色的、像蛋糕样喷松的帽子。一个大胡子、高个儿、有着十来层硬领的仆人在她们后面停下来，打开着鼻烟匣。

柯瓦辽夫走近前去，把硬胸的细麻布领子拉起来，理理好挂在金索链上的小图章，向两旁微笑着，对体态轻盈的女人投了一瞥，那女人像春花似的微微弯着腰，把有着半透明的指头的白手举到前额上。当柯瓦辽夫看见帽子下面露出晶莹滚圆的下巴颏和染着初春玫瑰的轻红的半边脸的时候，微笑在他脸上更加荡漾开了。可是，他忽然往后倒退几步，好像被火烫了似的。他记起来，在原来有鼻子的地方完全一点什么东西也没有了，于是眼泪夺眶而出。他回过身去，想对那位穿制服的绅士直说，他只是冒充作五等文官罢了，他是个大混蛋、大骗子，他是他的鼻子，再不是别的什么……可是鼻子已经不知去向：他八成坐着马车又去拜会什么人了。

这使柯瓦辽夫完全绝望了。他走回来,在圆柱廊附近站了一会儿,小心往四下里张望,看是不是能在什么地方找着鼻子。他记得很清楚,那人的帽上有缨子,制服是绣金丝线的;但却没有注意他的外套,马车和马的颜色,甚至也没有注意他后面是不是有跟班,穿着什么样的制服。并且,来来往往这么许多马车,跑得又这么快,简直看也看不清;可是,即使他看准了是哪一辆,也没有方法叫它停住。这一天正是风和日丽的一天。涅瓦大街上挤满了人;妇女们像繁花织成的瀑布似的撒落在警察桥到安尼奇金桥整条的人行道上。对面来了一个他所熟识的七等文官,他喜欢管那人叫中校,特别是当着闲人的面。还有一个他的好朋友参议院的股长雅雷庚,八个人坐下打波士顿牌的时候,他总是输家。还有另外一个在高加索捞到了官职的少校,招手要他过去……

"见鬼!"柯瓦辽夫说,"喂,车夫,给我一直拉到警察总监府上去!"

柯瓦辽夫坐上马车,一个劲儿冲着车夫喊:"快走!越快越好!"

"警察总监在家么?"他走进前厅,喊道。

"不在家，"看门人回答，"刚刚出门。"

"瞧这个巧劲儿！"

"说的是呀，"看门人找补了一句，"刚才还在的，这会儿可出去了。您要是早来一分钟，就可以在家里碰到他。"

柯瓦辽夫仍旧用手帕掩着脸，坐上马车，用绝望的声音喊道："走！"

"上哪儿？"车夫问。

"一直走！"

"怎么一直走呢？这儿该拐弯了呀：往右拐还是往左拐？"

这一问可把柯瓦辽夫给问住了，他重新沉思起来。处于他的境地，他应该先上法纪部去，这倒不是因为这件事情跟警察直接有关，而是因为法纪部办起案子来要比别的衙门快得多；至于向鼻子自称在里面供职的机关的长官去控告，希图弄个水落石出，那是不会有什么结果的，因为从鼻子的答辩就可以看出，这个人没有什么神圣的观念，那时他也会撒谎，正像他撒谎说跟柯瓦辽夫没有一面之缘一样。这样，柯瓦辽夫本来已经想叫车夫驶往法纪部去了，忽然又想起了一个念头：这个刁棍和骗子初次见面尚且这样恬不知耻，他很可能抓住机会，想个什么花招，从从容容溜出城去的——那时候，一切追寻就都枉费心机了，或者可能一月两月地拖延下去，那才真糟呢。最后，似乎老天爷启发了他。他决定一直赶到报馆发行科去，尽先登一个广告，把特点详细写清楚，以便任何一个人一遇见这鼻子，就可以立刻把鼻子抓来见他，或者至少是通知他鼻子所在的地方。他打定了这样的主意，就叫车夫赶到报馆发行科去，一路上不住地用拳头搡车夫的脊梁，喝道："快点，混蛋！快点，骗子！"——"唉，老爷！"车夫说，摇摇头，用缰绳抽打那匹毛长得像叭儿狗似的马。马车终于停下了，柯瓦辽夫上气不接下气地奔进一间狭小的接待室，那儿有一个穿着旧燕尾服戴眼镜的白头发的职员，坐在桌子前面，嘴里咬着鹅毛笔，在数点收进来的铜币。

"这儿谁是受理广告的？"柯瓦辽夫喊道，"啊，你好！"

"您好。"白头发的职员说，抬起一下眼睛，接着又落在钱堆上了。

"我想登一个……"

"对不起，请稍微等一等。"职员说，一只手指着纸上的数字，左手手指在算盘上拨动了两颗珠子。

一个衣服上镶着花边，外表显出是在大户人家当差的仆人，手里拿着一张字条，站在桌子旁边，认为应该表示一下自己是吃得开的人物，说："您相信不相信，先生，这一条小狗值不了八十戈比，要是我，连八个镏子也不肯出，可是架不住伯爵夫人喜欢它，实实在在，喜欢得要命，——所以谁要是找到这条狗，就赏给一百卢布。按说，连您跟我也包括在内，各人的口味总是不一样的。要是个猎人的话，就得养长毛猎狗或者鬈毛狗，花上个五百、一千，倒不在乎，狗可得是条好狗。"

可敬的职员装出意味深长的模样听着他，同时计算着字条上有多少个字。两边站着许多老太婆、商店掌柜和仆人，手里都拿着字条。一张上写着品行端正的马夫一名待雇；另外一张要把一八一四年从巴黎买来的五成新的半篷马车出售；还有一张是一名十九岁的婢女找工作，会洗衣服，也能干别的活；此外是出售缺了一根弹簧的牢固耐用的弹簧座马车；满十七岁的强悍的灰斑马；伦敦新到的芜菁和小红萝卜种子；外带两间马厩和足够种漂亮白桦树或枞树林子的空地等附属物的别墅；有的求售旧鞋底，要求愿购者每天在八点到三点之间前往接洽。容纳这群人的是一间小房间，空气十分混浊；可是，八等文官柯瓦辽夫闻不到这气味，因为他用手帕遮住了脸，并且也因为他的鼻子落到天知道什么地方去了。

"仁慈的先生，借问一声……我事情很紧急。"他终于忍不住说。

"就好，就好！二卢布四十三戈比！立刻就好！一卢布六十四戈比！"白发老先生说，把一张张字条掷到老太婆和仆人面前。"您有什么贵干？"他终于转过脸来对柯瓦辽夫说。

"我要……"柯瓦辽夫说，"我受了骗，上了人家的当，我到现在还弄不清楚是怎么一回事。我只要登一个广告，有人能把那坏蛋抓住，就可以得到相当的酬谢。"

"请问贵姓？"

"不，为什么要问我的姓呢？我可不能把它说出来。我认得许多熟人：五等文官夫人契赫塔辽娃、校官夫人帕拉盖雅·格利戈里耶夫娜·波德托庆娜……要是让人家知道了，可就糟啦！您可以简单地写：一个八等文官，或者更好些，写上：一个得到少校官衔的人。"

"那么，这跑掉的家伙是您的用人吧？"

"什么用人？那还算不得什么了不起的骗局呢！从我那儿跑掉的是……鼻子……"

"哼！多么古怪的姓啊！这个鼻先生卷逃了您很大一笔款子吧？"

"鼻子，那就是……您想到哪儿去了！鼻子，我自己的鼻子，不知道丢失到什么地方去了。鬼想给我寻开心！"

"怎么丢失的呢？我不大明白您的意思。"

"我可不能告诉您是怎么丢失的；可是，主要的是他现在坐着马车满城跑，还自称五等文官。所以我要您给登一个广告，让看到他的人在短时间内赶快把他抓回来。说实在的，您想想，没有了身体上这最显著的一部分，这可怎么行呢？不比脚上的一只小指头，那是穿在靴子里的——没有了它，谁都看不出来。我每星期四都得上五等文官夫人契赫塔辽娃家里去；还有校官夫人帕拉盖雅·格利戈里耶夫娜·波德托庆娜，她的女儿长得可别提多漂亮啦，她们也都是我的熟朋友，您自己想想，这下子我可怎么……我再也不能在她们面前露脸了。"

职员抿紧了嘴唇，这说明他是在沉思。

"不，我不能在报上登这样的广告。"沉默良久之后，他终于说。

"怎么？为什么？"

"是这样的。报纸会声名扫地。要是大家都来登个广告，说什么鼻子跑掉了之类的话，那么……本来就已经有人在说闲话啦，说我们报纸上尽登些荒谬的话和无中生有的谣言。"

"这件事有什么荒谬呢？我觉得一点也没有什么荒谬。"

"这不过是您这样觉得罢了。譬如说吧，上星期我们就遇到过一件类似的事情。正好像您现在这副神气，来了一位官员，他拿来一张字条，算起来该付二卢布七十三戈比，广告上说的是一条黑色的鬈毛狗跑掉了。这里面瞧着好像没有什么吧。谁知道敢情是暗中毁谤：鬈毛狗说的是一个女会计员，我不记得是哪一个机关里的了。"

"可是，我不是要登鬈毛狗的广告，倒说的是我自己的鼻子。所以，几乎就跟登我自己的广告一样。"

"不行，这样的广告我怎么也不能登。"

"我可真的丢了鼻子呀！"

"如果丢了鼻子，那是医生的事。据说，有人能给装上随便什么样的鼻子。可是，我瞧您先生是一位性格开朗的人，您好跟别人开个玩笑。"

"我敢对天起誓！事情到了这步田地，我就把它给您看看吧。"

"不敢惊动尊驾！"职员闻了一撮鼻烟，接茬儿说下去，"可是，要是不太麻烦的话，"他动了好奇心，加添一句说，"那么，我倒也想看一看。"

八等文官把手帕从脸上拿开。

"这真是怪极了!"职员说,"平塌的一块,好像一张刚烤好的油饼一样。是呀,简直光滑得叫人难以相信!"

"那么,您还要跟我争辩么?您自己可以看到,广告是不能不登的。我要特别谢谢您,并且我很高兴有这个机会认识您……"从这几句话上可以看出,少校打定主意这一回要多献一点儿殷勤。

"登报自然也并不怎么难,"职员说,"不过我想,这对于您是毫无好处的。要是您愿意的话,您还不如去找一位有生花妙笔的文人,把它当作奇特的自然的产物描写出来,文章登在《北方蜜蜂》上(说到这儿他又闻了一撮鼻烟),可以裨益青年(说到这儿他擦了擦鼻子),或供好奇之士玩赏。"

八等文官一点希望也没有了。他的眼光落到报纸的下面一栏,演剧广告上。看到一个挺漂亮的女戏子的名字,他脸上已经浮漾起笑意来了,伸手去摸口袋,看看有没有蓝票子①,因为照柯瓦辽夫的意见,校官是非坐官厅不可的,——可是一想到鼻子,一切全吹了!

连职员好像也被柯瓦辽夫的困难处境感动了。为了宽舒他

------

① 蓝票子指价值五卢布的纸币。

的愁怀起见，他认为有必要说几句话表示一下自己的同情："您发生了这样的变故，说真的，我心里很替您难受。您要闻一点鼻烟么？这可以治头痛，气郁；甚至对于痔疮也是很灵验的。"说了这几句话，职员向柯瓦辽夫递过鼻烟匣来，把嵌着戴帽美人小像的盖子很灵巧地折叠到鼻烟匣下面去。

这个无意的行为使柯瓦辽夫再也忍不住了。"我不明白您怎么单挑这时候来开玩笑，"他愤愤地说，"难道您没有看见我正缺少嗅鼻烟的家伙么？去你的鼻烟吧！我这会儿见不得它，别说下等的白桦烟，您就是拿给我拉丕烟闻，我也要生气的。"说了这几句话，他伤心至极，走出报馆发行科，一直去找警察分局长，那是一个顶爱吃砂糖的人。在他的家里，一大间兼作饭厅用的前厅里摆满着商人们为了表示友谊送给他的糖塔。女厨子这时候给警察分局长脱下了当官儿穿的过膝的长统靴；剑和全身披挂已经一件件安安稳稳挂在角落里，望而生畏的三角帽已经被他三岁的儿子拿去玩去了，他过了紧张的疾言厉色的一天之后，正预备享受一下安静的乐趣。

柯瓦辽夫走进去的时候，他正伸了个懒腰，哼哼唧唧着，说道："咳，要睡上两个钟头才舒服哪！"因此，早就可以看出，八等文官的来到是完全不合时宜的。我不知道，这时候他即使带了几磅茶叶或上等呢绒前来拜访，他是不是还会受到十分殷勤的接待。警察分局长是一切美术品和工艺品的热心的奖励人；但他尤其喜欢国家发行的钞票。"这东西呀，"他时常说，"再没有什么东西比这更好的了：它不要吃，也不占地方，口袋里就搁得下，掉在地上也摔不破。"

分局长很冷淡地接待了柯瓦辽夫，并且说：饭后不是调查案情的时候，造物主本来就规定吃饱了饭就得休息（从这一点，八等文官可以知道警察分局长是深通古圣贤的遗训的），一个正派人决不会被人割掉鼻子，世上各式各样的少校可多啦，有的连衬衣衬裤都混不周全，成天尽在下流的地方鬼混。

这一番话正是当头的一棒！得交代一下，柯瓦辽夫是一个非常爱生气的人。要是光说他本人点什么，那倒总可以原谅，可是一讲到品级和官衔，他就一点不肯含糊。他甚至主张，在上演的戏里，一切讲到尉官的话都可以容忍，但决不容许攻击校官。分局长接待他的态度使他这样难堪，他只得摇摇头，两手一摊，带着威严的神气说："老实说，听了您这些无礼的批评，我不愿意再说什么了……"扭头就走了出去。

他拖着蹒跚的脚步回到家里。已经是黄昏了。经过毫无结果的奔波之后，他觉得家里怪冷清的，简直令人生厌。走进前厅，他在涂满污迹的皮沙发上瞧见了听差伊万，这家伙朝天仰卧，一个劲儿往天花板上吐唾沫，总是准确地吐在同一个地方。这家伙的这副自在劲儿可真把他气疯了；他用帽子打了一下他的脑门子，找补上一句："你这猪，尽干傻事！"

伊万一骨碌爬起来，飞似的跑上来给他脱斗篷。

少校走进自己的屋子，又疲倦又悲伤，一歪身坐在圈手椅里，叹了几口气才说：

"我的天！我的天！这够有多么倒霉？我要是没有了手，或者没有了脚，还好些；就是没有了耳朵，难看是难看些，勉强倒还可以对付；可是，一个人没有了鼻子，鬼知道他像个什么东西：鸟不像鸟，人不像人；这样的丑东西，你干脆把他掷到窗外去就完啦。要是在战争或者决斗时被人砍掉，再不然是由于自己的过失失落的，那都没有话说；可是，现在却毫无来由地失落了，一个锎子也不值！……可是不呀，绝没有这样的事，"他想了想，接下去说，"鼻子会失落，这是不可思议的；凭怎么说也是不可思议的。要不是做梦，那就准是我胡思乱想想疯了；没准儿我拿错了白开水，把刮完胡子后用来擦脸的酒精喝到肚里去了。伊万这个傻瓜一定没有把它拿走，我就糊里糊涂喝了。"

为了证明自己没有醉，少校使劲把自己拧了一把，痛得直叫唤。这痛楚明明白白地告诉他，不是在做梦。他悄悄地走到镜子跟前，起初眯缝着眼睛，心想鼻子也许还会在老地方挂着吧；可是立即往后倒退几步，叫道："多么丑的样子啊！"

这真是一件不可理解的事情。如果丢失一颗纽扣、一把银匙、一只表，或者这一类的东西，倒也罢了；——可是丢失这件东西，怎么可能呢？并且还在自己的屋里！……柯瓦辽夫少校把一切情况仔细想了一想之后，觉得最近情理的，只好归罪于想把女儿嫁给他的校官夫人波德托庆娜。他本来也喜欢勾搭人家，可就是不愿意最后落个痕迹。等到校官夫人直率地告诉他要把女儿嫁给他的时候，他就推得干干净净，用一套敷衍的话来搪塞，说他还很年轻，他得再服务五年，等他到了四十二岁时再说。因此，校官夫人一定是为了报仇才打定主意来糟蹋他，雇了一些巫婆来达到这个目的。因为无论如何也不能设想，鼻子会被人割掉：谁也没有到他屋里来过；理发师伊万·雅柯夫列维奇还是在星期三给他刮过胡子的，可是星期三不必说了，就是星期四整整一天，鼻子也还是好端端的；——这一点，他记得十分清楚，并且按说他应该会觉得痛，并且伤口也决不会好得这么快，光滑得像一张油饼一样。他脑子里在筹思着种种计划：依法对校官夫人起诉，或者干脆亲自去见她，当面揭穿她的阴谋。他的思路被门缝里漏进来的淡淡的光打断了，他知道伊万在前厅点上了蜡烛。不多一会，伊万进来了，手里擎着蜡烛，明晃晃地照亮了整个房间。柯瓦辽夫第一个动作就是用手帕遮住昨天还有个鼻子的地方，别让傻瓜看见老爷这副怪模样，吓得目瞪口呆。

伊万还没有来得及退回下人住的屋子里去，只听见前厅里响起了一个陌生的声音，说道："八等文官柯瓦辽夫住在这儿吗？"

"请进来吧。柯瓦辽夫少校正是住在这儿。"柯瓦辽夫说，慌忙起身给客人开门。

进来了一个仪表堂堂，有着不太淡也不太黑的络腮胡子和胖胖的脸蛋的警官，就是小说一开始时站在以撒桥头的那一个。

"您丢失了您的鼻子吧？"

"正是。"

"它现在被找到了。"

"您说什么？"柯瓦辽夫少校喊道，高兴得说不出话来。他两眼呆呆地望着站在面前的巡长，在他的厚嘴唇和胖脸蛋上明晃晃地闪耀着抖动的烛光，"怎么找到的？"

"事情很蹊跷:几乎在他刚要动身的时候把他截住的。他已经坐上公共马车,准备出发到里加去了。护照早已办好了,还写着一个官员的名字。奇怪的是,起初连我都把他看成一位绅士呢。可是幸亏我随身带着眼镜,我立刻看出他是一个鼻子。我是个近视眼,您要是站在我的面前,我只能看见您的脸,此外,鼻子呀,胡子呀,我可什么都看不见了。我的丈母娘,就是我的内人的令堂,也是什么都看不见的。"

柯瓦辽夫简直喜出望外了,"它在哪儿?哪儿?我立刻就去。"

"您放心吧。我知道您需要它,我已经把它带来了。奇怪的是,这案子的主犯是升天大街的理发师这骗子,现在已经把他逮捕法办了。我早就疑心他爱喝酒,手脚不干净,前天他还偷了一家铺子一打纽扣来的。您的鼻子完全跟原来一模一样。"说到这儿,巡长伸手到口袋里去,摸出了用纸包着的鼻子。

"是呀,就是它!"柯瓦辽夫喊道,"果然是它!您今儿赏光跟我一块儿喝杯茶吧。"

"我认为这是非常愉快的事,可是我不能奉陪:我打这儿还得上疯人院去呢……眼下物价可涨得真厉害……我家里有大大小小好几口人,有我的丈母娘,就是我的内人的令堂,还有好几个孩子，大的一个将来倒像是挺有出息的：一个很聪明的孩子。可是，我没有富余的钱来教育他。"

柯瓦辽夫猜出了对方的意思，从桌上抓起一张红票子①来，塞在巡长的手里。巡长把脚一碰行了一礼，走出门去，差不多同时，柯瓦辽夫就听见他在街上嚷嚷，一个呆笨的乡下人可巧把一辆大车赶到人行道上来，挨了他一下清脆的巴掌。

巡长出去之后，八等文官迷迷糊糊的还没有清醒过来，过了好几分钟，他才能够重新看见东西，恢复感觉：意外的快乐使他陷入了这样的昏迷状态。他小心用双手捧起那个刚刚找到的鼻子，又很仔细地把它瞧了个够。

"是它，的的确确是它呀！"柯瓦辽夫少校说，"这儿左边还有一粒小疙瘩，是昨天长出来的。"少校高兴得差点没有笑出声来。

可是好景不长，快乐顷刻之间就显得不怎么强烈了；再过一会儿，就更加微弱，最后不知不觉地落入平日的心境里去，正像小石子激起的涟漪终不免变成平滑的水面一样。柯瓦辽夫这才想到事情还没有了结：鼻子是找到了，但必须把它装上去，

---

① 红票子指价值十卢布的纸币。

放回原来的地方才行。

"要是装不上，可怎么办呢？"

这样自问自答着，少校脸色发白了。

他被一种莫名的恐惧驱策着，走到桌子前面，把镜子挪近些，唯恐把鼻子装歪了。他的手直打哆嗦。他小心慎重地把它安放在原先的地方。啊，真要命！鼻子竟粘不住！……他把它拿到嘴唇边，轻轻呵口气暖一暖它，然后再把它安放到两颊之间那块平塌的地方；可是，鼻子说什么也不肯挂住。

"喂！喂！爬上去呀，混账东西！"他对鼻子说。可是，鼻子木僵僵的，发出一种古怪的声音掉落在地上，像是木塞子一样。少校的脸痉挛了起来。"总不肯粘住吗？"他惊慌地说。可是，不管多少次把它装到原先的地方，一切努力总都是白费。

他大声地把伊万叫了来，打发他去请医生，那医生就住在同一幢房子二层楼上的一套上等房间里。医生是一个很体面的人物，长着漂亮的乌黑的络腮胡子，有一个健康活泼的太太，每天早上要吃几只新鲜苹果，口腔永远保持非凡的清洁，每天早晨得花上三刻钟漱口，用五种不同的牙刷刷牙。医生立刻应召而到。他问了问这件不幸的事情是多咱发生的，接着把柯瓦辽夫少校的下巴颏托起来，用大拇指在原来有鼻子的地方弹了一下，使少校猛地把脑袋往后一让，可巧把后脑勺磕在墙上。医生对他说，这不碍什么事，叫他离开墙远一些，先把头转到右边，摸了摸原先有鼻子的地方，说了声"嗯！"然后叫他转到左边去，又说了声"嗯！"最后，又用大拇指弹了他一下，柯瓦辽夫少校忍不住一仰脖子，正像一匹被人数点牙齿数目的马一样。做完这样的试验之后，医生摇摇头，说："不，不行啦。您最好还是将就些吧，否则，还会坏呢。装当然可以装上去；我立刻给您装都可以；可是我得预先警告您，这对于您是会更坏的。"

"说得倒轻松！我怎么能没有鼻子活下去呢？"柯瓦辽夫说，"再没有比现在更糟的了。简直鬼知道成了一副什么怪模样！这样的一张丑脸，叫我怎么出去见人呢？我的熟人都是些场面上的人：就说今天吧，我就得去参加两家晚会。我认得许多人：五等文官夫人契赫塔辽娃、校官夫人波德托庆娜……虽然她这样对待我，我只能跟她在警察局里相见了。您行行好吧，"柯瓦辽夫用恳求的声音说："可有什么法子没有？您总得给我装上去；就是装得不好也不要紧，只要粘住就行啦；不大稳当的时候，我甚至可以轻轻地用手托住它。再说，我又不跳舞，所以用不着担心会一不留神把事情弄糟。至于您的出诊的谢礼，请您放心,我会尽我的力量……"

"请您相信我,"医生用不高也不低、但却非常亲切而有吸引力的声音说,"我行医绝不是为了营利。这是违背我的原则和技术的。不错,我出诊也收些报酬,但这只是因为坚决不收,倒会使病人觉得过意不去罢了。当然,我可以给您把鼻子装上去;可是,您要是不相信我,我可以凭着我的名誉忠告您,那是更会坏得多的。最好还是听其自然。常常用冷水洗洗它,我告诉您,您就算没有鼻子,也还是跟有鼻子时一样健康的。至于鼻子,我劝您把它装在瓶子里,用酒精泡起来,最好加上两匙烧酒和热醋,——那么,您就可以大大地发上一笔财了。我也想要它,假使您要价不太贵的话。"

"不,不!我怎么也不卖!"柯瓦辽夫少校绝望地喊,"我情愿让它丢掉算了!"

"对不起!"医生辞别出来说,"我真想给您效劳……有什么法子呢!至少,您看到我是尽过一番力了。"说完这几句话,医生扬长而去。柯瓦辽夫连医生的脸也没有看清楚,昏昏迷迷的,只看见黑燕尾服的袖子里露出雪白的衬衫的袖子。

第二天,他决定在呈递诉状之前,先写一封信给校官夫人,问她愿不愿意私下了结,把原来属于他的东西交还给他。信是这样写的：

仁慈之亚历山德拉·格利戈里耶夫娜夫人！

我殊不解夫人奇特之行为。如此举动，我敢保夫人必将毫无所得，亦决不能强我与令媛结婚。鄙鼻之全部经过，我已尽知，并确知舍夫人之外，别无其他主谋。此物突然失踪，逃亡，忽化妆为官员，忽又仍复本相，均系夫人，或如夫人亦从事于伟业者，施行妖术之结果。责任所在，我必须通知夫人，鄙鼻今日如再不复归原处，则唯有诉诸法律之防御与保护而已。

临书神驰，

恭顺之仆人普拉东·柯瓦辽夫敬启

仁慈之普拉东·库兹米奇先生！

来信使我不胜骇异。接获来信，又受到先生不公平之谴责，实出于意料之外。我愿掬诚正告先生，来信所提及之官员，无论其为化妆，或系本相，我从未予以招待。诚然，有菲利普·伊万诺维奇·波坦契科夫君者曾来舍间。此人品端学粹，且有意向小女求婚，但我亦从未示彼以一线希望。来信又提及尊鼻云云。先生如此措辞，如意谓我将嗤之以"鼻"，亦即正式拒绝之意，则更使我不明尊意何在。如先生所知，鄙见适与此相反，先生如以明媒正娶之方式与小女缔百年之好，此系我之夙愿，答复当能令先生满意也。仍愿随时为先生效劳。

亚历山德拉·波德托庆娜敬复

"不对呀，"柯瓦辽夫看完信，说，"实在怪不得她，这是不可能的！看信上的口气，一个犯罪的人是写不出来的。"八等文官对这一点很有把握，因为他还在高加索一带的时候，就曾经好几次被派出去调查案件。"那么究竟为了什么，到底是走了哪路运，才会发生这样的事呢？鬼才弄得明白！"他终于垂下了手说。

这当口，这件奇事已经传遍了整个京城，并且照例是越传越添花样。当时，大家的心理都喜欢追逐新奇：磁力作用的试验刚刚吸引了全城人的注意。再说，御马厩街椅子跳舞的故事，还是很新鲜的。所以，不久传出了这样的谣言，说是八等文官柯瓦辽夫的鼻子每天三点钟在涅瓦大街上散步，正是毫不足怪的。每天街上挤满了一大群好事之徒。有人说，鼻子在雍凯尔店里，于是雍凯尔宝号的附近立刻挤得人山人海，甚至非有警察前来维持秩序不可。一个仪表堂堂、长着络腮胡子、在戏院门口卖各种干点心的投机商人，特地做了许多好看而又结实的木板凳，每人收费八十戈比，让好事之徒歇脚。一位功勋赫赫的上校一大早就从家里出来了，用尽力气挤进了人堆；可是他一气非同小可，橱窗里哪里有什么鼻子，却看到一件普通的羊毛衫和一幅石版画，上面画着一个姑娘在穿袜子，一个穿着翻领坎肩、蓄一点小胡子的花花公子，躲在树背后偷看她，——这幅画挂在老地方，已经有十多年了。他走开去，气愤地说："怎么可以用这样无稽的谣言来混淆听闻呢？"——后来又传说，柯瓦辽夫少校的鼻子并不在涅瓦大街，而是在塔弗利达公园里散步，它好像早就在那儿了；霍慈列夫—米尔查①还住在那儿的时候，就曾经惊异过这种造化的奇特的变幻。有几个外科专门学校的学生也赶到这儿来参观。一位有名望的、可敬的太太还特地致书管公园的人，要求给她的孩子们看看这稀有的奇观，可能的话，还希望加上些对于青年含有箴诫和教益意义的说明。

这件事使所有的专爱给仕女们逗乐的上流绅士、酒会的常

---

① 霍慈列夫—米尔查，波斯王子，为俄国驻波斯大使被害事件，1829年曾到过俄国致歉。

客，欢欣鼓舞起来，他们这时正愁笑料已经完全用尽了。一小部分可敬而善意的人却表示非常不满。一位先生愤愤地说，他不懂得为什么在现在文明的世纪还传播这样荒谬绝伦的瞎话，他奇怪政府为什么不对这件事加以注意。这位先生显然是这样的一种人，要政府来干涉一切事情，甚至包括他跟妻子每天的口角在内。后来……可是，事情从此又完全笼罩在雾里，以后怎么样，一点也无从知道了。

三

世间真有荒唐之极的事情。有时，简直完全违反真实：以五等文官的身份满处乱闯、惹起了满城风雨的鼻子，仿佛压根儿没有发生过什么事似的，忽然又在老地方，就是在柯瓦辽夫少校的两颊之间出现了。其时已经是四月七日。他一早醒来，偶然往镜子里一瞧，他看见了鼻子！用手抓一把——的确是鼻子！"哎嗨！"柯瓦辽夫说，高兴得几乎要光着脚在房间里跳起特罗巴克舞来，可是伊万走进来打断了他。他吩咐立刻打水洗脸，一边盥洗，一边再对镜子看一眼：鼻子！用手巾擦一下，又对镜子看一眼：鼻子！

"你给瞧瞧，伊万，我鼻子上好像有一粒小疙瘩。"他说，同时心里想："伊万要是回答我：没有呀，好老爷，甭说小疙瘩，就是鼻子也没有！那就糟了。"

可是，伊万答道："没有呀，没有什么小疙瘩：鼻子干干净净的！"

"好，见鬼！"少校自言自语着，用手指头打了个榧子①。这时候，理发师伊万·雅柯夫列维奇走进门来；但他是这样怯生生的，像刚偷了油吃、受了主人一顿毒打的猫一样。

"先对我说：手干净么？"柯瓦辽夫老远的就对他喊。

"干净得很。"

"你撒谎！"

"天地良心，干净得很，老爷。"

"那么，留点神。"

柯瓦辽夫坐了下来。伊万·雅柯夫列维奇给他围上一块布，挥动刷子，一眨眼工夫就把他的胡子和一部分脸颊涂得像商人过命名日时请客人吃的薄奶油一样了。

"哎呀！"伊万·雅柯夫列维奇瞧了瞧鼻子对自个儿说，

---

① 即用大拇指和中指相擦，发出声音来。

然后把脑袋拨到另外一边，再从侧面对鼻子瞧上几眼。"嘀！要多么漂亮有多么漂亮。"他接下去说，一直盯着鼻子。最后，他轻轻地、尽可能小心地举起两只手指，想抓住鼻尖。伊万·雅柯夫列维奇的一套手法就是这样。

"喂，喂，喂，留点神！"柯瓦辽夫喊道。

伊万·雅柯夫列维奇放下了手，那副惊慌失措的样子是从来不曾有过的。最后，他开始仔细地用剃刀在胡子下面搔起痒来，虽然不抓住脸上的嗅觉部分来刮脸在他是非常不便当，并且也是困难的，但他单靠一只毛糙的大拇指顶住脸颊和下面的牙床骨，终于克服一切障碍，刮完了脸。

一切完毕之后，柯瓦辽夫立刻匆匆忙忙穿起衣服来，叫了马车，一直赶到点心铺去。一进门，他老远的就大声喝道："伙计，来一杯可可茶！"同时走到镜子前面：鼻子在呢！他快活地转过身来，微微眯缝着眼睛，用讽刺的神气对两个军人望着，其中一个的鼻子说什么也不比坎肩上的纽扣大多少。走出点心铺，他到曾经打算在那儿谋一个副省长，或者退而求其次谋一个庶务官做的衙门里去。他走过接待室，对镜子里望了一眼：鼻子在那儿！后来，他又去拜访另外一个八等文官或者少校，那是一个专爱挑剔的人，柯瓦辽夫听到他各式各样吹毛求疵的批评时，常常回答他说："你这个人，我知道的，简直是只别针呀！"他一路上寻思："要是少校见了我，连他也并不见笑，那就是一个确凿的证据，证明什么东西都好端端地在老地方待着。"结果，八等文官一句话也没有说。"好，好，见他妈的鬼！"柯瓦辽夫心里想。他在路上遇见了校官夫人波德托庆娜和她的女儿，向她们行了礼，被她们热烈欢呼地迎接着，这也证明太平无事，他脸上一点缺陷也没有。他跟她们聊了许久，又摸出鼻烟匣来，故意当着她们的面，很久很久地往两只鼻孔里塞鼻烟，一边心里说："你再多耍些花招吧，臭娘儿们，傻瓜蛋！凭怎么说，我也不要你的女儿。我跟她不过是*恋爱而已*①——就是这样！"从此以后，柯瓦辽夫像什么事情也没有发生过似的，又在涅瓦大街上、在戏院里以及别的地方到处闲逛了。鼻子也像什么事情也没有发生过似的，在他的脸上挂着，一点也没有不辞而别的样子。这以后，人们总看见柯瓦辽夫少校兴致很高，笑嘻嘻的，追逐着所有的好看的女人，甚至有一回在劝业场一家小店门口停下来，买了一根勋章带，他为什么买这东西，这可是谁都不明白的，因为他从来还没有得到过什么勋章。

---

① 楷体文字在原著中是法文，以下不再一一标注，其他语种另注。——编者注

这便是发生在我们广阔的国家的北方京城里的故事！现在，只须把整个经过想一想，我们就知道这故事有着许多不可凭信的地方。姑且不说鼻子逃亡以及以五等文官的身份到处出现这件奇怪而超乎自然的事——可是，柯瓦辽夫怎么会不懂报馆发行科是不能登鼻子的广告的呢？我倒并不是说登一个广告花钱太多：数目并不大，并且我也绝不是吝啬的人。但这样做，到底是不体面、不成体统、不妥当的呀！还有一点——鼻子怎么会蒸到烤熟的面包里去的呢？伊万·雅柯夫列维奇又怎么会……不，我怎么也弄不明白，一点也弄不明白！可是，顶顶奇怪，顶顶不可理解的，是作者们怎么能选取这样的题材。老实说，这是完全不可理解的，这简直……不，不，我一点也弄不明白。第一,这对于祖国毫无裨益；第二……但第二点也还是：毫无裨益。我简直不懂这算是怎么一回事……

然而，当然，我们尽管可以设想第一点、第二点、第三点，甚至可以……是嘛，哪儿不发生几件荒谬的事呢？——可是，仔细再想想，你就会觉得这里面的确有一点儿意思。不管人家怎么说，这一类事情总是有的；不多，但总是有的。

肖像

第一部

再没有什么地方像施金劝业场①的画店门前停留着这么多的人。这一家小店里收集着各式各样的古董珍品：大部分都是油画，涂着暗绿色的漆，装在深黄色的俗气的框子里。树木枯槁的冬景，一片火海似的煊红的夕照，折断一条胳膊，拿着烟管，不像人而更像穿着衣冠的火鸡似的法兰德农民——这些便是它们常画的题材。还得添上一些版画：戴羊皮帽的霍兹列夫－米尔查的肖像，几幅戴三角帽的歪鼻子的将军们的肖像。此外，在这家小店的门上，通常还挂满一沓沓用木板印刻在大张的纸上的作品，看了这些作品是会令人惊叹俄国人的天赋才禀的。一幅画着米里克特利莎·基尔比季耶夫娜公主；另外一幅画着耶路撒冷城，红油彩胡乱地涂在房屋和教堂上，连一部分土地

---

① 当时彼得堡著名的商场。

和两个套着大手套在祈祷的俄国农民也给连累染上了。这些作品通常很少有买主，但观众却有一大堆。一个酒鬼模样的仆人会呆立在画前面，手里捧着从饭馆里取来的饭盒，那主人无疑将喝到不太热的汤。店门口，准还会站着一个穿外套的兵，这是个旧货市场的骑士，贩卖着两把小折刀；还有一个从奥赫塔来的女贩，提着满满一筐鞋子。每一个人都按照自己的方式悠然神往：农民们通常喜欢伸手去摸弄；骑士们严肃地望着；小听差和学徒们笑着，指着漫画互相揶揄；穿粗毛布外套的老听差们只是因为要偷一下懒才在这儿东张西望；女贩们，年轻的俄国女人们由于本能而挤上前去，要听听人家闲谈些什么，瞧瞧人家望些什么。

这时候，青年画家恰尔特柯夫走过这家小店，无意地在门前站住了。古旧的外套和乡气十足的衣着，说明他是全心全意努力工作而不暇顾及对年轻人总有一股神秘吸引力的衣装打扮的那种人。他伫立在小店门前，起初对这些丑陋的图画暗自好笑，终于不自禁地堕入了沉思：他开始琢磨谁需要这样的作品。俄国人喜欢看叶鲁斯朗·拉查列维奇①，酒囊饭袋们，福马和

---

① 叶鲁斯朗·拉查列维奇，古代俄国流行的一些童话和民谣里的主人公。

叶辽玛①，他不觉得有什么奇怪：这样的题材是一般人非常熟悉和可以理解的；可是谁会买这些五光十色的、肮脏的、油彩斑驳的涂鸦之作呢？谁需要这些法兰德农民，这些红的和蓝的风景呢？——这些画要装出高尚的艺术的派头，实际上却正是对艺术的莫大的侮辱。它们似乎并不是什么幼稚的自修的作品。否则，虽然整体带着冷酷的漫画的味道，也会流露出强烈的冲动来的。可是，这里看到的却只是愚钝，无力而衰老的拙劣——这种作品妄想跻身艺苑，但它们的地位却是只配与低级的匠人气的东西为伍的，它们忠于自己的使命，把匠人气带进了艺苑。同样的油彩，同样的风格，同样熟练而习惯于一定画法的手腕——与其说是人的手，毋宁说这只手是属于一架粗劣的自动机械的！……他在这些肮脏的图画前面伫立了许久，最后已经完全不去想它们了，这当口，店主，一个穿粗毛布外套，自从星期天起就没有剃过胡子的不起眼的小人儿，一直在向他诉说个不停，自己一个人在讨价还价，商定价钱，却还不知道他喜欢什么，需要什么。

"这幅农民的画和这幅风景画，只要一张白票子②我就卖啦。

---

① 加着重号文字在原著中是斜体，以下不再一一标注。——编者注
② 白票子指价值二十五卢布的纸币。

多么好的画！简直叫您眼睛都会睁不开，刚从市场上收来的；漆还没有干哩。要不然就是这幅冬景，您买这一幅吧！十五卢布！光是框子，就值这么些钱。您瞧，这冬景画得多么好！"说到这里，店主用手指轻轻地弹了一下画布，大概想告诉人这幅画的质料是结实的。"把它们一块包扎起来，给您送去吧？府上住在哪儿？喂，小伙计，拿根绳子来。"

"等一等，掌柜的，别忙呀。"画家看到敏捷的店主真的要把东西包扎起来，这才省悟过来说。他觉得在店里逗留了这么许久，一点东西也不买，不大好意思，所以说道："等一等，让我瞧瞧这儿有没有什么东西我看得中意的。"于是他弯下身去，从地上捡起那些堆积如山的、磨损了的、尘封的、古旧的劣画来，那些画显然是不会被任何人所赏识的。这儿有的是：古老的家族肖像，这些人家的后裔，现在恐怕找遍世上也找不到了；看不出画着些什么的破碎的画布；金箔剥落的框子——总之一句话，各式各样的破烂废物。可是，画家捡起来一一细看，心里想："没准儿会找到些什么。"他不止一次听人家说过，在旧货店里，有时在一大堆垃圾中间会发现巨匠的名画。

店主看见他在那边翻寻，就安静下来，恢复了平日的姿态和应有的矜重，重新站到店门口去，招徕来往的行人，一只手指着店堂……

"诸位请过来;这儿有各式各样的画!请进来吧,请进来吧;刚从市场上收来的。"他吆喝了老半天,都毫无结果,又跟对门同样站在店门口的一个卖估衣的聊了个够,最后想起店里还有个顾客,于是背转身,走进店堂里来。"怎么样,先生,选中了什么没有?"可是,画家屹立在一幅配着巨大的、曾经十分华丽而金箔现已剥落的画框的图画前面已经有好一会工夫了。

这一幅画的是一个有着紫铜色的脸,颧骨高耸,形容瘦削的老人;面貌似乎是在痉挛的瞬间画的,并且不像是北方的神气。炎热的南方在脸上刻着痕迹。他披着一件宽大的亚洲式的衣服。肖像虽然处处损伤,蒙着尘埃,可是从脸上把灰尘抹掉,他就看出这是伟大的艺术家的手笔。肖像还没有画完;但笔力是令人惊奇的。最奇突的是一双眼睛:艺术家似乎在这双眼睛上面用尽了全部笔力,花尽了全部心血。它们只是望着,简直要从画上跳下来似的望着,一种奇异的泼辣神气仿佛把这幅画的和谐给破坏了。当他把肖像拿到门口来的时候,这双眼睛更加炯炯发光地望着。它们几乎也给了大家同样的印象。站在他背后的一个女人喊着"在望着呢,在望着呢",往后倒退了几步。他感到一种不愉快的、自己也莫名其妙的心情，把肖像放在地上。

"怎么样，您把这幅肖像买去吧！"店主说。

"多少钱？"画家问。

"还能多要钱么？您给七十五戈比吧！"

"太贵。"

"那您说给多少？"

"二十戈比。"画家说，转身打算走了。

"怎么还得出这样的价钱！光是框子，二十戈比您也买不到呀。八成您打算明天再来买吧？先生，先生，您回来！至少再加十戈比吧。行啦，行啦，二十戈比贱卖啦。说真格的，这是为了发发利市，您还是头一个主顾哩。"

他接着打了个手势，好像是说："没有法子，这幅画算完蛋了！"

这样，恰尔特柯夫完全出乎意外地买了这幅古老的肖像，同时想道："我干吗要买它？它对我有什么用？"可是再也没有法子可想了。他从口袋里摸出二十戈比，交给了店主，把肖像挟在胳膊弯里走回家去。他在路上想起了这交给店主的二十戈比是他最后的几文钱。他的心情忽然变得阴暗起来：悔恨和冷淡的空虚同时包围了他。"见鬼！真叫人腻烦死了！"他带着俄国人遇到倒霉事情时所有的一副神气说。他几乎机械一般的急步走去，对一切都漠不关心。半边天上还染着晚霞的红光；朝西的房屋还被温暖的光照亮着；可是同时，寒冷的青白色的月光渐渐地强烈起来。房屋和行人的脚投射出半透明的淡淡的影子，在地上曳着尾巴。画家渐渐地抬头凝望那被透明的、微妙的、朦胧的光掩映着的天空，"多么柔和的色调！"和"真倒霉，见他妈的鬼！"这两句话，几乎同时脱口而出。他把不断地从胳膊弯里滑掉的肖像挟挟好，加速了脚步。

累得满头是汗，终于走到了瓦西里耶夫岛第十五道街上他自己的家里。他吃力地、气喘吁吁地爬上泼着污水、留着猫犬爪痕的楼梯。敲了敲门，里面没有应声：没有人在家。他依靠在窗沿上，预备耐心等候，直到后来背后传出了一阵脚步声。这是一个穿蓝衬衫的年轻人，是画家的助手，模特儿，磨颜料的，擦地板的——擦了地板之后自己的长统靴立刻又会把地板踩脏。年轻人名唤尼基塔，主人不在家的时候，他总是在外面瞎溜达。尼基塔把钥匙往锁眼里插了老半天，因为天黑锁眼简直看不见了。最后门呀的一声开了。恰尔特柯夫走进前厅，这儿正像画家们家里常有的情形一样，冷得彻骨，虽然画家往往对寒冷毫不介意。他没有把外套交给尼基塔,穿着外套就走进了画室,那是一间大而低的四方的房间,窗户上结着冰花,房间里摆满各式各样艺术家的废料:石膏做的手的碎块、绷着画布的框子、画开头而又扔下的草稿、挂在椅子上的盖画的布。他累坏了,脱下外套,漫不经心地把买来的肖像放在两块小小的画布中间,然后一歪身坐在一只狭小的沙发上,这只沙发已经不能说是蒙着皮的,因为铜钉早已离开了皮,皮也早已离开了铜钉,尼基塔就把污黑的袜子、衬衫以及一切没有洗过的衣服统统塞在里面。他坐了一会儿,在这只狭小的沙发上尽可能伸展四肢躺了一下,最后他叫拿蜡烛来。

"蜡烛没有了。"尼基塔说。

"怎么没有了?"

"昨天就没有了。"尼基塔说。画家想起蜡烛的确昨天就没有了,于是安静下来,不作声了。他让尼基塔给他脱掉衣服,穿上一件破旧不堪的睡衣。

"还有,房东来过了。"尼基塔说。

"唔,他来要钱的么?知道啦。"画家把手一挥,说。

"他还不是一个人来的。"尼基塔说。

"跟谁一块儿来的?"

"说不上跟谁一块儿来的……像是一位巡长。"

"巡长来干吗?"

"说不上他来干什么;说是为了不付房钱。"

"他打算怎么办?"

"不知道怎么办;他说,要是再不付房钱,就让咱们搬家;他们明天还要来呢。"

"让他们来吧。"恰尔特柯夫忧郁而冷淡地说。接着,阴霾的心情完全占据了他。

年轻的恰尔特柯夫是一位有才能的前途远大的画家:他的画笔像瞬息即逝的闪光似的表现出观察力、想象力和尽量接近自然的冲动。"小心啊,老弟,"他的教授不止一次对他说过,"你是有才能的;你要是糟蹋了这才能,那才罪过哩。可是你没有耐性。要是有一种东西吸引了你,你被它迷上了,——你就会全神贯注在上面,其他一切你都觉得是废物,在你看来都不值一文钱,你连看都不屑去看一眼。你得小心,可千万别变成一个时髦画家。就说现在吧,你就已经有点喜欢乱用鲜艳夺目的颜色。你着笔不严谨,有时甚至流于纤巧,线条没有力量;你已经在随波逐流,只知道怎样设法去吸引人的注意——一不留神,你会画出英国式的画来的。你真得小心啊;时髦风气已经开始在把你拉过去;我有时看见你脖子上围着华丽的围巾,头上戴着发亮的帽子……这是很诱人的,人很容易为了金钱去画那些时髦的画和肖像。可是这么一来,才能就会给毁掉,不会得到发展。忍耐着点吧。随便什么工作都得往深里琢磨,得把浮华的念头抛开——让别人去赚钱好了。属于你的东西你总不会丢失。"

教授说的话一部分是对的。我们的画家有时真想放浪形骸一下,学学时髦,总之一句话,显显自己的青春年少。话虽如此,他却还能够控制住自己。他有时能够忘怀一切,专心致志地执笔作画,除非万不得已才肯扔下画笔,像扔下一个美好的被打断的梦一样。他的艺术口味显著地在发展起来。他还不懂得拉斐尔①的全部深度,但已经迷恋基奥多②的迅捷而豪放的笔触,在提香③的肖像前面徘徊不肯离去,对佛兰德斯画派④也是推崇备至。他还不能完全领会那种乌黑的古画的风格;但他已经在这些画里琢磨出一些什么妙处,虽然他在内心里并不同意教

---

① 拉斐尔(1483—1520),意大利文艺复兴时期的大画家。
② 基奥多(1575—1642),意大利画家。
③ 提香(1490—1576),意大利文艺复兴盛期的著名肖像画家。
④ 佛兰德斯画派,十六至十九世纪尼德兰南部地区画派的通称,代表人物有勃鲁盖尔、鲁本斯、凡·戴克等人。

授的说法,认为古代的巨匠是不可企及的;他甚至觉得,十九世纪在某些方面大大地超过了他们,描画自然今天已经变得更加鲜明、生动、贴切;总之,他这时候所想的,正像那些有所领悟并且踌躇志满的年轻人一样。他有时非常气愤,看到外国来的画家,法国人或者德国人,有时甚至完全不是以作画为天职的人,仅仅由于墨守成规的画法,流畅的笔触和鲜丽的色彩,扬名天下,立刻赚了数不尽的钱。他生出这种念头,不是当他废寝忘食地从事工作的时候,而是当他手头窘迫,没有钱购买画笔和油彩,纠缠不清的房东每天跑来十来次催讨房租的时候。那时在他贪婪的想象里,就会嫉妒地想起富有的画家的命运来;那时他甚至会想到常常浮现在俄国人脑子里的一种想法:扔开一切,索性自暴自弃地害人害己。现在他就几乎处在这样的心情里。

"好哇!忍耐,忍耐!"他愤愤然地说,"忍耐也总有个限度。忍耐!可是我明天拿什么钱吃饭呢?谁都不会借钱给我。我要是把这些画和速写拿出去卖呢,总共也只能卖二十戈比罢了。当然,画得不坏,这我是感觉到的:每一幅画都费过一番心血,每一幅画都可以看出一种意境。可是有什么用处呢?习作,试作罢了,不管再过多少年,也还不过如此。人家不知道我的名字,谁会来买我的画呢?谁需要这些古画的临摹,或是我那幅未完成的普赛克①之恋图,或是我的房间的远景图,或是我的尼基塔的肖像呢?——虽然我知道,这比时髦画家们画的肖像好得多。这真是打哪儿说起?其实我要是炫耀一下才情,准不会比别人差,也能够像他们一样地搂钱,我为什么要这么折磨自己,像个小学生似的做着最基本的练习呢?"

说完这几句话,画家忽然浑身哆嗦,脸色陡地发了白;一张痉挛的丑脸从旁边画布上探出来,对他望着。两只可怕的眼睛盯住他,像要把他吞下去似的;嘴唇上刻画出禁止人发声的严厉的命令。他吓坏了,想大声地嚷,把尼基塔叫来,这时尼基塔已经在前厅里打着鼾睡着了;可是立刻他又安静下来,笑了起来。恐惧一下子就过去了。这原来是那幅他刚才买来的肖像,他已经完全把它忘了。照进屋子的月光,落到它上面,赋予了它异样的生气。他走过去察看着,揩拭着。他把海绵浸湿了,在上面揩拭了好几次,几乎把所有淤积着的灰尘和泥土都洗掉了,然后把它挂在对面墙上,又对这幅杰作神往起来:整个脸几乎像活了一样,眼睛这样地望着他,使他不寒而栗地倒

---

① 普赛克,希腊神话里的绝色的女神。许多诗人和画家都以她和爱神的恋爱故事做题材。

退了几步,用吃惊的声音喊道:他在望着呀,用活人的眼睛在望着呀!他忽然想起了很早以前从教授那里听来的著名大画家莱奥纳多·达·芬奇①某一幅肖像的一段故事。大画家花了好几年工夫画这幅画,却仍旧认为是一幅未完成的作品,但据瓦莎里②说,大家都非常推崇它,公认是一幅最完美的杰作。这幅画最显著的是一双使同时代人吃惊的眼睛;连眼睛上面最微小的几乎看不见的血管都没有遗漏地画在画布上。可是现在,这幅挂在他面前的肖像却有一些不可思议的东西。这已经不是什么艺术:连这幅肖像本身的谐和也给破坏掉了。这是一双生动的、活人的眼睛!它们好像是从活人身上剜下来,嵌在画上似的。在这里,没有那种不管题材多么可怕,一件艺术作品会使人们心里油然而生的高度的愉快;这里有的只是病痛的、难受的感觉。"这是怎么啦?"画家不禁问自己道:"这可是自然呀,活生生的自然呀。为什么会产生这种奇怪的不愉快的感觉呢?难道盲目的浮面的对自然的摹写就是一种过失,就会像大声的不合调子的叫嚣一样吗?难道你漠不关心地、冷酷地去处理一个题材,对它没有丝毫同情,它就会仅仅以可怕的实际的形象

---

① 莱奥纳多·达·芬奇(1452—1519),意大利文艺复兴时期的著名画家。
② 瓦莎里(1511—1574),意大利艺术家和传记作家。

出现，不被那种不可揣测的隐蔽万象的思想的光所照亮么？就会像我们想理解一个美丽的人，用解剖刀剖开他的五脏六腑，看到里面令人呕吐的东西那样地显出可怕的实际的形象吗？为什么朴素的低微的自然，在一位画家写来，会光华四射，令人感觉不到任何低微的印象；相反，你会欣赏它，看了之后你会觉得周围的一切比先前更安静更平稳地流转着，蠕动着？为什么这同一个自然，在另外一位画家的笔下，会显得低微、卑污，虽然他也未尝不忠于自然？不，不，这是因为里面没有一种光辉照耀的东西。这正像自然的景色一样：不管景色多么壮丽，倘若天上没有太阳，就总觉得缺少点什么。"

他又走近肖像，想仔细瞧瞧这双神奇的眼睛，却看到它们正在对他望着，心里吃了一惊。这已经不是自然的复制品，而是一种能使坟墓里爬出来的死人脸上发出光彩的奇妙生动的表情。不知道是因为把幻梦一块儿带来，使一切物象变得完全跟白天不同的那月光呢，还是因为别的，他忽然觉得一个人坐在屋子里害怕起来了。他悄悄地离开肖像，转过身去，竭力不去看它，可是眼睛却不由自主地斜瞟过去。终于他连在房间里踱着也觉得害怕起来；总觉得背后有一个人立刻会跟上来，于是不时畏怯地回头反顾。他向来不是什么胆怯的人；可是，他的想象和神经却异常敏锐,这天晚上他自己也说不清这种不由自主的恐惧的原因。他坐在墙犄角里,可是即使这样,他也觉得有一个什么家伙要从背后伸过脸来望他。连前厅传来的尼基塔的鼾声也不能把恐惧赶走。他终于眼皮也不敢抬一抬,畏怯地站起来,走到屏风后面,一歪身倒在床上。他从屏风的窟窿里看见被月光照亮的房间和挂在对面墙上的肖像。这双眼睛更加可怕、更加意味深长地盯住他,并且仿佛除了他一个人以外,不想对随便什么别的东西望一眼。他心里充满着沉重的感觉,决定从床上起来,拿起一条被单,走过去,把肖像整个儿蒙起来。

这样做完之后,他躺在床上平静了一些,开始想到画家的贫困,他的悲惨的命运,横呈在他面前的荆棘的道路;同时,他的眼睛又不由自主地穿过屏风的窟窿望见被单蒙着的肖像。月光加深了被单的白色,他觉得仿佛一双可怕的眼睛要从画布背后透过来似的。他惴惴不安地更加凝神逼视,好像要证明这只是一时眼花!可是,最后,真的……他看见,清清楚楚地看见:被单已经没有了……肖像整个儿露出来,对周围的东西什么都不瞧,单对他望着,一直望进他的五脏六腑……他的心凉了半截。他看见老头儿蠕动着,忽然用两只手撑住框子。后来支着手把身子抬起来,伸出两只脚,从画框里跳了出来……从屏风的窟窿里望去，只看见剩下了一只空画框。房间里响起了脚步声，脚步声离屏风终于越来越近了。可怜的画家的一颗心跳得更加厉害。他吓得连气都不敢透，以为老头儿就要绕到屏风后边来。瞧呀，老头儿可真的绕到屏风这边来啦，仍旧是那张青铜色的脸，闪动着一双大眼睛。恰尔特柯夫想喊，但喊不出声音，想转动，做个什么动作，但四肢一点也不能动弹。他张开嘴，屏住气，瞧着这个披着宽大的亚洲式袈裟的、高大可怕的幽灵，只得任凭他干些什么。老头儿几乎就在他的脚旁边坐下，随即从他的宽服的褶裥里取出一件东西。这是一只口袋。老头儿把它解开，抓住两边的袋角抖动了一下：像长柱似的沉甸甸的几个包发出隆隆的声音掉在地上；每一包都用蓝纸包着，上面写着"一千金圆"。老头儿从宽大的袖子里伸出细长的瘦骨嶙峋的手，把包打开。金币灿然发光。不管画家心里多么沉重，怀着令人窒息的恐惧，他仍旧目不转睛地望着那金圆，看金圆在瘦骨嶙峋的手里散开来，闪耀着，发着柔和的、隆隆的声音，又被重新包起来。这时候，他看到一个包滚得比其余的包更远些，一直滚到他头边的床脚下。他几乎痉挛地把这个包抓到手里，恐惧地望着，提防别让老头儿发现。可是，老头儿似乎一时还忙不过来。他把所有的包捡起来，装在口袋里，也不对他看一眼，就走到屏风那边去了。恰尔特柯夫听见房间里渐渐远去的脚步声，他的一颗心剧烈地跳动起来。他浑身直哆嗦，更紧地把包抓在手里，接着忽然听见脚步声又走近屏风来了——显然老头儿已经想起缺少了一个包。瞧呀，老头儿又绕到屏风这边来了。他心里充满着绝望，憋足了劲儿，把包抓紧在手里，拼命挣扎，喊起来，于是醒了过来。

冷汗流遍了他的全身；心跳得不能再厉害：胸口觉得闷得慌，仿佛最后的一口气就要从那儿飞出去似的。"难道这是一场梦？"他双手捧住脑袋，说道。可是，逼真的光景却不像是做梦。当他已经醒来的时候，他还看见老头儿一直走进框子里去，甚至宽服的下裾还在闪光哩，他的手清清楚楚地感觉到一分钟前还拿过一件沉重的东西。月光照亮房间，使画布、石膏做的手、挂在椅上的盖画的布、裤子和泥泞的长统靴从各处暗角落里显露出来。这时候他才注意到自己不是躺在床上，而是面对肖像站着。他怎么会到这儿来的——他一点也不明白。更叫他奇怪的是，肖像整个儿露出，真是没有蒙着什么被单。他恐惧地对肖像望着，看见一双生动的活人的眼睛一直盯住他。冷汗在他脸上冒出来；他想走开，可是觉得两条腿好像连根生在地上似的。这绝不是在做梦，他明明看见老头儿的脸蛋儿动起来了，他的嘴唇向他这边伸过来，好像要把他吸进去……他绝望地大喊一声，跳起来，于是就惊醒了。

"难道这也是一场梦？"他的心跳得就要裂开，伸手到周围去摸索。是的，他现在和睡时一样的姿态躺在床上。屏风立在他面前：月光泛滥在房间里。从屏风的窟窿里可以望见肖像用被单盖得好好的——正像他盖的一模一样。那么，这也是一场梦啦！可是，捏紧的拳头到现在还觉得曾经握过什么东西似的。心跳得很厉害，简直到了可怕的程度；胸头闷塞得叫人难受。他对窟窿注视着，目不转睛地望着那条被单。瞧呀，他清清楚楚地看到被单掀开来了，好像被单下面有两只手在划动，努力要把被单揭开。"老天爷，这是怎么啦！"他喊道，绝望地画着十字，于是就惊醒了。

这又是一场梦！他神思恍惚，发了疯似的，从床上爬起来，简直说不清到底发生了些什么事情：是梦魇或者被鬼迷了呢，还是发热病时的昏迷，还是活生生的幻觉？他竭力要镇静一下激动的灵魂，让那像紧张的脉息似的在血管里跳动的血液平静下来，于是走到窗前去，打开了上面的小窗户。扑面吹来一阵凉风，使他清醒了过来。月光还照着家家户户的屋檐和白色的墙，虽然天空里常常飘过小块的乌云。万籁俱寂：只有远处偶或传来出租马车的辚辚声，那马车夫一定在等待迟归的乘客，被懒洋洋的驽马催眠着，在一条什么僻巷里睡着了。他把脑袋伸出在小窗户外面，望了许久。天空里已经现出黎明将临的迹象；最后，他感觉到瞌睡来了，于是把窗户关上，走开去，躺在床上，立刻像死了一般沉沉地睡去。

他醒得很迟，感觉到一种被煤熏过似的不愉快：头痛得难受。房间里暗沉沉的：一种不愉快的潮湿，布满在空气里，穿过被绘画和抹过油彩底子的画布堵塞住的窗户的孔隙渗透进来。他阴郁而又惆怅，像淋湿的公鸡似的坐在破烂的沙发上，不知道该动手干些什么才好，最后，就记起那个梦来了。越想，梦就越显得令人痛心地真实，他甚至怀疑那是不是一场梦或者普通的昏迷，会不会有另外的情况？会不会是一种幻觉？他揭掉被单，凑着日光察看这幅可怕的肖像。一双眼睛的确奕奕生动得令人吃惊，可是他倒也看不出有什么特别可怕的地方；不过总有一种莫名的不快之感残留在心里罢了。可是，他无论如何不能完全相信这是一场梦。他觉得梦里有一段可怕的现实。他甚至觉得老头儿的眼光和神情都在告诉他，老头儿昨天晚上到他这儿来过；他的手感觉到刚才握过一件沉重的东西，仿佛在一分钟之前刚有人从他手里把它拿走似的。他觉得，只要他刚才捏得再紧一些，醒后东西一定还会握在他的手里。

"天哪，只要有那一部分的钱我就心满意足了！"他困难地喘息着，说道。于是在他的想象里，那些注明"一千金圆"几个诱人的字的包开始从口袋里掉出来。包打开了，金圆闪耀着，重新又被包起来，他坐下来，呆呆地、茫然地注视着一无所有的空间，眼睛舍不得离开这样的景象——正像孩子咽着唾沫坐在甜点心前面，眼看别人把点心吃掉一样。最后，有人敲门了，他这才很扫兴地悚然清醒过来。房东陪着一个巡长走进来，——巡长来访问一个渺小的人物，是比求乞者出现在富翁家里更要使对方不愉快的。讲到恰尔特柯夫所住的小屋的房东，凡是在属于彼得堡这一边的瓦西里耶夫岛上第十五道街或者遥远的柯洛姆纳领有房屋的人通常都是这副神气。——这种人物在俄国多得很，他们的性格是像旧大礼服的颜色一样难以判定的。他年轻时曾经是一个大尉，一个好说闲话的人，也曾当过文官方面的差使，打人是他的拿手好戏，为人机灵、好修饰、又愚蠢；可是到了老年，他把所有这些鲜明的特色混糅在一起，使自己变成了一个暧昧不明的角色。他已经鳏居，退了职，已经不再好修饰，不再吹牛，不再寻隙打架，他只喜欢喝杯茶，聊一下各式各样无聊的闲话；在房间里踱着，拨拨好蜡烛头；

每到月底非常准时地去向各家住户催讨房租,手里拿着钥匙走到街上,眺望自家的屋顶;好几次把看门人从他睡觉的小屋里赶出来;总之,他是一个放荡了一辈子、到处奔波之后只剩下一些庸俗习惯的退职的人。

"请您自己瞧吧,瓦鲁赫·库兹米奇,"房东把两手一摊,对巡长说,"他说什么也不付房钱。"

"有什么办法呢,我没有钱!再等几天吧,我会付的。"

"老爷子,我可等不及啦!"房东挥动着手里的钥匙,愤愤地说,"我这儿还住着波托贡金中校,他已经住了七年啦;安娜·彼得罗夫娜·布赫米斯捷罗娃租了两间库房和一间能拴两匹马的马厩,她雇了三个仆人——这些都是我的房客。老实跟您说,我这儿可没有不付房租的规矩。请您立刻付房钱,然后请您走路。"

"既然是预先讲定了的,您就把房钱付给他吧。"巡长说,稍微摆动一下脑袋,把大拇指插在纽扣下面。

"我拿什么来付房钱?这是一个问题。我现在连一个镚子也没有。"

"倘若这样的话,您就用您本行的制成品来满足伊万·伊万诺维奇吧!"巡长说,"他也许会同意把绘画来折价的。"

"不呀,老爷子,这些画我可敬谢不敏!要是一些有高贵内容的画,可以拿来挂在墙上,倒也罢了,至少得是一位戴金星勋章的将军或者库图佐夫①公爵的肖像,可是他却画的是一个乡下人,一个穿衬衫的乡下人,一个给他磨颜料的仆人。猪狗不如的东西,也配画什么肖像;我要打断他的颈骨哩,他把门闩上的钉子统统给我拔光了,这骗子。您瞧瞧这画的是什么:这是一间房间。要是画一间整齐的干净的房间,倒也罢了,可是他画的是各式各样的垃圾和废物。请您自己瞧吧,他把我的房间糟蹋成什么样子。我这儿的房客都住了七年了,像上校、安娜·彼得罗夫娜·布赫米斯捷罗娃……我告诉您:再没有比画画的更糟的房客了。猪狗不如的东西,老天爷有眼睛,可别再叫他们住到我这儿来。"

可怜的画家必须耐心地听完这一切。这当口,巡长专心致志地翻阅他的绘画和草稿,这说明他的灵魂比房东的高尚些,甚至不是毫无艺术鉴赏力的。

"嘻,"他指着画着裸体女人的画布说,"这一张倒挺那个……挺轻快的。可是这一张为什么鼻子下面这样黑呀?难道

---

① **库图佐夫**(1745—1813),俄国的天才统帅。

他闻了鼻烟么?"

"这是影子。"恰尔特柯夫严厉地回答,也不对他望一眼。

"唔,您可以把它移到别的地方去呀,鼻子下面这个地方可太显眼了,"巡长说,"这是谁的肖像?"他接茬儿往下说,走到那幅老头儿的肖像前面去:"这样子太可怕了。他真是这样可怕的么?啊,他在望着我们呢。雷公[①]一样的脸!您这画的是谁呀?"

"画的是一个……"恰尔特柯夫说,他话犹未了,只听得喀嚓一声。巡长显然把肖像的框子握得太紧了,因为当警察的人的手都是很粗气的;画框两边的木板往里折断,一块掉落到地上,哗啷一声,一个蓝纸包也一起掉了下来。"一千金圆"几个字直扑进恰尔特柯夫的眼帘。他像疯子似的扑过去,把包捡起来,痉挛地捏在手里,分量沉重得连手都往下坠了。

"好像是钱的声音。"巡长说,他听见有东西掉到地上,发出响声,可是当恰尔特柯夫扑过去捡时,由于动作敏捷,巡长竟没有看见掉下的是什么东西。

"我有什么东西,您何必管呢?"

---

① 俄国诗人茹科夫斯基的叙事诗《十二个睡美人》中的主人公,将自己的灵魂卖给了魔鬼。

"我要管,因为您现在得付给房东房钱;因为您有钱而不打算付房钱——就是这么一回事。"

"好吧,我今天付给他就是了。"

"那么您干吗早一点不想付,惹得房东不安,又给警察添麻烦呢?"

"因为我不想动用这笔钱;我今天晚上完全付清他,明天就搬家,因为我再也不想在这样一位房东的屋子里住下去了。"

"那么,伊万·伊万诺维奇,他答应付您钱了,"巡长转过身来对房东说,"要是今天晚上还不能叫您满意,那咱们就要对不起这位画家先生了。"说完这几句话,他戴上三角帽,走进了前厅,房东低着头跟在后面,像在沉思什么。

"谢天谢地,魔鬼总算把他们送走了!"听见前厅的门砰的一声关上了,恰尔特柯夫说。

他对前厅那边望了一眼,借故把尼基塔打发走了,剩下自己一个人,关上了门,然后回进屋里来,一颗心剧烈地跳动着,急忙把包打开。里面满是金圆,全是崭新的,火一样地发着亮。他如痴若呆地坐在一堆金圆前面,不住地问自己:是不是在做梦?包里整整有一千金圆;它们的形状跟梦里所见的一般无二。他把金圆摸弄了好些时候,出神地瞧着,一时还清醒不过来。他忽然想起了埋藏财宝以及附有秘密抽屉的钱柜一类的故事，那是祖先遗留给败家子孙的，预防他们将来会穷愁潦倒。他这样琢磨着：现在会不会也有一位老爷爷，想遗留给子孙一点礼物，把礼物藏在家族肖像的画框里呢？他的头脑里充满着这些荒唐的幻想，甚至猜测这件事和他的命运是不是有什么关系，这幅肖像和他本人的存在是不是有什么关系，他的这份横财是不是前生注定的。他好奇地把肖像的框子瞧了又瞧。框子的一边有一个凿出的凹槽，这凹槽被木板巧妙地遮住，不露一点痕迹，要不是巡长的粗蛮的大手把木板折断的话，金圆一直还要安静地躺在里面不会被发现哩。他瞧着肖像，又对这一件高超的作品、这双眼睛的非凡的神采神往起来：他已经不觉得它们有什么可怕了；可是，每次瞧它一眼，心里总不免浮起一种不快之感。"不行，"他对自个儿说，"不管你是谁家的祖先，我都要给你配上玻璃，给你做一个金框子。"说时，他把一只手放在面前的金圆堆上，手一碰到它，心就剧烈地跳动起来。"把这些钱怎么办呢？"他凝望着金圆，想道，"我现在至少三年的生活有了保障，能够把自己关在房间里埋头苦干了。现在我有钱能买油彩；吃饭，喝茶，零用，付房租，都不愁没有钱花；现在再没有人会来妨碍我，打扰我；我可以买一座极好的人体模型，买石膏的身像和黏土塑的脚，摆上一座维纳斯像，再买些第一流名画的拓本。倘若让我安心工作三年，不赶时间，不指望卖钱，我会把他们所有的人都打倒，成为一个有名的画家。"

他顺着理性的指引这样自言自语；可是，内心另外一个声音却更清楚，更响亮。当他再对金圆看一眼的时候，二十二岁的年龄和火热的青春就说出完全另外一番话来。过去他睁着艳羡的眼睛望着，咽着唾沫远远地欣赏着的一切东西，现在他都有力量买到了。只要一想到这一点，他的心是怎样地跳动起来啊！穿上时髦的燕尾服，长期素食之后开一次荤，租上一幢漂亮住宅，立刻上戏院去，上点心铺去，上……等等。于是他抓起一大把钱，上街去了。

他先到裁缝店，从头到脚换了一身新，像小孩子穿新衣似的不停地顾盼着；买了许多香水、发膏之类，没讲价钱，就租下了涅瓦大街上最先看到的一幢有着大大小小的镜子和大块的玻璃窗的华美的住宅；顺便在商店里买了一副贵重的有柄眼镜，又顺手买了一大堆各式各样的领带，比实际需要的还要多，在理发店里烫了头发，毫无必要地乘马车绕城兜了两圈，在点心铺里吃了大量的蜜饯糖果，又去了从前望而却步，只听到一些仿佛中华大国似的模模糊糊的传说的那家法国餐厅。他在那儿手叉在腰眼儿里吃了一顿饭,傲然向四边睥睨,不断地对着镜子整理他烫过的鬈发。他在那儿喝了一瓶香槟酒,而这香槟酒,从前对于他也只是耳闻其名罢了。酒在他的头脑里微微发作起来,他兴冲冲地、精神抖擞地走出店来,用俄国人的话说,连魔鬼都不忌惮①。他趾高气扬地沿着人行道走去,用有柄眼镜去望所有的行人。他在桥上看到从前的一位教授,他威风凛凛地从教授身边擦过去,好像压根儿没有瞧见似的,使那位教授泥塑木雕般呆立在桥上老半天,脸上描画出一个惊奇的疑问号。

一切东西,画架呀、画布呀、画呀等等,当天晚上搬进了华丽的住宅。他把较好的东西摆在触目的地方,把坏的扔在墙犄角里,他在华丽的房间里踱来踱去,不断地对着镜子顾盼自豪。他的灵魂里产生了一种不可遏制的欲望,要立刻抓住荣誉的尾巴,在社会上显露头角。他似乎已经听到这样的喊声:"恰尔特柯夫,恰尔特柯夫!你们看过恰尔特柯夫的画没有?恰尔特柯夫有一支多么传神的笔啊!恰尔特柯夫的才能多么伟大啊!"他沉醉若狂地在房间里踱着,灵魂出了窍,不知想到哪儿去了。第二天,他拿了十块金圆,去访问一家销路最大的报馆,

---

① 这是一句俗谚,意谓天不怕地不怕。

请求给以慷慨的援助；他被记者殷勤地接待了，立刻就称呼他"最可敬的先生"，握住他的两只手，详细地询问他的本名、父称、住址，第二天的报上，紧跟在新发明脂油蜡烛的广告后面，就登出了冠有这样的标题的一篇文章：《论恰尔特柯夫氏之稀世奇才》："兹有一各方面可谓十分美妙之成果，谨以奉告首都教养有素之居民。我国自来颇不乏明眸皓齿之人，但迄今尚无法借传神之画布，传之后世；今此缺点已可弥补，一切因素毕备于一身之画家已赫然出现于我人之前矣。美人可以深信，其之婀娜多姿将被揭露无遗，娇艳迷人，犹如粉蝶之戏春花。可敬之家长将见子孙绕膝，一家团聚。商贩、军人、公民、政府官员，将加倍努力，从事本分之工作。诸君游罢归家，访问友好或从姊妹，或往华美之百货商店购物之际，或在不论奔赴其他任何地点之归途，请速顺道一访。画家富丽之画室（地址在涅瓦大街某号）陈有各种肖像杰作，足与凡·戴克①及提香媲美。此等肖像既毕肖真人，画笔又极鲜明泼辣之极致，诸君观后，定将神迷而不知适从。荣誉归于画家：先生胜似抽中幸福之彩票矣。安德烈·彼得罗维奇万岁（记者显然是喜欢用狎昵的口

---

① 凡·戴克（1599—1641），佛兰德斯著名肖像画家，作品通常以宗教、神话为题材。

吻的）！先生踔胜之声誉，亦我侪无上之光荣。我侪幸有慧眼，能识先生之真价值。群贤集于门庭，财物源源而至，此为先生应得之报偿，同文中有反对财货者，固鄙陋之见也。"

画家暗自得意地读了这一则广告；他容光焕发起来。消息登在报上，这在他还是有生以来头一次；他把这几行字翻来覆去读了好几遍。把他跟凡·戴克和提香相提并论，这捧得太厉害了。"安德烈·彼得罗维奇万岁！"这一句话也很使他高兴；本名和父称用铅字排出来，这是他从来没有梦想过的光荣。他开始很快地在房间里踱着，搔弄着头发，一会儿坐在圈手椅里，一会儿跳起来。坐到长沙发上去，一刻不停地想象怎样接待男男女女的访客，随后走到画布前面，挺有精神地对着画布把画笔一挥，想把优雅的动作运到手腕上去。第二天，他的门铃响了；他跑去开了门，一位太太由一个穿皮制服的听差引导着走进来，和她一块儿进来的还有一位十八岁的年轻少女，那是她的女儿。

"您是恰尔特柯夫先生①吗？"那位太太说。

画家向她一鞠躬。

"报上登载了许多评论您的文章；据说，您的肖像画是尽

---

① 原文为法文的俄文音译。

善尽美的杰作呢。"说完这几句话,太太把有柄眼镜举到眼前,对墙上投了迅速的一瞥,墙上一幅画也没有。"您的大作在哪儿?"

"正在搬过来,"画家略有几分惶恐地回答说,"我还是刚刚搬进这幢房子,所以它们都还在路上……还没有运到呢。"

"您到过意大利么?"太太说,用有柄眼镜望着他,因为找不到别的可以望的东西。

"不,我没有到过,可是曾经想去……现在暂时耽搁下来了……这儿是一只圈手椅;您累了……"

"谢谢,我在马车里坐了许久。啊,这儿,我终于看到您的大作了!"太太说,往对面的墙脚边直奔过去,用有柄眼镜望着他那些堆放在地板上的习作、草图、远景图和肖像。"**这真迷人,丽莎,丽莎,来呀。这房间是戴尼埃**①**式的:杂乱,杂乱,一张桌子,桌上一座胸像,一只手,一块调色板;这儿是灰尘,你瞧,灰尘画得多么妙! 这真迷人!** 这儿,另外一幅画着一个洗脸的女人——**多么美的姿态! 一个乡下人! 丽莎,丽莎,一个穿俄国衬衫的乡下人! 瞧呀:一个乡下人!** 那么,

---

① 戴尼埃(1610—1690),佛兰德斯画家。

您不是专门只画肖像的了!"

"啊,这算不得什么……画几笔玩玩的……习作……"

"请问您对于近来的一些肖像画家有些什么意见?现在可再也找不到提香那样的画家了,不是吗?色彩里没有那种力量,没有那种……真糟糕,我不知道该怎样用俄国话对您讲(太太是一位美术爱好家,带着有柄眼镜走遍过意大利所有的画廊)。可是,诺尔先生……啊,他画得多么好!他有一支多么出神入化的画笔!我以为他画的人物脸上有比提香更多的表情呢。您不认得诺尔先生吗?"

"这个诺尔先生是谁?"画家问。

"诺尔先生。嘿,什么样的天才!小女十二岁的时候,他曾经给她画过一幅肖像。您有空一定得到舍间来玩。丽莎,你下回把那本画册拿给他瞧瞧。您知道,我们这回到府上来,是想请您立刻给她画一幅肖像的。"

"行呀,我马上就预备好了。"

不到一会儿工夫,他把绷好画布的画架挪近来,手里拿起调色板,眼睛凝视着女儿的苍白的脸蛋。如果他是一个人类天性的鉴识家,他一刹那间就会在这张脸上看出对于舞会的幼稚的热爱的开端,对于饭前饭后长日无聊的苦闷和怨艾的开端,要穿新衣出外遨游的愿望，母亲硬要她钻研美术来提高灵魂与感情，就不得不强打起精神虚应一下故事的勉强的痕迹。可是，画家在这张柔和的脸上只看到了吸引画笔的几乎瓷器一般透明的皮肤、诱人的娇滴滴的慵倦、纤巧的莹洁的颈窝和贵族风味的苗条的身材。他的一支画笔过去只跟粗笨的模特儿的冷酷面貌、庄严的古画以及古典大师们的拓本打交道，现在却准备恣情挥舞，显出轻快和光辉来了。他已经想象到这张温柔的小脸蛋儿将被画成一副什么样子。

"您知道，"太太脸上露出几分使人感动的神情，说，"我希望她穿这么一件衣服；老实说，我不愿意她穿那种常见的衣服：我希望她穿得淡雅宜人，坐在树阴下，被田野包围着，远处有畜群或树林……可千万别让人看到她是去赴什么舞会或者时髦的晚会的。老实说，我们的舞会简直毁灭人的灵魂，把一点点感情的残余都给连根拔除……朴素，要尽量朴素一些。"唉！母亲和女儿的脸却显出她们跳舞跳得太多了，黄得简直像蜡做的一样。

恰尔特柯夫动起手来，叫被画的人坐下，先在脑子里构思片刻；画笔在空中挥了几挥，心里拟定了大概的轮廓；微微眯起眼睛，退后几步，从远处望了一眼，接着在一个钟头里完成了底稿。他看后觉得还满意，就动手画起来，工作吸引住了他。他已经忘掉一切，连他在贵妇人面前也忘掉了，甚至有时还露出一些艺术家的动作来，大声发出各种声音，偶或还哼些什么，像全心全意埋头工作的画家通常哼的那样。他毫不客气，只把画笔指指，叫被画的人抬起头来，终于惹得对方坐不安稳，显出了疲倦的样子。

"够了，第一回够了。"太太说。

"再画几笔。"出了神的画家说。

"不，该走了！丽莎，三点钟啦！"她说，摸出一只用金链条挂在腰带上的小小的表，接着喊起来："啊，真是迟了！"

"只要一分钟！"恰尔特柯夫用孩子般天真而恳求的声音说。

可是，太太似乎这一回完全不想迁就他的艺术上的要求，只答应下次多坐一些时候。

"这可真倒霉，"恰尔特柯夫心里想，"手刚刚画得活动了些。"他想起他在瓦西里耶夫岛那间画室里工作的时候，谁都没有打断过他，阻碍过他：尼基塔一动也不动地老坐在一个地方——你高兴画多久就画多久；他甚至会在命令他采取的姿势中睡熟过去。画家微微露出不满的神气，把画笔和调色板往桌上一扔，迷惘地站在画布前面。上流妇人辞别时的一套应酬话把他从沉思中惊醒过来。他迅速地走到门口，送她们出去；他在下楼时得到了她们的邀请，要他下星期去吃饭，然后他兴高采烈地回到房间里。贵妇人完全把他迷住了。从前他认为这种人物高不可攀，她们生到世上来，只是为了带着穿制服的仆从和漂亮的马夫一同坐着豪华的马车在街上疾驰而过，对那些披着寒酸单薄的斗篷的蹀躞的行人投以冷淡的一瞥。可是突然，这样的一个人物现在跑到他屋里来了：他给她画肖像，还被邀请到高门大宅里去吃饭。再没有比这更叫他高兴的了；他如醉如狂地陶醉起来，他为了这件事给自己的奖励是：饱餐了一顿，晚上听了戏，又毫无必要地乘马车绕城兜了一圈。

在以后的几天里，他压根儿没想到进行例常的工作。他只是时刻准备着，等待门铃响。终于贵妇人同着她脸色苍白的女儿一块儿来了。他请她们坐下，这回却做出灵巧的动作，带着上流社会的派头，把画布拉过来，动手画了起来。晴天和明亮的光线帮了他不少的忙。他在被画者轻盈的体态上看到了许多东西，如果被他传到画布上，就会给肖像添上极大的价值；他知道，只要能按照自然向他显示的样子把一切完美地画出来，就会画成一幅杰作。当他感觉到他会画出别人还没有注意到的东西的时候，他的心禁不住微微跳动起来。工作完全吞没了他，他整个儿沉没到画意里去，重又把被画者的贵族出身忘了个干净。他兴奋地看到，在他的笔下，画出了十八岁少女的柔和的姿容和几乎透明的身体。他抓住了每一处的浓淡色度，淡黄色、眼睛下面隐约可见的淡蓝色，甚至要动笔画出额上突出的一粒小疙瘩来了，这时忽然听见母亲在他耳朵旁边喊道："啊，这干什么？这用不着画。"太太说，"您画的……哪，有些地方……似乎黄了一点，这儿完全画得像个黑斑了。"画家解释给她听，这些斑点和黄色正是得意之笔，会给脸部添上可爱而轻快的情调。可是对方却回答他说，这不会添上什么情调，简直是败笔；不过是他这样觉得罢了。"那么，让我只在这地方涂一点黄颜色吧。"画家天真地说。可是，人家连这一点也不容许他。她的解释是：丽莎今天可巧有点儿不舒服，她的脸一点也不黄，特别鲜洁的颜色倒总是令人惊叹的。他挺不乐意地抹掉了画在画布上的东西。许多不易辨认的微妙的特征消失了，同时，一部分相似之处也一起消失了。他开始冷酷地赋予它挥笔即来的俗气的色彩，这种色彩甚至会把取法自然的脸画成学校课本上习见的冷淡空想的东西。可是，太太却很高兴先前那种恼人的色彩完全被排除掉了。她只是对工作缓慢表示了惊异，又找补上一句：她曾经听说他只要两趟就可以把一幅肖像画好的。画家对这一点没有办法回答什么。她们站起来，打算走了。他放下画笔，送她们到门口，然后面对肖像，站在一个地方迷迷糊糊愣了好一会儿。他心不在焉地望着它，脑子里却在神往轻快的女人的脸，浓淡色度和轻盈的神韵，这是他的画笔已经画过而又毫不留情地抹掉的。他满心充满着这些印象，把肖像抛在一旁，另外在什么地方找出了一张很早以前随手勾勒在画布上的早已扔掉的普赛克的头部的画。这张脸画得很不坏，但却完全是空想的、冷冰冰的，用寻常的线条构成而没有化为活生生的实体。他因为无事可做，现在又重新把它仔细琢磨，边画，边想起了他在贵族女客脸上注意到的一切东西。他所抓到的线条、浓淡色度和神韵，以非常提炼的形式烘托出来，只有当画家仔细观赏自然，然后离开它，画出跟它相同的作品时，才会达到这样的境界。普赛克活了起来，朦胧的思想慢慢地凝成了鲜明的形体。年轻的上流仕女的脸型自然而然地化到普赛克的身上，于是后者就获得了一种独特的表情，使她充分有权被称为一件真正独创的艺术品。他似乎利用了他从被画者身上得来的一部分的、同时又是全部的印象，并且完全被工作迷住了。接连好几天，他只顾画这幅画。当他正在进行工作的时候，两位熟识的仕女找他来了。他没有来得及从画架上把这幅画取掉。她们俩同时发出了快乐的惊异的喊声,拍着手。

"丽莎,丽莎!多么像啊!好极了,好极了!亏您想得出让她穿上了一件希腊式的衣服。啊,这真是神来之笔!"

画家不知道怎样才能叫这两位仕女从愉快的迷误中省悟过来。他羞愧无地,低下了头,悄声地说:"这是普赛克。"

"普赛克的式样吗?这真迷人!"母亲微笑地说,同时女儿也笑起来。"丽莎,你最适合画成普赛克的式样,不是吗?多么巧妙的想法!再说,这是什么样的手法!这简直是柯勒乔①。老实说,我在报上读到过文章,又听人讲到过您,可是我还不知道您有这么大的才能。不成呀,您一定也得给我画一幅肖像。"

显然,这位太太也想被画成普赛克的式样。

"我把她们可怎么办?"画家想:"要是她们自己愿意这样,就让普赛克冒充作她们所设想的人吧,"接着,他大声地说:"请你们再坐一会儿,我还得稍微画上几笔。"

"啊,我怕您别……这会儿她是这样像呀。"

可是,画家知道她们担心的是那一点黄颜色,于是叫她们

---

① 柯勒乔(大约 1494—1534),意大利文艺复兴盛期的画家。

尽管放心，说明他只是想再给眼睛添上点光彩和表情。他心里可真是惭愧，想至少得使肖像跟本人再相像一些，免得人家骂他不识羞耻。的确，少女苍白的面容最后竟越来越清楚地在普赛克的线条中衬托出来了。

"够了！"母亲说，她开始害怕不要画得太相像了。

画家受到了各式各样的奖励：微笑、金钱、恭维、诚恳的握手、午餐的邀请；总之，得到了千百种好意的酬报。这幅肖像轰动了全城。太太把它展览给女友们看；大家都惊佩画家的本领，他能画得这样逼真，同时又给本人加添许多美丽。谈到后一点时，大家脸上当然都浮起了一抹轻微的妒羡之色。于是画家忽然被一大堆工作包围住了。似乎全城的人都想请他画肖像。门铃时刻不停地响着。从一方面来说，这可能是一件好事情，因为许多各式各样的脸可以给他作无穷的练习。但不幸的是，都是一些难伺候的人，性急的、忙乱的人，否则就是一些上流社会里的人，他们比任何人都忙，因此脾气也就更加急躁。他们都要求画得又快又好。画家体会到，从容动笔绝对是办不到的，非用画笔的灵巧与疾速来应付一切需要不可。只须抓住整体的印象，抓住一般的表情，而不必用画笔深入精微的细节；总之，从容地刻画自然简直是不可能的。再说，几乎所有求画的人都提出了各式各样强词夺理的要求。太太们希望主要的只把灵魂与性格描写在肖像里，其余可以完全不必介意，使棱角圆浑起来，把缺陷冲淡，要是可能的话，简直就完全避免。总之，纵然不能把人迷住，也得叫人看了这张脸神往老半天。因此，当她们坐下来请画家画肖像的时候，常常做出一些使他十分惊异的表情：第一个人竭力要在脸上装出忧郁，第二个人表现着梦想，第三个拼命叫嘴巴缩小，抿得紧紧的，最后竟成了比针尖大不了多少的一小点。可是尽管这样，她们还是要求他画得像，神态从容自然。男人们也不比太太们容易对付。一个人要求把自己画得刚强有力地拧着脖子；另外一个人抬起充满灵感的眼睛；近卫军中尉一定要他在眼睛里画出马尔斯①的神情；文官竭力要他在脸上表现出更多的正直和高贵，手支在一本书上，书上清清楚楚写着几个大字："主持公道"。起初这些要求真弄得画家汗流浃背：这些都必须揣摩、凝思，而限期又是这样短促。最后，他懂得了诀窍，就一点也不觉得有什么为难了。只要听上两三句话，就知道对方希望把自己画成什么样子。谁要喜欢马尔斯，就给他脸上

---

① 马尔斯，希腊神话中的战神。

装个马尔斯进去；谁要想做拜伦，就给他画成拜伦的姿势和神态。太太们无论想做柯丽娜①也好，翁迪娜②也好，亚斯巴希雅③也好，他都满口答应下来，再凭自己的想象给每一个人加上端庄的风采，大家知道，这样做总不会出岔子，即使画得再不像一些，人家也会原谅画家的。不久就连他自己也对画笔的不可思议的迅速和敏捷惊奇起来了。求画的人们，当然，一个个都笑逐颜开，称他是稀世奇才。

恰尔特柯夫在各方面成了一位时髦画家。他开始乘马车去赴宴会，陪太太们参观画廊，甚至还陪她们一块儿散步，打扮得艳冶出众，公然宣称画家必须属于社会，必须保持合乎身份的体面，有些画家穿得跟鞋匠一样，那是举止失宜，不守礼法，缺乏教养。在家里，他把画室收拾得非常整齐清洁，雇了两个漂亮的仆人，收了一批时髦的学生，一天之内换好几套衣服，卷烫头发，练习各种接待访客的姿势，想尽方法装饰自己的外貌，以便给仕女们产生愉快的印象；总之，不久人们就再也认不出他就是从前在瓦西里耶夫岛破陋的小屋里默默工作过的质

---

① 柯丽娜，法国作家斯达尔夫人（1766—1817）同名小说的女主人公。
② 翁迪娜，德国作家莫特-富凯（1777—1843）同名小说的女主人公，在神话中是水妖。
③ 亚斯巴希雅，公元前五世纪的希腊女子，以聪明美丽驰名。

朴的画家了。他现在谈起画家和艺术，总要发挥一通辛辣刻薄的议论。他说，大家把过去的画家吹嘘得太过分，拉斐尔以前的所有的画家都画的不是人物，而是鲱鱼；有些观赏者认为那里面包含着神圣的东西，那只是他们这样想象罢了；就连拉斐尔本人的作品也不是全部都好，有许多作品也只是虚有其名；米开朗琪罗①是一个大言不惭的吹牛家，他只想炫耀他的解剖学知识，他的画一点也没有什么优雅之处；真正的光彩、笔力和色调，必须到现代画家的作品中去寻觅。接下来，自然，就要谈到他自己了。

"不，我简直不明白，"他说，"别人怎么能够成天坐在那儿，孜孜不倦地工作？花上几个月画一张画的人，在我看来，是涂壁匠，不是画家。我不相信他有什么才能。一位天才创作起来，是勇敢的、迅速的——就像我，"说到这儿，他总是面对着客人，"我画这幅肖像只花了两天，画这个头部花了一天，这一幅花了几小时，这一幅只有一个多钟头。不，我……我，老实说，我认为那些一笔一笔描出来的东西都算不得是艺术；那是匠人的手艺，不是艺术。"

---

① 米开朗琪罗（1475—1564），意大利著名的画家，雕刻家和建筑家。

他这样地讲给他的客人听，于是客人们对他画笔的遒劲和矫捷佩服得五体投地，听说他画得这么快，都发出了感叹的喊声，然后奔走相告："这是一位天才，真正的天才！瞧他怎样说话，他的眼睛怎样地发着光啊！他整个的姿态有一种非凡的东西！"

画家很高兴听见人家这样谈论他。当杂志上刊出了赞美他的文章的时候，他像孩子般地雀跃起来，虽然这赞美的文章是他自己花钱买来的。他到处带着这份杂志，仿佛不在意似的拿给熟人和朋友看，这件事使他开心得简直要手舞足蹈。他的名气一天比一天响，工作和订货也越来越多。他开始厌倦画千篇一律的肖像和脸，那种姿势和神情是他早已画熟了的。他已经不大起劲画它们，想法只画一个头部，而把其余的部分留给他的学生们去完成。从前，他还总要努力画出一种新的姿势，用笔力的遒劲和效果使人惊倒。现在，就连这一点他也觉得不耐烦了。他的脑子懒得再去思考和构思。他没有能力做到这一点，并且也没有时间做到：散漫的生活，以及他在里面扮演一个上流士绅的角色的那种社会——一切都使他离开工作和思想不知有多么遥远。他的画笔冷淡了、迟钝了，他漠然无动于衷地重复着单调的、固定的、陈腐过时的形式。文武官员们单调的、冷冰冰的、永远体面的、俗话所谓像扣紧了纽扣似的脸①，不能给画笔广大的发挥的余地：画笔不再去描画华美的衣装、强烈的激动、热情。至于画面的配置、艺术的效果、美妙的结构，那就更是谈不到。他面前只有制服、硬胸和燕尾服，而画家看到这些东西，就会感到冷淡，一切想象都会逃掉的。甚至在他的作品里，连最普通的优点也都看不见了，但它们仍旧享有盛名，虽然真正的鉴赏家和画家们看到他近来的作品是只会耸耸肩的。有些以前认识恰尔特柯夫的人简直弄不明白，他起初显露出的才能怎么会消失，他们徒费心机地猜测，刚刚达到精力饱满的年龄，为什么他的才禀就会烟消云散。

可是，陶醉若狂的画家并没有听到这些议论。他在智力和年龄方面已经到了老成持重的阶段：开始发胖，明显地向横里发展。他常常在报纸和杂志上读到这样的形容词：我们可敬的安德烈·彼得罗维奇，我们德高望重的安德烈·彼得罗维奇。人们开始纷纷请他去担任重要的职位，请他去监考，参加委员会。他，像到了这种可敬的年龄的人一样，开始积极地站到拉斐尔以及其他古代画家一边来，倒也不是因为充分认识他们卓

---

① 即谓毫无表情。

越不凡的优点，而是因为想借他们来吓唬年轻的画家们。他开始像每一个到了这种年龄的人一样，不分青红皂白地责备青年们道德沦丧，品质堕落。他开始相信，世上的一切都很简单，没有什么崇高的灵感，一切都必须服从一个严密精确的一律的格式。总之，他的生命已经到了这样一种时期：一切热烈的冲动都萎缩了；有力的琴弦很难打动他的灵魂，他的心也不再被锐利的声响所盘绕；接触到美的东西，已经不能使纯洁的力量勃发为熊熊的火焰；可是，只要一听见金圆的声音，烧残的感情就会熄而复燃，就会留心倾听它的诱人的音乐，慢慢地，在麻木之中让这音乐完全把自己催眠。荣誉这东西，不会给一个偷盗它但配不上它的人带来愉快；它只有在一个配得上他的人的心里才会引起不断的颤动。所以，他的全部感情和冲动都转向了金圆。金圆变成了他的情欲、理想、患得患失的对象、享乐、人生的目的。一捆捆的钞票在他的箱子里增多起来，正像每一个命中注定得到这种可怕的礼物的人一样，他变成了一个无聊透顶的、除了金圆什么都不懂得的、毫无来由的吝啬鬼，一个荒唐的守财奴，他已经快变成这么一个怪物——这种人在我们冷酷无情的世界里多的是，稍有心肝的人见了他们都会害怕的，认为他们只是活动棺材，没有心肝五脏，只是一具死尸。可是，一件事情强有力地震动了、惊醒了他整个生命的机体。

有一天,他在他的桌上看见了一缄短笺,美术学院请他以荣誉董事的身份去评判一件新作品,那是一个在意大利深造的俄国画家送来的。这个画家是他从前的朋友,从早年起就热爱艺术,抱着一颗勤劳者的火焰般的心沉醉在艺术里,远离朋友、亲人,远离舒适的习惯,赶往那个庄严的艺术苗圃在美丽天空下欣欣向荣的地方,赶往那个奇妙的罗马,——一听见这个地名,画家的热情的心就会剧烈地跳动起来。他在那儿像个隐士似的埋头工作,不被任何事情所诱惑。他不过问人家怎样谈论他的怪僻的性格,说他不善交际,不遵守上流社会的礼节,他的贫贱的、寒酸的衣装给画家丢尽了脸。他也不管同行们是否生他的气。他对什么事情都毫不介意,把一切献给了艺术。他不知疲倦地参观画廊,好几小时伫立在大师们的作品前面,欣赏并揣摩神妙的笔意。他没有一幅画,不预先用这些伟大的导师来衡量自己,在他们的作品里得到许多无言的、有力的忠告。他不参加喧嚣的议论和争辩;既不拥护美辞学派,也不反对美辞学派。他对各派一视同仁,从一切派别里只汲取美好的东西,最后就只把神圣的拉斐尔一个人尊为自己的老师。他正像一位大诗人一样,读了充满魅力和壮美的万卷书之后,最后认定只有荷马的《伊利亚特》才是一部案头必备书，一切需要的东西都包括在这部书里，没有任何东西不在这里得到尽善尽美的反映。于是他从这一派里汲取了庄严的创作玄机、思想的强有力的美、天马行空的画笔的妙趣。

恰尔特柯夫走进大厅，看见已经有一大群人麇集在一幅画的前面。平时在鉴赏家麇集之处难得有的沉寂，这一回到处笼罩着。他赶快装出一副专家的矜持的样子，向那幅画走近去；可是，天啊，他看到了一幅什么样的画！

他面前这个画家的作品，像处女般纯净、完美、秀丽。它像天才一样，质朴、神圣、贞洁、单纯地高耸于一切之上。这些天仙似的美女仿佛被大家直射的眼光看得不好意思起来，羞答答地垂下美丽的睫毛。专家们都怀着不由自主的惊异的心情，观看这幅新颖的、空前未有的图画。在这幅画里，一切似乎都混杂在一起：拉斐尔的艺术反映在高雅的构图里，柯勒乔的艺术表现在精炼的笔法里。最吸引人注意的是包含在画家本人灵魂里的创造力。任何细微的一点都被他的灵魂渗透着；一切都表现出法则和内在的力。他到处抓住了包含在自然中的融解一般的圆浑的线条，那是只有创造的艺术家的眼睛才能够看见，模仿者就会画成棱角的。显然，画家是先把从外部世界吸取到的一切蕴藏在自己的灵魂里,然后再从灵魂深处,把这些东西谱成一支和谐的庄严的歌。于是连外行的人都可以明白,在创造和对自然的单纯模仿之间横隔着怎样不可估量的距离。包围着看画的人的那种非凡的静寂,简直是无法描摹的——没有一点声息,没有一点响动;这当口,画却时时刻刻增高起来;越来越显得比其他一切辉煌、奇妙,最后,整个儿化为了思想从天外飞到画家心里结成花果的微妙的一瞬,——对于这一瞬说来,人类的全部生活只是一个起点。在围观者的脸上,泪珠不自禁地就要滚下来。不管有多么不同的口味,也不管有多么大胆的古怪的口味,仿佛所有的人都对这幅神圣的作品唱出了无言的颂赞。恰尔特柯夫张开嘴一动也不动地站在这幅画的前面,最后,当观众和内行们渐渐喧嚷起来,评论作品的好坏的时候,当人家请他发表意见的时候,他这才醒过来;他想装出淡漠的若无其事的神气,想说一些刻薄无情的画家们常说的陈腐平凡的客套话,例如:"是喽,当然,我们不能否认画家是有才能的;他真有两下子,显然,他想表现点什么,可是,说到主要的地方……"接着,自然是加上一些任何一个画家都不会因此受益的赞美。他想这样做,可是话到嘴边又缩回去了,眼泪和哭泣再也抑制不住地涌出来,代替了回答,他像疯了似的奔出了大厅。

　　他一动也不动地、茫然失神地在自己华丽的画室里站了一会儿。他的整个机体、整个生命,在一瞬间觉醒了过来,仿佛他又回复了青春,仿佛熄灭了的才能的火花陡地又燃烧起来。蒙住他眼睛的绷带被解开了。天啊!他把青春的最好的年月这样残忍地糟蹋了;蕴藏在他胸中,可能现在会变得伟大而美丽,会引出惊异和感激的眼泪来的火星,就这样地被扑灭、被踩熄了!这一切都被糟蹋掉,毫无怜惜地被糟蹋掉了!仿佛在这一刹那,从前他所熟悉的那种兴奋和冲动忽然又在他的灵魂里苏醒了。他抓起画笔,走到画布前面去。脸上渗出了挣扎的汗珠;他整个儿化为一个愿望,被一个思想燃烧着:他想描画一个堕落的天使。这个想头跟他的精神状态是最适合的。可是,糟糕!形象、姿态、结构、思想,画出来都显得勉强而又不调和。他的画笔和想象已经被定型束缚得太久,徒然无力地挣扎着想越过他自己所设定的界限和桎梏,结果也只能陷于荒谬和错误。过去他太藐视了艰难的、长期的由浅而深的学问阶梯和未来的伟大成就的基本法则。苦恼缠住了他。他叫人把最近所有的作品,所有缺乏生命的时髦画,所有骠骑兵、仕女和文官的肖像,统统从画室里搬出去。他把自己一个人关在房间里,不准任何人进来，整个儿埋头在工作里面。他像个耐心的青年一样，像个学生一样，坐在那儿画画。可是，他笔下画出来的一切是多么无情地平庸啊！由于不熟悉最初步的原理，他每画一笔，不得不停顿下来；简单的、微不足道的机械作用把满腔热情冻住了，成了束缚想象的不可逾越的阻碍。画笔不由自主地凝成记熟的形式，手总是放在刻板的地位，脑袋不敢摆出非凡的姿势，连衣服的褶襞也有一定的格式，不肯顺从地披在不熟悉的肉体的姿态上。他感觉到这一点，他自己感到并且看到了这一点！

"可是，我从前真的有过才能吗？"他最后说，"我没有欺骗自己吗？"说完这几句话，他走到从前自己的作品前面去，那是他在孤寂的瓦西里岛上一间破陋的小屋里，远离人群、财富和各种欲望，那样纯洁而无私地画出来的。他现在走到它们前面，开始一幅幅把它们捡起来仔细察看，于是他过去整个贫困的生活都浮现到他的记忆里来了。"是的，"他绝望地说，"我有过才能的。到处都可以看到它的征兆与痕迹……"

他住了手，突然浑身战栗起来：他的眼睛接触到了一双不动地盯住他的眼睛。这是他在施金劝业场买来的非凡的肖像。这幅肖像一直被遮盖着，被别的画挡住，因此完全被他忘怀了。现在，当所有堆满在画室里的时髦的肖像和绘画统统搬走了的时候，它好像故意似的，跟他从前年轻时的许多作品混在一起出现了。他想到它的全部古怪的历史，想到这幅不可思议的肖像曾经是他转变的原因，意外的横财引起他所有尘世的俗念，以致毁灭了他的才能——这时候，他急得几乎要发疯。他立刻吩咐把这幅可恨的肖像搬走。可是，灵魂的激动并不就此平静下来：他的全部感情和全部机体连根动起来了，他感到一种可怕的痛苦——这种痛苦是当一个软弱的人想干他能力不能胜任的事而终于不能办到时，作为惊人的例外，有时会在天性中显露出来的；这种痛苦，在青年身上会产生巨力，但在已经失掉幻想的人身上就会变成徒然的渴望；这种痛苦，是会使人干出可怕的罪恶来的。他的心里充满了嫉妒，疯狂的嫉妒。当他看见带有才能的烙印的作品时，脸上就露出了怒意。他把牙齿磨得轧轧作响，用蛇蝎样的眼光贪婪地对它望着。他心里产生了人们少有的恶念，带着一股疯狂的力量要来实现这种恶念。他开始收买艺苑中绝无仅见的精品。他用高价把画买来，小心翼翼地搬进自己的屋里，然后像疯狂的猛虎似的扑过去，撕裂它，扯破它，扯成碎片，发出愉快的狞笑把它踩在脚下。他所积蓄的巨万财富使他具有一切条件来满足这种恶毒的愿望。他解开了所有的装金圆的口袋，打开了箱子。从来没有一个愚昧的魔王曾经像这凶暴的复仇者似的毁灭过这么许多美丽的作品。随便哪一个拍卖场上，只要他一到，别人对于收购艺术品的事就早已绝望了。仿佛愤怒的老天爷故意把一场可怕的灾难降到世上来，要破坏这世界的和谐似的。可怕的激情给他染上一种可怕的色调：他的脸上永远笼罩着杀气。他的面貌表现着愤世嫉俗和全盘的否定。普希金用理想的笔调描画的那个可怕的恶魔，仿佛成了他的化身。除了恶毒的言辞和永久的诅咒之外，他的嘴里从来没有吐露过一句话。他像一头猛兽似的冲到街上，所有的人，连他的熟朋友也在内，远远地看见他，都转过身去急忙地躲开，说是看见了他，以后一整天都会倒霉的。

对于世人和艺术总算是不幸中之大幸，他这种紧张而凶暴的行径没有能继续多久：激越的情欲到底不是软弱的力量支撑得住的。疯狂和癫痫的发作越来越频繁，终于变成了一种可怕的痼疾。残酷的热病和急性肺炎连结在一起，猛烈地袭击着他，三天以后，他就瘦得三分像人七分像鬼了。此外，再加上无可救药的精神错乱的一切症状。有时候，好几个人也拦阻不住他。他开始常常梦见那幅不平凡的肖像上一双早已忘怀了的活人的眼睛，这时候，他的疯狂就更显得可怕。所有围在他病榻周围的人，在他看来，都成了可怕的肖像。从他的眼睛里看出来，肖像两倍、四倍地增多了；仿佛所有的墙上都挂着肖像，一双双不动的活人的眼睛盯住他。可怕的肖像从天花板上、地板上对他凝望着，房间扩大了，一间间连绵到无穷无尽，可以容纳下更多的不动的眼睛。一个给他治病，并且早已听到过他的奇怪的历史的医生，竭力想找出他所梦见的幻影和他的生活经历之间的秘密的关系，可是结果却毫无所得。病人除了自己的苦痛之外，什么也不知道，什么也不感觉，永远只是发出可怕的绝叫和不可理解的呓语。终于，他的生命在最后一次无声的痛苦的发作中结束了。他的尸体吓人得很。他的巨万家财一个镧子也没有留下；可是，当人家发现价值百万以上的高贵的艺术品被他撕成碎片的时候，就都明白他的财产是被花到什么样的可怕的用途上去了。

第二部

许多轿车、弹簧座马车和半篷马车停在一幢正在拍卖一个富有的美术收藏家的珍藏品的房子门口——这些美术收藏家，通常被风神和爱神包围着①，在甜梦里糊里糊涂蹉跎过一生，

---

① 引自格利鲍耶陀夫的剧作《智慧的痛苦》。

无意中以艺术保护人出了名，天真地为此花费了他们勤俭的祖先积聚起来的几百万家财，甚至还有他们自己先前用劳力挣来的金钱。大家知道，这样的艺术保护人现在早已绝迹，我们的十九世纪早已博得了银行家的枯燥无味的面貌，银行家是只会用纸上的数字来享用自己的巨万财富的。一间长长的大厅，挤满着各式各样像猛禽扑向没有掩埋的尸体似的人群。这儿有一大队从劝业场，甚至从旧货市场来的穿蓝色德国上装的俄国商人们。在这儿，他们脸上的神气和表情好像变得强硬了些，自在了些，没有俄国商人在店里接待主顾时那种甜言蜜语的假殷勤劲儿。在这儿，他们虽然跟许多贵族在一起，却一点也不拘礼节，换了在别的地方，他们准会匍匐在地上，把长统靴带进来的灰尘扫得一干二净的。他们在这儿显得非常放肆，不客气地摸弄着书籍和绘画，想知道货物的品质，大胆地喊出价钱来，压倒内行的伯爵们喊出的数目。这儿有许多每天不吃早饭就来的拍卖场的老主顾们；专以收罗珍藏品为责任，在十二时到一时的一段时间当中没有别的事情可做的贵族身份的内行们；最后，还有衣装和钱囊都很寒酸的高贵的绅士先生们，他们每天上这儿来，不为什么利欲的目的，只是为了要看看行市怎样，谁出价高，谁出价低，谁压倒谁的喊价，货物被谁买去。许多画杂乱无章地堆在那儿；和这些画放在一起的还有家具，和签着从前主人的姓名，但这些主人恐怕从来没有兴趣去涉猎的书籍。中国瓷瓶，大理石桌面，弧形的、雕成狮身鹫嘴怪物、狮身女面怪物和狮爪子的镀金和不镀金的各种新旧家具，挂灯架，烛台，这一切都堆在一起，不像商店里那样摆得齐齐整整的。这是一种艺术品的大杂烩。我们在拍卖时所得到的一般感觉是很可怕的：这里的一切都带着出殡的味道。举行拍卖的大厅总是阴森森的；被家具和绘画挡住的窗户只漏出一线微弱的光，无言的沉默刻画在人们脸上，拍卖人敲着锤子，用送殡的声音向乱七八糟堆在一起的可怜的艺术品念着超度的经文。这一切似乎更加增强了那种古怪的不愉快的印象。

看来拍卖正在最热闹的时候。一大群体面人物挤在一起，你抢我夺地在争执些什么。四面八方传出了这样的声音："再加一卢布，再加一卢布，再加一卢布"，不让拍卖人有时间重复一下增喊的数目，那数目早已比开叫时增加四倍了。汹涌的人群是在争夺一幅不得不引起对绘画稍有认识的人的注意的肖像。画家高明的画笔在这幅肖像上非常清楚地显露出来。这幅肖像显然已经修补过，裱糊过好几次，画的是一个穿着宽服的亚洲人的黧黑的脸，他脸上露出一种古怪的表情，但最使围观的人惊奇的是一双非常生动的眼睛。你越瞧这双眼睛，它们就越像是要穿透你的心肝五脏。这种奇特的表情、这种画家的非凡的巧思，几乎把所有人的注意都吸引住了。许多竞买的人已经知难而退，因为价钱已经抬高到了难以相信的程度。只剩下两个著名的贵族，绘画爱好家，还是不愿意割爱这幅宝画。他们争得面红耳赤，并且大概一定再会把价钱抬得极高，要不是观众中有一个人忽然喊道：

"请容许我暂时打断一下你们的争执。我也许比任何人都更有权利把这幅肖像买下来。"这几句话立刻使所有的人都对他注意起来。这是一个身材端正的人，约摸三十五岁，有着长而黑的鬈发。一张充满明朗的乐天气氛的讨人喜欢的脸，说明他的灵魂不知道有什么恼人的世俗的忧虑；他的服装一点也不迁就时髦：处处都显出他是一位艺术家。这人正是画家 B，许多在场的人都认得他。

"不管你们觉得我的话多么奇怪，"他看见大家都注意地望着他，接茬儿说下去，"可是，只要你们肯听我说完一段短短的故事，你们就会觉得我说这一番话是有充分的权利的。一切都使我相信，这就是我要寻找的那一幅画。"

几乎大家的脸上都浮起了十分自然的好奇的神色，连拍卖人也张着嘴,把锤子举在半空中放不下来,准备听他一直讲下去。刚开始讲时,许多人不由自主地还把眼光往肖像那边溜,可是后来,故事越讲越有味,大家就把眼光完全移到讲故事的人身上来了。

"你们知道市内叫作柯洛姆纳的那块地方吧。"他这样开始说:

> 那儿,一切都跟彼得堡其他的地方不同;算不得是京城,也算不得是外省;你一踏上柯洛姆纳的街道,你就会觉得所有年轻的欲望和冲动都离开了你。这儿没有将来,这儿只有静寂和隐遁,一切从京城的骚动中沉淀出来的东西。搬到这儿来居住的,有退职的官员,寡妇,在参议院里有个把熟人,得以在此终老的贫寒之辈,整天逛市场,在小店里跟乡下人闲磕牙,每天买五戈比咖啡和四戈比砂糖的老资格的女厨子,最后,还有这一大群可以用"灰色的"这个词来形容的人们——这些人的衣服、脸、头发、眼睛,都有一种阴暗的、灰色的外观,好像是不见阳光也不刮风的天色一样,简直说不上像个什么:灰蒙蒙的,一切都消失了鲜明的轮廓。在这群人里还可以加上退职的戏院查票

员，退职的九等文官，鼓眼睛厚嘴唇的退职的马尔斯的门徒①们。这些人完全是麻木无情的：他们走路时对什么也不看一眼，沉默着，什么也不想。他们房间里没有许多东西；有时候，只有一瓶纯粹的俄国白酒；他们抱着这瓶酒整天价慢慢地吮吸着，决不会喝得酩酊大醉，而一个年轻的德国手艺匠，小市民街上的勇士，每逢星期天总会来这么一手的，一过深夜十二点钟，就会一个人独占住一条人行道。

柯洛姆纳的生活非常孤寂：街上很少看见一辆马车，除非是演员们坐的马车用隆隆声、辚辚声和咕咚声偶或打破一下周遭的悄静。这儿全是步行人；出租马车常常找不到乘客，单给毛发蓬松的瘦马载着草料，踽踽前行。在这儿可以找到五卢布一个月的房子，包括早晨的一杯咖啡。得了抚恤金的寡妇在这儿算得上是最阔气的人家；她们举止端庄，常常打扫房间，跟女友谈论牛肉和白菜的涨价；她们常常有一个年轻的女儿，一个沉默寡言的、有时长得也还动人的人儿，还有一条讨厌的小狗和一只钟摆敲出忧郁的声音的挂钟。然后是薪水收入不容许搬出柯洛姆纳的

---

① 马尔斯的门徒，指军人。

演员们，那是一些正像所有为享乐而活着的艺术家一样自由自在的人们。他们穿着长袍坐着，修理手枪，用厚纸做各种室内的小道具，跟来访的朋友下棋、打牌，这样就过掉了一早晨，到了晚上又重复同样的事情，有时再加上喝一点儿果酒。除了这些柯洛姆纳的名流和贵族之外，就是一些最最微不足道的小人物了。他们是多到数不尽的，正像数不尽陈醋里长出来的虫子一样。有祷告的老太婆；有喝醉酒的老太婆；也有祷告和喝醉酒同时兼顾的老太婆；这些老太婆靠着不可理解的方法苟延残命，像蚂蚁似的把破布和旧衣服从卡林金桥抱到旧货市场去，在那边卖得十五戈比；总之，全是些最不幸的人类的渣滓，任何一个行善的政治经济学家都想不出办法来改善他们的状况。

我提到他们，为的是让你们知道，这些人怎样时常需要去寻找解救燃眉之急的暂时的援助，需要借债渡过难关。这样，在他们中间就产生了以抵押品借出少数款子得到高利的一种特别的高利贷者。这些放小债的比放大债的要残酷好几倍，因为他们产生在贫穷和衣衫褴褛的穷人中间，而那些专门跟乘马车的人打交道的放大债的高利贷者是没有见过这种光景的。因此，他们的灵魂里任何人性的感情都早已消失了。在这样的高利贷者中间，有一个……可是不妨告诉你们，我要讲的是上世纪的事，已故的叶卡捷琳娜二世时代的事。你们自己可以明白，柯洛姆纳的外观和它的内部生活现在是变得大不相同了。这样，在高利贷者中间有过一个人——一个很早以前就在市内这一带地方居住的各方面都很不平凡的人。他穿着宽大的亚洲式的服装；暗沉的脸色说明他是南方出身，可是他到底是哪一国人，是印度人、希腊人，还是波斯人，这可谁都说不清。高高的、几乎是不寻常的身材，黧黑的、瘦削的、晒焦的脸，脸上一种异常可怕的神色，目光如火的大眼睛，垂挂的浓密的眉毛，使他显得跟京城里所有灰色的居民们迥然不同。连他的住屋也不像其余的小木头房子。这是像热那亚商人们曾经造过许多的一种石砌建筑物，有着不一律的、大小不等的窗户，铁板百叶窗和门闩。他跟其他高利贷者不同的是，从老乞妇以至挥霍无度的王公大臣，他能供给任何人随便多少款子。华丽的马车常常停在他家的门口，有时从车窗里探出一个漂亮的上流仕女的头来。外间纷纷传说，他的铁箱里装满着数计不清的金钱、珠宝、钻石以及其他抵押品，但他一点也不像其他高利贷者那样利欲熏心。他慷慨地借钱给别人，定的限期也很宽裕。可是，由于一种奇怪的计算法，钱总是一本万利地增多起来。至少外间的谣传是这样。可是，最奇怪而且不能不使人感到惊奇的是那些向他借到钱的人的奇怪的命运：他们死得都很不幸。这只是人们的臆测，还是愚蠢的迷信，还是故意散布出来的流言，这可不清楚。可是，短时期内发生在大家眼前的几件事情是有目共睹的。

在当时的贵族阶层中，一个出身名门的青年很早就引起了人们的注意，他在年轻时就已经在政界上显露头角，他是一切真诚高尚的事物的热烈的崇拜者，一切产生艺术和人类智慧的事物的捍卫者，将来很有希望成为一个保护艺术的舆论家。他不久果然被女皇赏识，女皇赐给了他一个完全符合他的志趣的显要职位，使他能够对科学以及一般福利做许多事情。这位年轻的贵人经常周旋于一群画家、诗人和学者之间。他愿意结交普天下的人才，给他们工作，鼓励他们。他自己出资刊印许多有益的书籍，定购许多作品，举办奖励人才的悬赏，在这些方面花掉了无数的金钱，终于闹得倾家荡产。可是，他是一个慷慨的人，干起事情来决不肯半途而废，于是他就到处去张罗款子，最后只得求助于这个著名的高利贷者了。自从向他借到了一大笔款子之后，这个年轻人，短时期内就完全变了另外一个人：从此以后他变成了杰智奇才的摧残者、迫害者。无论发表什么文章，他总是只看到坏的一面，甚至不惜曲解字义。可巧那时爆发了法国革命。这立刻成了他从事种种卑劣行为的借口。他开始在一切东西里面都看到一种革命的趋向，认为一切东西里面都有着暗示。他猜疑到这种地步，最后连对自己都猜疑起来了，他开始虚构种种可怕的不公正的诬告，使许多人蒙了不白之冤。不用说，这种行为最后不得不传到女皇耳朵里去。仁慈的女皇十分震惊，怀着帝王特有的高贵的精神降下一道圣旨，虽然内容没有能逐字逐句流传到今天，但那深刻的意义却是一直印在大家心里的。女皇指出，在君主政体之下，崇高的高尚的精神活动不会受到压迫，才智、诗和美术的创作不会受到蔑视与迫害；相反地，只有君主们才是这些东西的保护人；莎士比亚和莫里哀在他们仁慈的抚育之下灿烂开花，而但丁却不能在共和政体的祖国得到庇身之所；真正的天才都生在帝王和王国光辉强盛的时代，而不是在从未产生过任何一个诗人的纷乱政局和共和制度的恐怖主义之下；必须优待诗人和画家，因为他们只给灵魂带来和平与美丽的安静，却不是骚乱与怨言；学者、诗人和所有的艺术家都是王冠上的珍珠与钻石；伟大君主的治世被他们点缀着而更添无限的光辉。总而言之，女皇在说这些话的时候是神圣而美丽的。我记得，老年人一讲起这件事，就忍不住扑簌簌地掉下眼泪来。大家都十分关心这件事情。这是我们民族值得骄傲的：在俄国人心里永远蕴藏着一种替被压迫者说话的美好的感情。这个辜负人家期望的贵人，得到了严厉的惩罚，被削去了官职。可是，他在同胞们的脸色上得到了更可怕的惩罚。这是一种决绝的、普遍的蔑视。虚荣的灵魂受了多大的折磨，是描摹不尽的；傲慢、化为画饼的野心、破碎的希望，这一切联结在一起向他进攻，于是在一阵疯狂和癫痫的发作中他的生命结束了。

还有一个显著的事例也发生在大家眼前：在我们当时北方京城并不缺乏的美人中间，有一个美人是超群出众的。她是北方的美和南方的美的奇妙的混合，是一粒世上稀有的钻石。我的父亲说过，他一辈子从来没有瞧见过这样的美人。财富、聪明和精神美质，她似乎全有。追求她的人非常多，其中最引人注目的一个是L公爵，他是所有的青年中间最高贵、最卓越的一个,相貌秀丽,而又富有骑士风的慷慨气度,是爱情小说和妇人们的最高理想,在各方面都是一位十足的格兰迪森①。L公爵热情而疯狂地爱上了她;对方也用同样火炽的爱情报答他。可是,她的父母认为这门亲事门户不大相称。公爵的祖产早已不属于他所有,门庭已经衰落,他的家境窘困是大家都知道的。忽然公爵离开了京城,好像要去安排一下自己的家务似的,过了不多久,回来时就被极度的繁华和光彩包围着了。辉煌的舞会和宴会使他的声名达到了宫廷。女方的父亲对他表示了好感,于是就在城里热热闹闹办起喜事来。新郎怎么会发生这么大的变化,怎么会发上这么一大笔财,没有一个人说得明白;可是,背后有人传说,他跟一个鬼鬼祟祟的高利贷者讲好条件,向他借了钱。可是,不管怎样,这件婚事轰动了全城。新郎和新娘成了大家羡慕的对象。他们热烈的永恒的爱情,双方都受过的长期的折磨,以及他们崇高的人品,是大家都知道的。热情的妇人们立刻预言小两口子会享受天堂一般的幸福。可是,结果却大大地出

---

① 英国作家塞缪尔·理查逊的小说《查尔斯·格兰迪森爵士的历史》里的男主人公。

乎意外。不到一年工夫，丈夫就发生了可怕的变化。先前那种高贵而善良的性格，完全被猜忌、急躁和永无穷尽的脾气毒害了。他变成了虐待妻子的暴君，这是谁也料想不到的，他干下了最缺德的事情，甚至殴打起妻子来了。不到一年，没有人再认得出那个不久以前还光彩夺目、吸引过一大群恭顺的崇拜者的女人了。最后，她再也受不住这种痛苦的命运，首先提出了离婚。丈夫一听见提到离婚，无名火提得三丈高。气愤之下，他拿了一把刀冲进她的卧室，要是旁边没有人抓住他，阻止他，他无疑一定会当场把她杀死。在疯狂和绝望中，他对准自己斫了一刀，——于是在一阵可怕的痛苦中结果了自己的性命。

除了大家亲眼目睹的这两件事之外，大家还谈论着许多发生在下层阶级中间的事情，几乎无例外地都有着可怕的结局。一个诚实的清醒的人变成了酒鬼；一个小伙计偷了店主的东西；一个一向安分守己的赶车人为了很少的一点钱杀死了乘客。这些添枝添叶传说开来的事情，不得不在柯洛姆纳质朴的居民们心中造成了不由自主的恐怖。谁都不怀疑有魔鬼附在这个人身上。有人说，他提出这样可怕的条件，叫人头发都要直竖起来，并且遭受不幸的人以后还不敢把这个条件告诉别人哩；他的钱有一股吸引力，会发起热来，还带着一种古怪的标记……总之，愚蠢的谣言多得很。值得注意的是，柯洛姆纳的全体居民，所有这些穷老太婆、小官吏、薄命的艺术家，总之，所有这些我们刚才提到过的小人物们，都情愿咬紧牙关忍受最大的穷困，也不愿意求教这个可怕的高利贷者；甚至有些老太婆快要饿死了，也情愿杀死自己的肉体，不愿毁灭自己的灵魂。人们在街上遇到他，不由自主地就感觉到恐惧的袭来。行人惴惴地往后倒退，目送着他消失在远方的非常高大的姿影。单是他的相貌就包含着这么许多不平凡的东西，大家不由得都把他当作一个超人间的怪物。人间少有的、凹陷的、严酷的线条，脸部炽烈的紫铜色，浓眉毛，叫人受不住的可怕的眼睛，甚至他的亚洲式服装的宽大的褶襞——这一切似乎都说明，跟包藏在这肉体里的情欲比起来，别人的情欲都会黯然失色。我的父亲每一次遇见他，总要站定下来，忍不住说：魔鬼，十足的魔鬼呀！可是我必须赶快对你们交代一下我的父亲，他才是这个故事的真正的主题。

我的父亲是一个各方面都很杰出的人。他是一位稀有的画家，是只有俄罗斯在她未开发的土壤上才产生得出的珍奇的人物之一；他是一个自学的画家，无师自通，也不懂什么规律和法则，仅仅被渴求完美的欲念所驱策，自己也莫名其妙地沿着灵魂所昭示的道路前进；他又是一个天生的奇才，这种人时常被同时代人加上"鄙夫俗子"的侮蔑的称号，但他们决不由于别人的诽谤和自己的失败而气馁，反而只会获得更多的热忱和力量，并且在他们的灵魂里，早已把曾经博得"鄙夫俗子"的称号的作品撇在后面老远了。他凭着崇高的内心的本能，在每一件事物里感觉到思想的存在，体会到历史画这个名词的真正的意义；懂得为什么拉斐尔、莱奥纳多·达·芬奇、提香和柯勒乔画的一个普通的头、一幅普通的肖像，可以被称为历史画，为什么一幅含有历史内容的巨幅画，尽管画家硬说它是历史画，却仍然是风俗画。内在的情感和信仰使他的画笔去寻找基督教的题材，最崇高、最高尚的题材。他没有那种跟许多画家的性格无法分开的虚荣心或急躁。他有着坚定的性格，为人正直、坦率、甚至粗鲁，外表有点冷酷，灵魂里不无一点骄傲，讲到别人时又谦虚又刻薄。"何必去注意他们呢？"他常常说，"我不是为他们而工作的。我不把我的画拿到大厅里去陈设,却要把它们摆在教堂里。有人了解我,会感谢我,不了解我,也会向上帝祷告。用不着去责备一个俗人,说他不懂得画;他可懂得打纸牌,懂得好酒和好马——一位绅士何必懂得更多的东西呢?如果什么事情都插上一手,还要自作聪明,那可更叫人受不了!各人有各人的本分,各人只能干各人的。我觉得,老实承认不懂的人,比那些假装出伪君子的样子,好像什么都懂,成事不足败事有余的人,还强些。"他为了很少的酬报工作着,这种酬报是只够他养家和继续工作的。并且,他从不拒绝帮助别人,向穷苦的画家伸出援手;他信奉祖先的质朴而虔诚的信仰,也许因为这个,在他所画的人物脸上自然而然就现出了崇高的表情,这是许多才智焕发的画家无法企及的。最后,由于他不断地工作和不屈不挠地走他自己所设定的道路,连从前称他为鄙夫俗子和根基浅薄的自学者的人也都对他尊敬起来。教堂不断地订购他的作品,他的工作再也做不完。有一幅画最使他感到兴趣。我不记得它的题材是什么了,我只知道那幅画上必须画一个恶魔。他琢磨了许久应该赋予他什么形象;他想在他的脸上把一切痛苦的令人苦恼的东西画出来。当他这样思索着的时候，神秘的高利贷者的形象有时就在他的脑海里浮现出来，他不由得想道："我应该照他的样子描画魔鬼！"你们想象他该有多么惊奇吧：有一次，当他在画室里工作的时候，他听见了敲门声，随后那个可怕的高利贷者就一直走进来了。他感到身上一阵寒颤。

"你是画家吗？"他不客气地对我的父亲说。

"我是画家。"父亲惊愕地回答，等待着下文。

"好。你给我画一幅肖像。我恐怕就要死了，我没有孩子；可是，我不想完全死掉，我要活。你能画一幅跟活人一样的肖像吗？"

我的父亲想："还有什么更好的机会呢？他自己要来做我画中的魔鬼。"他答应了。他们讲定了时间和价钱，于是第二天，我的父亲拿起调色板和画笔就到他家里去了。高大的围墙、狗、铁门和门闩、弧形的窗、盖着奇怪的毡子的箱子，最后，还有不动地坐在面前的不可思议的主人——这一切给了他一个奇特的印象。窗户好像故意用东西挡住，堵塞住了，只让上端漏进一点光线。"见鬼，现在他脸上的光线多么好啊！"他自言自语着，赶快动手画起来，仿佛害怕绝妙的光线就会消失似的。"这样的一股力量啊！"他对自个儿重复说："照现在的样子，只要画像他一半，就能把我过去画的所有的圣者和天使都给打倒；他们都比不上他。什么一股魔鬼的力量啊！我只要对自然稍微忠实一些，他简直就会从画布上跳下来呢。多么不可思议的容貌啊！"他不断地重复说，再加了一把劲，后来简直要把被画者的特点移写到画布上来了。可是，他越画，就越感到一种痛苦的、不安的、自己也莫名其妙的心情。话虽如此，他还是拿定主意要极度精确地把每一个不容易辨认的特征和表情画出来。他首先画一双眼睛。这双眼睛包含着这么多的力量，简直使人不敢妄想像自然一样准确地描画它们。然而，他仍然要探索这双眼睛的最微细的特征和浓淡色度，掌握它们的秘密……可是，只要画笔一接触到这双眼睛，他的心里就涌出来一种古怪的憎恶，一种不可理解的重压之感，使他不得不暂时扔掉画笔，过些时候再重新继续下去。终于他再也忍受不住了，他感觉到这双眼睛一直刺透他的灵魂，激起一种不可名状的慌乱。第二天，第三天，这种情绪更加强烈起来。他害怕极了。他扔下画笔，斩钉截铁地说，他不给他画下去了。你们应该看到，古怪的高利贷者听了这些话怎样陡地变了脸色。他扑到他的脚边去，恳求一定给画完这幅肖像，说是这关系他的命运和他的一生；他已经用画笔抓住了他的生动的容貌；只要忠实地画出来，他的生命，由于一种超自然的力量，就会保存在这幅肖像里；因此他就不会完全死掉；他一定得继续活在这世上。父亲听了这些话，可吓坏了：他觉得这些话非常古怪，可怕，他扔下画笔和调色板，三脚两步奔了出去。

一想起这件事，他昼夜不得安宁，可是第二天早上，高利贷者派了他家里唯一的一个女仆把肖像送来，说主人不要画了，也不付给他钱，单叫把这幅画送回来。当天晚上，他就听说高利贷者死了，人们预备按照他的宗教仪式把他安葬。他觉得这一切都是说不出的古怪。就打这时候起，他的性格起了显著的变化：他感觉到一种自己也莫名其妙的不安和烦扰，不久他就干出了一些谁都想不到的事情：这当口，他的一个学生的作品已经开始引起少数内行和爱好家的注意。父亲平日一直认为他很有才能，因此对他总是怀着特别的好感。忽然他对这学生妒忌起来了。人们对这个学生的关怀和谈论使他觉得不能忍受。最后，他更加气愤的是，听说有人要请这个学生去给一所新建的教堂画画。这消息可把他气疯了。"不，我可不能让这吃奶的孩子这样得意！"他说，"老弟呀，你要把老人们按倒在泥坑里还嫌太早哩！幸亏我还能跟你拼一拼。谁赢得过谁，咱们走着瞧吧。"于是这个直率的、正直的人，就要起先前被他深恶痛绝的一套阴谋和权术来了；终于逼得教堂对这幅画出了悬赏，别的画家也可以用自己的作品去应征。然后，他把自己关在房间里，发奋地提起画笔来。他仿佛想把全部力量，全部生命，放进这幅画里。果然，结果画成了他的一幅最出色的作品。谁都不怀疑他会夺得优胜。画陈列了出来，其余的画和他的一比，都像黑夜和白昼一样相差。可是忽然，一个在场的人，我如果没有记错的话，一位牧师，作了使人吃惊的评语："在这位画家的作品里当然可以看到焕发的才能，"他说，"可是，人物脸上没有圣洁的表情；恰巧相反，眼睛里倒有一点儿鬼意，好像一种邪恶的感情在引导画家执笔似的。"大家细看那幅画，不得不同意了这个评语。父亲冲到自己的画前面去，好像要查对一下这无礼的批评是不是有根据，结果他大吃了一惊，发现他几乎给画中所有的人都装上了一双高利贷者的眼睛。他们鬼气森森地望着，连画家自己都禁不住战栗起来。画落了选。更使他气愤的是，听说悬赏被他的学生得去了。他回到家里时那种疯狂的样子，简直是无法描摹的。他差点没有把我的母亲毒打一顿，赶走了孩子，折断了画笔和画架，从墙上把高利贷者的肖像扯下来，拿了一把刀，叫人生了壁炉，准备把它切成碎片，然后付之一炬。当他正要这样做时，他的一个朋友闯进房间里来，这人像他一样，是个画家，又是个乐天知命的人，永远对自己满足，没有远志，眼前看到什么就干什么，尤其高兴吃点喝点。

"你在干什么呀？你打算烧掉什么？"他说，走近了肖像，"这可是你的最好的作品哪。这是那个最近死掉的放印子钱的家伙；画得别提多么像啦。你简直把他画活了。我还没有看见过一双活人的眼睛有你画的这副神气。"

"我倒要瞧瞧把它们扔在火里是怎么一副神气。"父亲说，做了个手势要把肖像扔到壁炉里。

"住手，看在上帝的分上！"朋友说，阻止了他："你要瞧它这样不顺眼，还不如把它送给我吧。"父亲起先不肯，后来才答应了，于是乐天知命的人非常满足自己的收获，把肖像带走了。

他一走，父亲就觉得心里平静了一些。仿佛压在他心头的重担也跟着肖像一起卸下了。连他自己也对这些恶念、嫉妒和性格的显著变化惊讶起来。回想过去的种种行为，觉得很难受，不无带些内心的忧伤，说，"不，这是上帝来惩罚我；我的画理应受到唾骂。那是我存心要毁灭我的同行才画的。魔鬼般的嫉妒推动我的画笔，所以魔鬼般的感情也必然会反映在画上。"他立刻出发去寻找他从前的学生，紧紧地拥抱他，请他宽恕，尽可能要向他补偿自己的过失。他的工作又像先前一样平稳地继续下去；可是，他的脸上常常露出沉思的表情。他祷告得更多，更沉默，不再刻薄地批评别人；连他粗鲁的脾气也好像变得柔和多了。可是，不久一件事情更加厉害地震动了他。他已经许久没有见到那个向他要肖像的朋友了。他正要去拜访他，忽然那人出其不意地自己跑来了。寒暄了几句之后，那人说："哦，朋友，怪不得你上回想烧掉那幅肖像。见鬼，那幅肖像是有点古怪……我向来不信三姑六婆的话，可是有什么办法呢：的确闹了鬼……"

"到底怎么一回事？"父亲问他。

"自从我把它带回家去挂在墙上之后，我心里就感觉到一种苦闷……好像想杀掉什么人才痛快似的。我一辈子从来没有失眠过，可是现在不但失眠，并且还做噩梦……我自己也说不清，这是梦呢，还是什么：好像妖精要掐死我，眼前老是闪动着那个可咒诅的老头儿。总之，我说不出我的心里是一股子什么滋味。我从来没有发生过这样的情况。这一阵，我天天像个疯子似的踱来踱去：感觉到一种恐惧，好像什么事情就要发生似的。我觉得我不能对任何一个人说一句愉快的、真诚的话；仿佛在我的身边坐着一个侦探似的。一直等到我的侄儿向我要这幅肖像，我把它交给了他，我这才觉得肩膀上去掉了一块大石头：这才又觉得痛快起来，像你现在看到的。唔，朋友，你真的把一个魔鬼画出来啦！"

他这样讲的时候，父亲专心致志地倾听着，最后才问道："肖像现在还在你侄儿手里么？"

"怎么会在我侄儿那儿！他也受不了哇。"乐天知命的人说，"高利贷者的魂儿准是钻到画里去了：他从画框里跳下来，在房间里来来回回地踱着，我侄儿说的话简直是不可理解的。要不是我自己也有过同样的经验，我会把他当成疯子看待的。他把它卖给了一位收藏家，可是那人也受不了，又把它卖给另外一个什么人了。"

这一番话给了我父亲一个强烈的印象。他认真地沉思起来，整天神思恍惚，最后，他完全相信他的画笔做了魔鬼的工具，高利贷者的一部分神气真的灌注在肖像里，现在惹得人们不安，煽起魔鬼般的欲望，引诱画家离开正路，造成可怕的嫉妒的痛苦，等等，等等。接着发生的三件不幸的事，他的妻子、女儿和小儿子接连不断地暴死，他认为是老天爷对自己的责罚，于是下了决心要离开尘世。我刚刚九岁的时候，他把我安置在美术学校里，算清了债务，就隐遁到一个冷落的修道院里，不久就在那儿削发出家。在修道院里，他的自奉刻苦和严守清规，使大家对他肃然起敬。修道院的住持知道他擅长绘画，就请他给教堂画一幅主要的圣像。可是，这个谦和的出家人斩钉截铁地回答说，他没有资格作画，他的画笔已经被玷辱了，他必须先用劳苦和大牺牲洗净自己的灵魂，然后才能从事这件庄严的工作。这样，人家也就不勉强他了。他尽可能地增加修道生活的磨炼。最后，他连这种种磨炼也觉得还不够苦。他得了住持的同意，遁迹到荒山野地去，完全离群索居起来。在那儿，他用树枝给自己搭了一间禅室，只吃树皮草根过日子，来来回回搬运石头，从日出到日落，站在同一个地方，伸手向天，喃喃不停地念着祷词。总之，他历尽了各种程度的忍耐和只有圣徒传记中才找得到先例的难以理解的自我牺牲。这样地过了几年，他竭力消耗自己的肉体，同时用祈祷的力量来补养它。最后，有一天，他回到修道院，坚决地对住持说："现在我准备好了。要是上帝乐意的话，我就可以进行我的工作了。"他画的是耶稣降生。他画了整整一年，寸步不出禅室，只吃一点粗粝的食物，喃喃不停地祈祷着。一年后，画成了。这真是一件奇妙的作品。必须交代一下，修道僧们和住持都不大懂得绘画，可是大家都被人物的异乎寻常的圣洁感动了。圣母俯首瞧着圣子，脸上充满着谦卑和慈爱；圣子仿佛在远方望见了什么，眼中流露出深湛的智慧；为神迹所感动，匍匐在他脚下的三贤人的庄严的沉默；最后，还有笼罩整幅画面的不可名状的静寂——这一切都显出这样一种谐和的力量和强大的美丽，给人带来了魔法般不可思议的印象。修道僧们都跪倒在新画的圣像前面，然后，住持激动地说，"不，这样的画光靠人力是画不出来的：神圣的崇高的力量引导你的画笔，上帝赐给你的工作以祝福。"

这时候，我从美术学校里毕业出来，得了一枚金质奖章，同时也怀抱着到意大利去旅行一趟的欢乐的希望——这是一个二十岁画家的最好的幻想。我只剩下一件事，就是去跟我的父亲辞别，——我跟他分手已经十二年了。说老实话，我连他的面貌也记不大清了。我偶尔也曾听人谈起他过着严格的圣洁的生活，所以一直想象将会遇见一个除了禅室和祈祷不知道世间的一切，由于吃长斋和彻夜不眠而变得衰老枯槁的外表冷酷的隐士。可是，当我看见一个美丽的、神采奕奕的老人站在我面前的时候，我是多么惊奇啊！他的脸上看不出丝毫困惫的神色：它辉煌着神奇的快乐的光彩。雪白的胡须，同样银光灿然的细长轻柔的头发，如画地飘拂在胸前和黑色法衣的褶襞上，一直拖到用来束他单薄粗陋的道袍的腰带上；但最使我惊奇的是，从他嘴里听到一些关于艺术的言论和意见，老实说，我将长久记在我的心里，并且真诚地希望我的每一个同行也都这样做。

"我在等你哩，我的孩子，"当我走近去受他的祝福的时候，他说，"道路展开在你的面前，你今后的生活将沿着这条路走去。你的路是纯洁的，你可千万别离开这条路啊。你有才能；才能是上帝赏赐的无价之宝——千万别毁了它。无论看到什么，都得去研究它，探讨它，使一切屈服于你的画笔,可是你得能在一切里面找到内在的意义,顶顶要紧的是,得去理解伟大的创造的秘密。懂得这秘密的少数人是幸福的。在他看来,大自然里没有低微的事物。艺术创造者即使描写低微的事物,也像描写伟大的事物时一样伟大;在他笔下,卑贱的事物已经不显得卑贱,因为无形中已被创造者的美丽的灵魂所渗透;卑贱的事物获得了崇高的表现,因为流过了他的灵魂的炼狱。对于人来说,神圣的天上乐园的暗示是在艺术里面,所以,光说这一点,艺术就比其他一切东西更为崇高。正像庄严的静穆比尘世的烦嚣崇高,创造比破坏崇高,天使的贞洁和明朗的灵魂比撒旦的无穷的力量和傲慢的情欲崇高一样,——伟大的艺术创作也比世上的一切东西不知道崇高多少倍。为艺术牺牲一切,用全部的激情去爱它——不是混糅着世俗欲念的激情,而是宁静的高尚的激情;没有这种激情,人就不能从地上升起,发出奇妙的抚慰的声音。因为崇高的艺术创作正是为了抚慰与调和一切人而降临到世间来的。它不可能在人的心里撒布仇恨,却永远像响亮的祷告似的企望着上帝。可是,也有一些瞬间,黑暗的瞬间……"他的话停住了,我看见他的光辉的脸上忽然阴暗起来,仿佛刹那间掠过一朵乌云似的。"我一生中发生过一件事情,"他说,"我到现在还不清楚,我画的那个古怪的形象到底是个什么家伙。准是个什么魔鬼吧。我知道世人是不相信有鬼的,所以我也就不必多说了。可是我只想说一句:我是怀着憎恶画他的,就是在当时,我对于我的工作也一点感觉不到什么爱。我想强迫我自己,扑灭一切感情,冷酷地忠于自然。这算不得是艺术作品,因为人们看到它时所产生的感情是一种骚乱的情绪,惊扰的情绪,却不是艺术家的情绪,因为艺术家即使在惊扰时也会非常宁静的。人家告诉我,这幅肖像在人们手里传来传去,散布着苦恼的印象,在画家心里引起嫉妒的情绪,对同行的阴暗的仇恨,折磨并虐待别人的凶恶的渴望。上帝保佑你别有这样的执念!再没有比这些执念更可怕的了。情愿自己忍受折磨,也不要给人家任何一点点的折磨。保持你灵魂的纯洁吧。赋有才能的人,灵魂应该比一切人更纯洁。有许多事情,别人干了还可以原谅,但对他是不会原谅的。穿着漂亮的节日衣装出门的人,只须衣服溅上一点车轮的泥浆,大家就会围住他,指指点点的议论他的肮脏,而同样的这一群人,却不会注意另外一些穿着便服的人身上有许许多多污点。因为便服上的污点是不大看得出的。"他祝福了我,拥抱了我。我一生中从来没有受过这样强烈的感动。我崇敬地、超过父子感情地贴紧他的胸膛,吻了他的披散的银色的头发。晶莹的泪珠在他的眼眶里闪亮着。"孩子,你答应给我做一件事吧,"他在分手时对我说,"你可能会在什么地方遇见我对你讲的那一幅肖像。光看那一双异乎寻常的眼睛和非人间的表情就可以把它认出来——无论如何你得毁掉它……"你们想想,我能够不发誓答应他完成这个嘱托么?在整整十五年当中,我一直没有遇见和我父亲讲的有丝毫相似的肖像,忽然现在在拍卖场上……

画家的话还没有说完,这时他把眼睛移到墙上,想再对肖像瞧上一眼。一霎时,听众也都做了同样的动作,用眼睛去找寻那幅不可思议的肖像。可是,奇怪的是,它已经不挂在墙上了。人群中间传出听不分明的谈话声和喧声,随后是清清楚楚的几个字:"偷掉了"。有一个人趁大家听得出神的时候把它偷走了。所有在场的人许久还是惊讶地站在那儿,不知道他们真是看到了一双不寻常的眼睛呢,还是因为长久谛视古画把眼睛看乏了,所以看到了一霎时浮现在他们眼前的幻影。

外 套

在部里……但还是不要说出是哪个部好些。再没有比各种部，团，办事处，总之一句话，再没有比各种公务员更容易闹脾气的了。现在每一个个别的人，都认为侮辱他就是侮辱整个社会。据说，最近有一个县警察局长，不记得是哪一县的了，递了一张呈文，呈文里明明白白写道：国家法纪濒于危殆，他的神圣的官名随便让人糟蹋。作为证据，他把厚厚一大卷传奇稗史添附在呈文后面，每隔十页就有一个县警察局长出现，有些地方还写他喝得烂醉如泥。因此，为了避免引起不愉快起见，我们不如把这里所要讲到的部叫作某部。这样，在某部里，有某一官员当过差，这官员不能算是一个十分了不起的人物，矮矮的身材，有几颗麻子，头发有点发红，甚至眼睛也像有点迷糊，脑门上秃了一小块，两边腮帮子上满是皱纹，脸色使人疑心他患痔疮……有什么办法呢！这是彼得堡气候的不是。至于说到官衔（因为我们这里开宗明义就得说明官衔），那么，他是所谓一辈子的九等文官，大家知道，有着欺凌不会咬人的人的值得赞美的习惯的各式各样作家们,对这些人是不惜尽情嘲弄和奚落的。这官员姓巴施马奇金。光瞧这个词就知道,原来是从巴施马克①变来的;它在哪一年、什么时候、怎么样从巴施马克变来的,可就无从查考了。父亲,爷爷,甚至妻舅和全体巴施马奇金家的人,都穿长统靴,每年换两三回底。他的名字是:阿卡基·阿卡基耶维奇。读者也许觉得这个名字有点古怪,别出心裁,但我可以保证,决没有人搜索枯肠把它想出来,而是自然而然演变到这一步,无论如何也不能给他起别的名字。事情的经过是这样的:如果我没有记错的话,阿卡基·阿卡基耶维奇是在三月二十三日深夜降生的。故世的母亲,官员的老婆,一个贤惠的妇人,已经准备妥当给孩子受洗。母亲还躺在门对面的一张床上。右首站着教父,一个出格的好人,在参议院当股长的伊万·伊万诺维奇·叶罗施金;还有教母,巡长的老婆,一个具有稀有的美德的妇人,阿琳娜·谢苗诺夫娜·别洛勃留施科娃。人家给产妇三个名字,任她挑选一个:莫基雅,索西雅,或者用殉教者霍慈达札特的名字称呼孩子。"不行,"死者想,"全是这样讨厌的名字。"为了讨她喜欢,人们把日历翻到

---

① 即俄文的"鞋"。

另外一个地方；又出现了三个名字：特利菲里，都拉，瓦拉哈西。"真倒霉，"老太婆说，"全是些什么样的名字，说真的，我从来没有听见过这样的名字。要是瓦拉达特或者瓦鲁赫倒也罢了，可偏偏是什么特利菲里、瓦拉哈西。"又翻过一页——出现了巴甫西卡熙和瓦赫季西。"得，得，我明白了，"老太婆说，"这一定是他命该如此。既然这样，就叫他父亲的名字好了。父亲叫阿卡基，儿子就也叫阿卡基吧。"这样，就有了阿卡基·阿卡基耶维奇①。孩子受了洗；他在这当口哭了，扮了个鬼脸，仿佛预先知道他要当九等文官似的。这便是事情的全部经过。我们这样交代，为的是让读者可以明白，事情的趋势不得不如此，给他另外起个名字是决计办不到的。他在哪一年，什么时候进部里当差，什么人举荐的，这一点谁都不记得了。不管换了多少任部长和各种长官，总看见他坐在老地方，采取同样的姿势，干同样的职务，总是一个抄写文书的官；因此，后来大家都相信，他准是穿了制服秃了头顶原封原样生到世上来的。部里的人对他一点也不表示敬意。当他走过的时候，看门人不但不站起来，甚至也不对他望一眼，就当是一只普通的苍蝇从接待室

---

① 阿卡基是孩子的本名，阿卡基耶维奇是他的父称，意即阿卡基之子。

飞过一样。长官们对待他冷淡而又横暴。有一个副股长一直把公文塞到他鼻子前面来，也不说一声："请抄一遍，"或者："这儿有一份怪有趣味的案卷，"或者添上一些在教养有素的机关中常说的悦耳动听的话。他一手接过来，眼睛只盯住公文，也不瞧瞧谁递给他，人家有没有权利这样做。他接过来，就动手抄写。年轻的官员们，尽量施展出他们全部公务员的机智来嘲笑他，挖苦他，当面讲述关于他，关于他的房东太太——七十岁的老太婆的种种捏造出来的故事，说房东太太打他，问他们多咱结婚，又把碎纸片撒在他头上，说是下雪。可是，阿卡基·阿卡基耶维奇一句话也不回答，好像他面前一个人也没有似的；这甚至也不影响他的工作：在一阵纠缠中，他没有抄错过一个字。除非玩笑开得太厉害，人家碰他的胳膊肘，妨碍他干活儿的时候，他才说："让我安静一下吧，你们干吗欺负我？"在这几句话和讲这几句话的声音里面，有一种不可思议的东西。在这声音里面，可以听到这样一种引人怜悯的东西，一个就职不久的年轻人，本来学别人的样，也想取笑他，忽然竟像被刺痛了似的停住了，从此以后，仿佛一切在他面前都变了样，变得跟从前大不相同起来。一种什么神奇的力量，使他疏远了那些从前被他认作体面的上流人物而来往甚密的同事们。以后有一个很长的时期,在最快乐的时刻,他会想起那个脑门上秃了一小块的矮小的官员和他的痛彻肺腑的话:"让我安静一下吧,你们干吗欺负我?"——并且在这些痛彻肺腑的话里面,可以听到另外一句话:"我是你的兄弟。"于是这个可怜的年轻人就用手掩住了脸,后来在他的一生里,当他看到人身上有着多少薄情的东西,在风雅的教养有素的上流士绅中间,天啊!甚至在世人公认为高尚而正直的人们中间,隐藏着多少凶残的粗野的时候,他有许多次忍不住战栗起来……

很难再找到一个像他这样忠于职守的人。说他热心服务,还嫌说得少了;不,他简直是怀着爱心服务。他在抄写中看到了一个变化多端和赏心悦目的世界。愉快之情流露在他的脸上;有几个字母是他特别心爱的,一写到它们,他就神魂颠倒起来:又是笑,又是眨巴眼睛,又是牵动嘴唇,因此一看他的脸,仿佛就可以猜出他笔下描出的每一个字母。如果按照他的勤奋行赏的话,连他自己都要吃惊,说不定他会当上五等文官;可是,正像他的刻薄的同事们说的,他却挣得了两袖清风、一身毛病。然而也不能说,对他从来没有过丝毫的注意。有一个部长是个好人,想酬谢一下他长年的服务,于是吩咐给他些比普通抄写重要些的事情做;就是要他根据业已办妥的公事草拟一封公函送往另外一个衙门；事情是只须换一换上款，再把几处动词从第一人称改成第三人称就行了。这害他费了这么大的劲儿，弄得浑身是汗，他擦着额上的汗珠，终于说："不行，还是让我抄写点什么吧。"从此以后，人家就永远让他干抄写这一行了。除了抄写以外，仿佛什么东西对他都不存在似的。他压根儿没有注意过自己的衣着：他的制服不是绿的，而是一种红褐带灰色的。他的领子又窄又矮，因此他的脖颈虽然不长，却从领子里耸出来，显得特别颀长，好像是侨居俄国的外国小贩十来个一大堆顶在头上的摇头晃脑的石膏小猫的脖颈一样。并且，总有些什么东西粘在他的制服上：不是一根稻草就是一个线头；再加上他有一种特殊的本领，每次走在街上，总是当人家扔垃圾的时候，他偏偏打窗口经过，因此他的帽子上永远挂着西瓜皮、香瓜皮之类乱七八糟的东西。他一辈子从来没有一次注意过每天街上发生的事情，大家知道，他的同事，年轻的官员，却总是留心这些的，他们那一双灵活的眼睛的敏锐性发挥到这种程度，甚至可以看出对过人行道上某人裤子下面一根缚足掌的皮带①松开了，——这现象常常使他们脸上露出狡猾的一笑。

---

① 旧俄时代人们有一种习惯，在裤子下面拖一根带子，缚住足掌，防止走路时裤子卷上去。

可是，阿卡基·阿卡基耶维奇即使瞧什么，他瞧见的也只是他自己的清晰工整的字行，只有当不知从什么地方跑来一匹马，把马头搁在他肩膀上，鼻孔里把一阵风吹到他面颊上的时候，他才省悟过来，知道自己不是在字行的中间，而是在街道的中间。一回到家里，他立刻在桌子边坐下来，大口喝白菜汤，吃掉一块夹葱牛肉，食而不知其味，连着苍蝇和这时老天爷送到他嘴边来的不管什么东西，一古脑儿吞到肚里。觉得肚子填饱了，就从桌子旁边站起来，把墨水瓶拿出来，抄写带回家的公文。如果没有这样的活儿干，他就为了满足自己的乐趣，故意给自己抄下个副本，特别是如果公文的妙处不在于文体之美，而是因为写给一位什么新贵的话。

甚至当彼得堡灰色的天空完全暗下来，全体官员按照各人所得的官俸和嗜好吃饱了喝足了的时候，当部里嗖嗖的笔尖声已经停止、自己和别人的必需干的事务已经奔波忙碌完，当这个不肯停止奔波忙碌的人干完了揽到自己身上的一切超过必要的事务，当官员们忙着享受剩余的时间的时候：胆大一点的上戏院里去；有的去蹓大街，尽往帽子下面看女人；有的去赴晚会——消磨时间奉承一个姿色不错的姑娘，小小官场里的明星；最常见的是干脆去找同事玩，同事住在四层楼或者三层楼上，两居室，外带一间前厅或者厨房，陈设一些有意摆阔的时髦玩意儿，像洋灯或者别的花了省吃省喝牺牲玩乐等等代价换来的东西；总之，甚至在那样的时刻：当全体官员散布在朋友的小屋子里打惠斯特牌，捧着杯子喝茶，啃着廉价的面包干，从长烟管里喷出烟来，在发牌时讲着从凡是俄国人就不能不向往的上流社会传出的流言蜚语，或者要是没有什么话可说，就重复着那永远说不完的奇闻，据说有人去报告一位司令官，说是法尔康纳①雕塑的纪念碑上的马尾巴被人砍掉了云云的时候，——总之，甚至当大家都竭力寻找消遣的时候，阿卡基·阿卡基耶维奇也不去寻找任何消遣。谁都说不出，多咱在哪一个晚会上碰见过他。他抄够了，就躺下睡觉，想着明天的日子，先就打心眼儿里乐开了：不知道老天爷明天又要赐给他什么东西抄。一个每年挣四百卢布而能乐天知命的人的平稳无事的生活就这样过下去了，并且也许一直会过到衰老的暮年，如果不仅仅在九等文官，并且在三等、四等、七等以及一切顾问官，甚至那些既不给任何人顾问也不受任何人顾问的顾问官们的生活道路上，不是铺满着各式各样的患难的话。

---

① 法尔康纳（1716—1791），法国杰出的雕塑家。此处指他在彼得堡雕塑的彼得一世的纪念碑。

在彼得堡，对于所有每年挣四百卢布官俸或将近这个数目的人，有一个强大的敌人。这个敌人不是别人，就是我们北方的严寒，虽然也有人说它对健康是有益的。早晨一过了八点钟，正是满街泛滥着上部里去的人的时候，严寒开始不分青红皂白，对准所有的鼻子狠命地、刺一样地钻起来，简直叫那些可怜的官员们不知道把鼻子往哪儿搁才好。在这连大人先生都冻得脑门发疼眼泪汪汪的时候，可怜的九等文官们有时简直是毫无防御的。唯一解救的办法就是穿着单薄的外套尽快地越过五六条街，然后在门房里使劲地跺脚，直跺到把所有的在路上冻僵了的执行职务的能力和才干融解开来为止。最近以来，阿卡基·阿卡基耶维奇开始觉得脊梁和肩膀奇冷刺骨，虽然他竭尽全力尽快地赶完那段一定的距离。他终于想到，别是他的外套出了什么毛病吧。他回到家里把它仔细查看一遍，发现果然在两三个地方，正是在脊梁和肩膀上，已经只剩下名副其实的几缕棉纱了：呢子磨得都透光了，里子也开了绽。得交代一下，阿卡基·阿卡基耶维奇的外套也早已成了官员们嘲笑的目标；甚至外套这个高贵的称号也给剥夺了，都管它叫长衫。它的确有一种奇怪的构造：领子一年比一年缩小，因为裁下缝补别的部分去了。这也实在显不出裁缝的手艺，补得又臃肿又寒碜。阿卡基·阿卡基耶维奇看出别无办法，只得把外套拿去求教彼得罗维奇，一个住在某处从后楼梯出进的四层楼上的裁缝，这人虽然只有一只眼，满脸麻子，可是缝补官员们以及其他人等的裤子和燕尾服倒是挺在行的，自然，是当他没有喝醉酒、脑子里没有在胡思乱想的时候。关于这位裁缝，当然，不应该说得太多，可是现在已经成了这样的习惯，小说里每一个人物的性格都非说得清清楚楚不可，所以没有法子，我们只得在这里也把彼得罗维奇表述一番。起初人家干脆管他叫格利戈里，他是某一位老爷的农奴；不久他领到了释奴证，于是每逢节日就狂饮起来，起初还是逢到大节日才喝，后来只要看见日历上画着个十字，就不分大小，在任何一个教会节日都喝起酒来，从这时候起，人家就称呼他彼得罗维奇了。从这方面说来，他是忠于祖先的习惯的，他和老婆吵起嘴来，就骂她臭娘儿们和德国娘儿们。我们既然提到了他的老婆，那么，就也得对她讲上两句；可是遗憾得很，关于她，我们竟知道得不多，只知道彼得罗维奇有一个老婆，她甚至只戴便帽，不包头巾；论到容貌，她似乎是无法夸口的；至少，只有一些近卫骑兵看到她时才往便帽下面望她一眼，翘翘胡子，发出一声怪叫。

通到彼得罗维奇家的楼梯，得说句公道话，沾满着水渍和污水，渗透着一种熏人眼睛的酒味儿，大家知道，这股味儿是跟所有彼得堡房屋的后楼梯不可分离地连在一起的，——走上这楼梯，阿卡基·阿卡基耶维奇就盘算着彼得罗维奇会要多大价，并且拿定了主意决不付给他超过两卢布。门是开着的，因为主妇在烹一条什么鱼，厨房里烟雾弥漫，连蟑螂都看不见了。阿卡基·阿卡基耶维奇穿过厨房时主妇竟会没有瞧见，他终于走进屋里，看见彼得罗维奇像个土耳其总督似的盘着腿，坐在一张没有上漆的大木桌上。按照一般坐着干活儿的裁缝的习惯，赤着一双脚。首先映入眼帘的是一只怪眼熟的大拇指，油灰指甲又厚又硬，像乌龟壳一样。彼得罗维奇脖子上挂着一绞丝线和棉线，膝盖上铺着一块破布。他用棉线穿针眼已经穿了三四分钟，没有穿上，所以对黑暗生起气来，甚至对棉线也生了气，低声嘟哝道："不进去，蛮婆子；折腾得我好苦，你这鬼灵精！"阿卡基·阿卡基耶维奇后悔不该正赶上彼得罗维奇生气的时候来找他：他喜欢在彼得罗维奇有点醉意醺然，或者像他老婆所说的"灌饱了黄汤，这独眼龙"的时候，来找他做点什么。在这种情形下，彼得罗维奇总是肯让点价钱，一口应承下来的，甚至还鞠躬道谢。后来，固然，老婆会哭哭啼啼地来说，丈夫喝醉了酒，所以价钱要得低了；可是，常常只需多给她十戈比，事情也就顺当了。这会儿,彼得罗维奇却像是挺清醒的,因此,他的脾气就特别别扭,不容易说话,鬼知道会要出多大的价钱。阿卡基·阿卡基耶维奇明白了这一点,像俗话所说的,就想打退堂鼓,可是已经来不及了。彼得罗维奇把一只独眼眯缝起来,盯住他瞧,于是阿卡基·阿卡基耶维奇不由自主地只得说:"好啊,彼得罗维奇!"

"祝您好,先生。"彼得罗维奇说,把眼睛往阿卡基·阿卡基耶维奇的手上斜瞟过去,瞧瞧对方带来了一件什么样的好买卖。

"我上你这儿来,彼得罗维奇,是那个……"

得交代一下,阿卡基·阿卡基耶维奇说起话来总喜欢用上许多介词、副词,还有一些毫无意义的词。如果碰到一件非常为难的事情,他甚至有不把话说完的习惯,因此常常用这样的话开场:"这,简直是,那个……"往后就没有下文,连他自己也忘了个干净,以为话已经说完了。

"什么事呀?"——彼得罗维奇说,同时用独眼把他那件制服仔细打量了一下,从领子一直看到袖子、后身、下摆和扣眼,这一切都是他非常熟悉的,因为全是他的手艺。裁缝的习惯就是这样;这是他一见面时要做的第一件事。

"我是为了那个，彼得罗维奇……一件外套，呢子……你瞧，别的地方都挺厚实，就是有点灰扑扑的，看起来好像旧了，其实它还是新的，只有一个地方有点那个……脊梁上，还有肩膀上，有一个地方磨破了一点，就是这儿肩膀上有一点——你瞧，就是这么一点。费不了多大事情……"

彼得罗维奇接过长衫，先把它摊平在桌子上，看了许久，直摇头，伸手到窗台上去拿来一只圆圆的鼻烟匣，上面有一个将军像，可不知道是哪一位将军，因为脸的地方被手指戳破了，后来给贴上了一块四四方方的小纸片。彼得罗维奇闻了一撮鼻烟，双手把长衫撑开，迎着亮细瞧了一下，又是直摇头。然后把里子翻出来，又摇头，又打开贴着小纸片的匣盖，往鼻子里塞足鼻烟，关上盖，把鼻烟匣藏过一边，终于说："不行，不能补了：这衣服简直不成样啦！"

一听这几句话，阿卡基·阿卡基耶维奇心里扑通一跳。"为什么不能补，彼得罗维奇？"他几乎用小孩子似的恳求的声音说，"总共只有肩膀上磨破了一点呀，你总有一些零碎布料……"

"零碎布料有倒是有，零碎布料倒是容易找到的，"彼得罗维奇说，"可是缝不上去呀：东西全糟了，针一碰，它就破啦。"

"破就让它破吧，你可以立刻给打上一块补丁。"

"补丁叫我往哪儿打？再缝上几针也不顶事了，破得太厉害了。说是呢子，也不过叫着好听罢了，风一吹，就褛了。"

"给缝上几针吧。这是怎么说的，实在那个……"

"不行，"彼得罗维奇坚决地说，"一点办法也没有。东西完全不中用了。您还不如等严冬到来的时候，把它改做包脚布吧，因为袜子不暖和。袜子是德国人发明的，为了要多赚咱们的钱（彼得罗维奇喜欢一有机会就刺德国人几句）；可是外套，看来您只能做一件新的了。"

一听见"新的"这两个字，阿卡基·阿卡基耶维奇顿时两眼发黑，屋里的东西都在他眼前打起转来。他看得清楚的只有彼得罗维奇鼻烟匣盖上那个脸上贴着纸片的将军。"什么？做新的？"他说，仍旧好像在做梦似的，"我没有这一笔钱呀。"

"是的，做新的。"彼得罗维奇带着残酷的沉静说。

"唔，要是一定得做新的，那可怎么那个……"

"您是说，要花多少钱？"

"是呀。"

"您得花上一百五十多卢布。"彼得罗维奇说，同时意味深长地抿紧嘴唇。他非常喜欢强烈的效果，喜欢使个什么花招突然把人家难住，然后斜着眼睛去瞧那个被难住的人听了他的话会窘成什么怪模样。

"一百五十卢布做一件外套!"可怜的阿卡基·阿卡基耶维奇喊起来,他有生以来恐怕还是第一次大声地喊,一向总是以低声说话出名的。

"是喽。"彼得罗维奇说,"还得看是什么样的外套。如果领子上搁貂皮,帽兜用绸里子,那就得花两百卢布了。"

"彼得罗维奇,劳你的驾,"阿卡基·阿卡基耶维奇用恳求的声音说,没有听见,并且也不想听见彼得罗维奇所说的话以及它的一切效果,"你给想法子补一补,对付着再穿一些时候吧。"

"没有用,结果准是:白费工夫,白糟蹋钱。"彼得罗维奇说,于是阿卡基·阿卡基耶维奇听了这些话,就垂头丧气地走了出去。彼得罗维奇在他走后,还站了好一会儿,意味深长地抿紧嘴唇,没有就去干活儿,很满意既没有降低身份,也没有糟蹋裁缝的手艺。

走到街上,阿卡基·阿卡基耶维奇恍恍惚惚的,仿佛是在梦里。"真是打哪儿说起,"他对自己说,"我真没有想到事情会闹到那个……"后来,沉默了一会儿以后,又找补上一句,"瞧!到底闹了这么个结果,我真是想都没有想到。"这之后又是长时间的沉默，接着他说，"瞧！这简直，真是，出人意料，那个……这是怎么也……这步田地！"说完这几句话，他没回家，连自己也没有觉察，糊里糊涂往完全相反的方向走去。一路上，一个浑身煤灰的通烟囱的人碰了他一下，蹭了他一肩膀的黑；从一幢正在兴筑的房子顶上又劈头盖脑撒了他一大把石灰。他一点也没有注意到这些。后来，直等到他碰上一个把戟放在身旁、正从角形烟盒里往满布老茧的手掌上倒鼻烟的岗警的时候，他才有点清醒过来，并且这也是多亏岗警冲他喊了一声："怎么往人家身上撞，你不能走人行道么？"他这才往四下里瞧了瞧，转身走回家去。回到了家里，他才开始凝神思索，清楚而真切地看出自己所处的境遇，并非语无伦次，而是慎重、坦率地、像对一个可以倾谈知心话的明白事理的朋友谈天似的自问自答起来。"唔，不行，"阿卡基·阿卡基耶维奇说，"这会儿去跟彼得罗维奇讲，是讲不通的：他这会儿那个……准是让老婆给揍了。我最好还是星期天早晨去找他：他过了星期六这一晚，第二天眼睛一定会斜着，睡过了头，他就会需要喝两杯解解宿醉，可是老婆不给他钱，这时候，我只要那个，把十戈比塞在他手里，他就肯通融了，于是外套就那个……"阿卡基·阿卡基耶维奇这样自言自语着，振作起精神来，一直等到下一个星期天，远远地瞅见彼得罗维奇的老婆出门上什么地方去，就赶紧找他去了。彼得罗维奇在星期六以后果然眼睛斜得很厉害，脑袋垂倒着，一副睡过了头的样子；可是，话虽如此，他一知道对方的来意，就跟有鬼推了他一把似的。"不行"，他说，"请您定做新的吧。"阿卡基·阿卡基耶维奇立刻塞给他十戈比。"谢谢您，先生，我来喝一杯祝您的健康，"彼得罗维奇说，"可是，外套的事，您不用再操心了：它简直不成了。新外套我一定好好地给您做，准保您满意。"

阿卡基·阿卡基耶维奇还是唠叨着说要修补，可是彼得罗维奇不等他说完就打断他，"我一定给您做新的，您把事情交托给我好了，我一定尽力。咱们做时兴样的，领钩用银的。"

这时候，阿卡基·阿卡基耶维奇看到非做新外套不可，心里凉了半截。真的，这可怎么办呢？指望什么，用什么钱来做新的呢？当然，一部分可以指望将来的节赏，可是这笔钱早就顶了别的窟窿，派了用处了。得做一条新裤子，付清鞋匠给旧靴子换新靴面的一笔旧账，还得向女裁缝定做三件衬衫和两件不便形诸笔墨的内衣，总而言之：所有的钱全要花光，即使部长大发慈悲，不是给四十卢布的赏金，而是给四十五或者五十卢布，也还是剩下寥寥无几，用来做外套，那真是沧海中的一粟罢了。当然，他也知道彼得罗维奇专喜欢漫天讨价，常常连他老婆都忍不住喊起来："你疯了，你这傻瓜！有时候一个钱不拿就把活儿留下了，这会儿可又鬼迷心窍，要这么大的价钱，把你人卖了也不值呀。"当然，他也知道，彼得罗维奇就是八十卢布也肯做了；可是，打哪儿去弄这八十卢布呢？他可以对付上半数：半数是可以张罗到的；甚至还能更多些；可是，另外的半数上哪儿去找呢？……读者先得知道，第一个半数是打哪儿来的。阿卡基·阿卡基耶维奇有一个习惯，每花掉一卢布，就往一只上了锁、盖上挖一个投钱的窟窿的小箱子里投进一枚半戈比铜币。每过半年，他就查看一次积蓄起来的铜币的总数，把它换成小银币。他这样继续了许久，因此在几年当中，积蓄起来的钱数已经超过四十卢布。这样，半数总算有了着落；可是，上哪儿去张罗那一半呢？上哪儿去张罗另外的四十卢布呢？阿卡基·阿卡基耶维奇想了又想，于是决定至少在今后一年当中必须缩减平时的费用：取消晚间的一顿茶，夜里不点蜡烛，如果要赶点什么公事，就到房东太太的屋里去，借她的灯亮；走在街上，要尽可能在石板和扁石子上举步轻些，小心些，光让脚尖着地，这样鞋底就不至于坏得太快；尽可能少拿内衣给洗衣妇洗，为了免得穿脏，每天一回到家里就脱下内衣，只穿一件年代悠久而还能保持不坏的棉袍。说老实话，他起初对这种种限制也觉着怪别扭的，可是后来也就渐渐习惯，不觉得什么了；他甚至完全习惯了每晚挨饿；另一方面用精神食粮来补足，老是念念不忘那件未来的外套。从此以后，连他的存在都仿佛变得充实起来，仿佛他结了婚，仿佛另外一个人跟他住在一起，仿佛他已经不是一个人，另外一个可爱的终身女伴愿意同他过上一辈子，——这女伴不是别人，正是那件填满厚棉花、衬着穿不破的结实的里子的外套。他变得活泼了些，甚至性格也变得坚强了些，好像是一个拿定了主意、设定了目标的人一样。怀疑，犹豫，总之，一切动摇而含糊的特征自然而然都从他的脸上和行动上消失了。有时他的眼睛冒出火光，脑子里甚至闪过最果敢而大胆的思想：要不要真的在领子上加条貂皮？想到这一点，几乎使他变得茫茫然起来。有一回，正在抄公文的时候，他差点都抄错了，几乎大声地喊起来："哎呀！"赶快画了个十字。每一个月，他总少不了去找彼得罗维奇一趟，跟他商量商量做外套的事，最好上哪一家去买呢子，什么颜色，什么价钱，虽然不免担点心事，却总是心满意足地回家去，想着总有一天把所有这些东西都买来，做成一件新外套。事情发展得甚至比他预料的还要快。完全出乎意外，部长赏给阿卡基·阿卡基耶维奇的不是四十或者四十五卢布，而是整整六十卢布：不知道他是不是预感到阿卡基·阿卡基耶维奇需要一件外套呢，还是出于巧合。无论如何，这么一来，他是多出二十卢布来了。这个情况加速了事态的进展。再稍微饿上两三个月，阿卡基·阿卡基耶维奇就真的积攒到将近八十卢布了。他一向很平静的一颗心，开始跳动起来。当天他就跟彼得罗维奇一起到铺子里去。买了质地很好的呢子——这是不足为奇的，因为他们俩早在半年以前就在筹划这件事，很少有一个月不上铺子去打听一趟价钱；所以连彼得罗维奇也说，再也没有比这更好的呢子。里子呢，他们选了一种细棉布，但质地是这样地坚固耐穿，照彼得罗维奇的说法，这比绸缎还好，甚至看上去也更漂亮些，更光泽些。貂皮没有买，因为的确贵，可是买了铺子里仅有的一张好猫皮，远远看上去是可以冒充貂皮的。彼得罗维奇忙了两个星期才把外套做好，因为许多地方都需要绗线，否则早就完工了。彼得罗维奇要了十二卢布的工钱——再少可怎么都不行了：处处满都是用丝线缝的，缝成两道细针脚，彼得罗维奇后来还在每道缝上用牙齿咬了一遍，咬出各式各样的花纹。这是在……很难说是在哪一天，但大概总是在阿卡基·阿卡基耶维奇一生中最隆重的一天，彼得罗维奇终于把外套送来了。他是一清早在正要上部里去办公的时候把它送来的。在任何别的时候外套来的都不会像这样适当其时，因为严寒已经开始，并且似乎还有更加加剧之势。彼得罗维奇像一个好裁缝应有的那样把外套送了来。他的脸上现出一种意味深长的表情，那是阿卡基·阿卡基耶维奇从来没见过的。他仿佛充分感觉到自己完成了一件了不起的大事情，忽然在那些只做衬衬补补零碎活儿的裁缝和那些专门裁制新衣服的裁缝之间划出了一道分明的界限。他从一路用来包外套的手帕里把它取出来；手帕是刚从洗衣坊拿来的；然后他把手帕叠好，放进口袋里留着使用。取出外套之后，他十分自傲地对它望了一眼，双手提起来，很灵巧地往阿卡基·阿卡基耶维奇的肩膀上一披；然后把它摩挲平整，再把后襟往下扯扯；然后只扣上一两颗扣子，使它在阿卡基·阿卡基耶维奇身上显得服服帖帖的。阿卡基·阿卡基耶维奇像个上了年纪的人似的，想试试袖子[①]；彼得罗维奇帮他把胳膊伸进袖子——结果袖子做得也不差。总之，外套似乎是尽善尽美的，刚好合身。彼得罗维奇不忘记趁这个机会表白一番，说他不过是因为不挂招牌，店开在小街上，再加上早就认识阿卡基·阿卡基耶维奇，

[①] 旧俄时代的习惯，年轻人喜欢把外套披在肩上，老年人则不同，需要把双臂伸进袖子。

所以价钱才要得这么便宜；要是在涅瓦大街上，这样一件外套，光是手工恐怕就得要七十五卢布。阿卡基·阿卡基耶维奇不想跟彼得罗维奇争论这件事情，并且他也怕听彼得罗维奇吹得那么耸人听闻的巨大的钱数。他跟他算清账目，谢过了他，立刻就穿着新外套上部里去。彼得罗维奇跟着他走出来，站在街上，远远地还对着外套出了好一会儿神，然后故意闪在一旁，抄过弯曲的小巷，又跑到大街上来，从另外一个角度，就是从正面，再把自己缝的外套看上一遍。这当口，阿卡基·阿卡基耶维奇怀着过节般的心情向前走去。他一分一秒都感觉到他的肩膀上有一件新外套，有几次甚至由于内心的愉快笑了起来。这实在有两种好处：一来暖和，二来好看。他没觉着怎么走，就已经来到了部里。他在门房里脱下外套，前前后后把它看了个够，拜托看门的费神特别照看一下。不知怎么一来，部里忽然大家都知道阿卡基·阿卡基耶维奇有了一件新外套，长衫已经不复存在。大家立刻跑到门房里来看阿卡基·阿卡基耶维奇的新外套。大家恭喜他，祝贺他，起先他只是笑，后来甚至害起臊来。当大家拥到他跟前，对他说穿新外套得请大伙儿喝酒，至少也得招待一次晚会的时候，阿卡基·阿卡基耶维奇完全茫无所措了，不知道该怎么办，回答什么，该怎样推托。过了几分钟，他才涨红着脸,十分天真地辩解说这完全不是什么新外套,实在只是一件旧外套罢了。终于有一个官员,并且还是一个什么副股长,大概为了表示他绝不傲慢,甚至不惜跟下属交往,就说:"这么着吧,我来替阿卡基·阿卡基耶维奇招待一次晚会,请大伙儿今天晚上到舍间去喝茶:今天可巧是我的命名日。"官员们自然立刻祝贺副股长,欣然接受了他的邀请。阿卡基·阿卡基耶维奇原想推辞不去,可是架不住大家七嘴八舌地劝说,说这太不礼貌,简直是不识抬举,于是他怎么也不好再拒绝了。不过,他后来想到,这么着他可以有机会晚上穿了新外套到外边走走,心里倒也着实很高兴。这一整天对于阿卡基·阿卡基耶维奇真是一个最大的庄严的节日。他怀着十分幸福的心情回到家里,脱下外套,再把呢子和里子欣赏了个够,小心翼翼地挂在墙上,然后特地把从前的那一件脱了线的长衫找出来,比较一下。他对它望了一眼,连自己也笑了起来:这样大的差别啊!后来过了许久,在吃饭的时候,他只要一想起那件长衫所处的境遇,还一直笑个不停。他高高兴兴吃完了饭,饭后什么公文也不抄了,趁天还没黑尽,随便躺在床上舒坦了一下。然后,不多耽搁,穿上衣服,把外套披在肩上,就上街去了。请客的官员究竟住在哪儿,遗憾得很,我们可说不上来:记性坏得厉害，彼得堡所有的房屋和街道，在我们的记忆里都混杂、纠缠在一起，很难理出个头绪。可是无论如何，有一点至少是确实的，那位官员住在城里最好的地区，因此离阿卡基·阿卡基耶维奇是很不近的。阿卡基·阿卡基耶维奇起初得走过几条灯光暗淡的荒凉的街道，可是越走近官员的住宅，街道就变得越热闹，人烟越稠密，灯光越亮。行人越来越多，衣服华丽的仕女开始出现，男人们也有穿海狸领子外套的了，赶着有木栏杆钉有铜钉的雪橇的寒酸的车夫越来越少，——相反的，看到的尽是一些戴红天鹅绒帽子、赶着漆过的铺着熊皮毯子的雪橇的漂亮车夫，驭者台装潢一新的轿车在街上疾驰而过，车轮在雪地上吱吱直响。阿卡基·阿卡基耶维奇瞧着这一切，就仿佛看到什么稀奇的东西一样。他已经有好几年晚间不上街了。他好奇地在一家商店灯火辉煌的窗户前面停下来，眺望一幅画，上面画着一个美丽的妇人，她脱掉鞋子，这样就露出了一只挺不难看的光脚；在她背后，一个长着络腮胡子、嘴唇下面蓄有一撮美丽的短髭的男人从另外一间房间里探出头来。阿卡基·阿卡基耶维奇摇了摇头，笑了一下，然后走自己的路。他为什么笑呢？是不是因为他遇到了虽然完全不熟悉、但每一个人对它仍旧保持着某种敏感的东西呢，还是因为他像其他许多官员那样地想:"嘻,这些法国人!有什么话可说呢!他们要是打定主意干点什么,那就真有点那个……"但也很可能,他连这些也没有想——原是没有法子钻到一个人脑子里去,知道他所想的一切的啊。最后他到了副股长住的地方。副股长住得很阔绰:楼梯上亮着灯,他的住宅在二层楼上。走进前厅,阿卡基·阿卡基耶维奇看见地上放着许多双套鞋。在这些东西中间,在屋子中央,放着一个茶炊,咻咻发响,冒出一团团的热气。墙上挂的尽是些外套啦、斗篷啦,其中几件甚至是有着海狸领子或者天鹅绒翻领的。隔壁传出喧声和谈话声,当房门打开,侍仆端着放有空杯、牛油缸和盛面包干的筐子的托盘走出来的时候,声音就忽然变得清楚响亮起来。显然,官员们早已到齐,喝过了第一杯茶。阿卡基·阿卡基耶维奇自己动手把外套挂好,走进屋子,于是蜡烛、官员、烟斗、牌桌同时出现在他的面前,四方哄然而起的急促的谈话声和移动椅子的声音,震得他的耳朵嗡嗡直响。他很不自在地站在屋子中央,踌躇着,不知道该怎么办才好。可是人家已经看见他了,喊着欢迎他,大家立刻都挤进前厅去,又把他的外套看上一遍。阿卡基·阿卡基耶维奇虽然有点不好意思,可是他是一个老实人,看见大家都夸奖他的外套,也不能不高兴起来。后来,不用说,自然是大家又把他跟外套都撇在一边，照例回到打惠斯特牌的牌桌前面去了。喧哗声、谈话声、一大堆的人，这一切在阿卡基·阿卡基耶维奇看来都是不可思议的。他简直不知道该干点什么，把手脚跟整个身子往哪儿搁才好；最后，他坐到打牌的人旁边去看打牌，望望这个人的脸，又望望那个人的脸，过了一会儿就打起呵欠来，觉得乏味，尤其是因为早已到他平时上床睡觉的时候了。他想向主人告辞，可是人家不放他走，说是为了祝贺新外套，一定得喝一杯香槟酒。过了一个钟头，晚饭开出来了，有凉拌菜、冷小牛肉、肉馅饼、甜点心和香槟酒。人们逼着阿卡基·阿卡基耶维奇喝了两杯，这之后，他觉得屋子里变得热闹了些，可是仍旧忘不了已经十二点钟，早就该回家。为了不使主人挽留他，他悄悄地走出屋子，在前厅里找到了他的外套——他怪心疼地看见外套掉在地上——把它抖了抖，去掉每一根绒毛，披在肩上，然后下楼到街上去。街上到处还亮着灯火。几家小铺子——仆人和各色人等的永久的俱乐部——门还开着，另外几家已经关了门，但门缝里却还漏出一长道光线，说明里面还有人，大概女仆或是男仆还打算讲完他们的传闻和闲谈，害得主人无从探知他们的下落。阿卡基·阿卡基耶维奇满怀高兴地走着，甚至不知道为了什么，忽然跟在一个女人后面跑了起来，女人像一阵闪电似的走过他的身边，浑身充满着异常的活劲儿。可是，他立刻停下来，又跟先前一样慢慢地往前走去，连自己也纳闷儿为什么会不知不觉地跑了起来。不久之后，几条荒凉的街道展开在他面前，这些街道就连白天也不怎么热闹，更不用说夜晚了。现在它们变得更偏僻，更冷清：街灯越来越稀少——显然公家的灯油发得少了；出现了木房子、围墙；一个人影也没有；只有街上的积雪晶晶发光，已经关上板窗的睡熟了的低矮的茅屋凄凉地投出黑影。他走近一块地方，这儿街道被一片可怕的沙漠似的无边无际的广场遮断了，广场对过隐隐约约可以望见几幢房屋。

在远处，天知道什么地方，有一个岗亭闪动着一星微光，这岗亭看来好像站在世界的尽头似的。阿卡基·阿卡基耶维奇的一股子高兴，一到这儿不知怎么就大大地减少了。他怀着一种不由自主的恐惧走到广场上，仿佛他的心早已预感到有什么不祥似的。他往后，又往左右瞧了瞧：周围简直是一片茫茫大海。"不，最好还是别瞧。"他想，闭着眼睛一直走去，当他睁开眼睛想知道广场是不是快走完的时候，忽然看见在他面前，几乎就在他鼻子跟前，站着几个满脸胡子的家伙，究竟是干什么的，他也摸不清。他两眼发花，心里怦怦直跳。"这不是我的外套么！"其中一个人抓住他的领子，用打雷似的声音说。阿卡基·阿卡基耶维奇正打算呼救，另外一个家伙把一只有他老人家脑袋那么大的拳头往他下巴颏上一顶，找补上一句："你敢喊！"阿卡基·阿卡基耶维奇只感觉到有人从他身上把外套剥掉，用膝盖拐了他一下，他就仰面朝天跌倒在雪地上，此外再也不感觉什么了。过了几分钟，他醒过来，站了起来，可是已经一个人也没有了。他觉得旷野里冷得很，外套也没有了，就喊叫起来，可是声音似乎很不愿意达到广场的尽头。他绝望了，但还是不停地喊叫着，越过广场一直向岗亭奔去，岗亭旁边站着一个岗警，倚着戟，仿佛好奇地在张望着，想知道是个什么家伙叫喊着远远地向他跑过来。阿卡基·阿卡基耶维奇跑到他跟前，上气不接下气地嚷着，说他尽顾睡觉，什么事也不管，也不看见拦路抢劫。岗警回答，他没有看见什么，只看见两个人在广场中间把他喊住了，他还以为是他的朋友哩；他叫他不必谩骂，还是明天找巡长去，巡长会找到抢外套的人的。阿卡基·阿卡基耶维奇狼狈不堪地跑回家里：鬓角和后脑勺上仅有的几根稀疏的头发完全蓬乱了；两肋、胸口、整条裤子都沾满了雪。房东老太婆听见一阵可怕的敲门声，急忙从床上跳起来，只有一只脚跐了鞋子就跑出来开门，由于羞怯，一只手在胸口按着衬衣；可是，开了门，看见阿卡基·阿卡基耶维奇这副光景，不禁倒退了几步。他把事情始末讲明之后，她急得直甩手，说应该直接去见警察局长；说是巡长说话不算话，答应了人家的事一回头就不管了，最好直接去见警察局长；说是她还跟他相熟，因为一个芬兰女人安娜，从前在她家里当过女厨子的，现在到警察局长家里当保姆去了；说是当他经过她家门口时，她常常看见他本人；又说他每星期到教堂里去，一边祷告，一边快乐地望着大家；因此，从一切迹象上看起来，应该是一个好人。听完这样的意见，阿卡基·阿卡基耶维奇垂头丧气地回到自己的房间里，至于他这一夜是怎样挨过去的，凡是稍微肯替别人设身处地想一想的人就很容易想象得出。第二天一大早他就去见警察局长；但人家回复他局长在睡觉；他十点钟去——又说在睡觉；他十一点钟去——说是局长已经出门；吃饭的时候再去——可是，接待室里的书记们说什么也不肯放他进去，一定要知道他是为了什么公事，什么要务来的，到底发生了什么事情。最后，阿卡基·阿卡基耶维奇生平第一次想发点脾气了，斩钉截铁地说他要亲自见局长本人，说他们不敢不放他进去，他是为了一件公事从部里来的，他只要告他们一状，他们就会知道他的厉害。书记们对这些话一点也不敢反驳，其中一个人就去请警察局长出来。警察局长听取外套被劫这件事的态度很有点古怪。他不注意事情的要点，反而盘问起阿卡基·阿卡基耶维奇来：他为什么这么晚才回家，是不是到什么不规矩的地方去了？问得阿卡基·阿卡基耶维奇羞愧无地，也没有弄清楚外套一案会不会得到适当的处理，就从那儿走了出来。这一整天他都没有去办公（这是他生平唯一的一次）。第二天，他满脸苍白，穿着那件变得更加凄惨的古旧的长衫出现了。外套被劫的故事毕竟感动了许多人，虽然还有些官员即使到了这个节骨眼儿也不肯放过机会嘲笑阿卡基·阿卡基耶维奇。大家立刻决定给他募款，可是只募到了很少一点钱，因为官员们即使没有这件事也已经有很多意外的开支，例如认购部长的肖像，响应科长的建议订购一本什么书，这位科长就是作者的朋友，——所以数目是微乎其微的。有一个人被怜悯心打动了，决定至少得对阿卡基·阿卡基耶维奇进一善意的忠告，劝他别去找巡长，因为即使巡长为了博得上司的称赞，可能设法把外套找到，可是他如果提供不出法律上的证据，证明外套是属于他的，那么外套总还是留在警察局里；他最好去见某一位要人，只要要人跟有关方面公文来往，交涉一下，事情就可以顺利地解决。没有办法，阿卡基·阿卡基耶维奇就决定上要人那儿去了。要人究竟担任什么职位，直到现在还尚待查考。得交代一下，某一位要人是最近才成为要人的，在这之前是一个不重要的人。然而，即使是他现在的地位，跟其他更加重要的人比较起来，也算不得重要。可是总有这么一些人，别人看来是不重要的人，在他们看来就已经是重要的了。然而，他却竭力用别的许多方法来加强他的重要性，例如：当他来办公的时候，规定下级官员们得站在楼梯口上迎接他；不准任何人直接见他，一切都得经过极严格的手续：十四等文官报告十二等文官，十二等文官报告九等文官，逐级报告上去，必须这样，事情才能达到他面前。在神圣的俄罗斯，一切都这样传染上了模仿的习惯，每个人都喜欢装模作样，扮作上司的样子。甚至据说有一个九等文官，当派他到一个小小的办事处当主任的时候，他立刻给自己隔开一个单间，管它叫"主任室"，在门口派了一些穿红领子绣花边的制服的戏院查票员似的人，他们握着房门的把手，给每一个来访的人开门，虽然在这间"主任室"里只能勉强放下一张普通的写字桌。要人的态度和气派是煊赫而威严的，是过分张扬的。他的制度的主要基础就是严厉。"严厉，严厉，第三个还是严厉。"他常常这样说，并且说到最后一句话时，总要意味深长地望一下听他说话的对方的脸。虽然这样做是没有任何理由的，因为组成办事处整个行政机构的十来个官员，即使没有这一着也怕他怕得要命：老远望见他就已经放下了手里的公事，毕恭毕敬地站着，伺候上司从房里走过。他平时跟下属谈话是声色俱厉的，几乎总不外乎三句话："您怎么敢？您知道您在跟谁说话么？您知道谁站在您的面前么？"然而他内心却是一个善良的人，待同事很好，肯帮忙；可是将军头衔完全把他弄糊涂了。得了将军头衔之后，他就神魂颠倒起来，迷失了道路，不知道该怎么办才好。他要是跟职位平等的人在一起，倒还像个人，还像是一个很正派的、在许多方面甚至并不愚蠢的人；可是，只要遇见一个品位只比他低一级的人，那简直就糟透啦：他就默默无言了。他的处境格外惹得人怜悯，因为连他自己也感觉到可以把时间消磨得有意味得多。从他一双眼睛里有时也可以看到想跟别人和好相处，参加一场有趣的谈话的强烈愿望，可是一个念头阻止了他：这不是做得太过分了么？不是太随便了么？这么一来，不会降低了自己的身份么？这样考虑的结果，他就偶尔只发出几个单音节的字，永远保持着始终不变的沉默，于是给自己赢得了"最枯燥的人"的外号。我们的阿卡基·阿卡基耶维奇便是来见这样一个要人，并且是在最不利的时候，对于自己很不适合而对于要人却很适合的时候来见他。要人正在办公室里兴高采烈地跟一个最近才到的老朋友,一个多年不见的儿时的伙伴谈话。这时有人进来报告说有个巴施马奇金要见他。他轻率地问了声:"是个什么样的人?"回复道:"一个官员。"——"啊!叫他等一等,现在没有工夫。"这儿得交代一下,要人扯了个天大的谎:他是有工夫的,他跟朋友早已什么都谈到了,已经在谈话中间夹杂着长久的沉默,只是轻轻地彼此拍拍大腿,说道:"是吧,伊万·阿勃拉莫维奇!"——"是呀,斯捷潘·瓦尔拉莫维奇!"可是尽管如此,他却还是让那官员等着,以便向他的朋友,一个赋闲已久、久居在乡间的人证明,官员们得在他的前厅等上多少时候。最后,话谈够了,尤其是沉默得厌烦了,坐在设有能折叠过去的靠背的十分舒适的安乐椅里吸完一支雪茄,这才好像忽然记起来似的,对一个拿着报告文件站在门口的秘书说:"噢,仿佛还有个官员在那儿等着;告诉他可以进来了。"他一看见阿卡基·阿卡基耶维奇谦卑的样子和他那身旧制服,就突然对他说:"您有什么事?"声音轻率而强硬,那是他还没有得到现在的地位和将军头衔的一星期之前,特地在自己房间里独自对着镜子预先学会的。阿卡基·阿卡基耶维奇早已不寒而栗,有点张皇失措起来,费了很大的力气转动着他那不灵活的舌头,并且比平时加上了更多的小品词"那个",解释道:有一件崭新的外套,现在被人用非常残暴的手段抢去了,他来求见他,是希望他草拟个公文,想法子那个,跟警察总监或者别的什么人交涉一下,好把外套找回来。不知道为什么,将军觉得这种做法太放肆了。

"您怎么了,先生,"他继续用轻率的口吻说,"您不懂得规矩么?您找上什么地方来了?您不知道办事的手续么?办这种事,您得先向办事处递个呈文;呈文送到股长那里,再到科长那里,然后再转给秘书,秘书才把它交给我……"

"可是,大人,"阿卡基·阿卡基耶维奇竭力鼓起他仅有的一点勇气,同时觉得已经浑身汗湿了,"我敢来麻烦您大人,因为秘书们那个……都是些不可靠的人。"

"什么,什么,什么?"要人说,"您哪儿来的这么大的胆子?哪儿来的这些想法?这些年轻人对长官和上司真是狂妄到了极点!"

要人似乎没有注意到阿卡基·阿卡基耶维奇已经五十开外了。所以,如果他能被称为年轻人,那除非是相对的,就是和七十岁的人比较来说。

"您知道这是跟谁在说话?您明白谁站在您的面前?您明白不明白,明白不明白?我问您。"

说到这儿,他一顿脚,把嗓门提得这么高,即使不是阿卡基·阿卡基耶维奇也会害怕的。阿卡基·阿卡基耶维奇就这样晕了过去,浑身发抖,摇摇晃晃,再也站立不稳:要不是看门的赶紧过来扶住他,他准会摔倒在地上;他几乎一动不动地被抬了出去。要人很满意效果甚至还超出意料之外,一想到他的话居然能使人失掉知觉,就更加陶醉起来,他斜眼望了望他的朋友,想知道他对这件事的反应,竟不无高兴地看到他也很不自在,甚至也开始感到了恐惧。

怎样从楼梯上下来,怎样走到街上,阿卡基·阿卡基耶维奇一点也不记得了。他的手脚都麻木了。他这一辈子还从来没有被一位将军这样严厉地申斥过,并且还是一个陌生的将军。他张大嘴,辨不清人行道的高低,在遍街呼啸着的暴风雪中走去:风,按照彼得堡的惯例,从所有的胡同,四面八方向他吹来。转瞬间就吹得他扁桃腺发起炎来,等到他勉强走回家里,已经一句话也说不出了;喉咙全肿了,倒在床上。一顿好骂有时竟是这样厉害啊!第二天他发了高烧。由于彼得堡气候的慷慨的帮助,病情进展得比预期的更快。医生赶到的时候,摸了摸脉门,开一张敷药的方子,除此以外,一点办法也没有了,连这也只是为了让病人不至于受不到医术的恩惠罢了;然而立刻又宣布,顶多再过一天半，非完蛋不可。然后他对房东太太说："老太太，您不必白操心了，现在就给他预备一口松木棺材吧，因为橡木的他买不起。"阿卡基·阿卡基耶维奇有没有听见这些在他是致命的话，如果听见了，这些话有没有对他发生惊心动魄的影响，他有没有惋惜他的薄幸的一生——这都无从知道，因为他一直在说胡话和发热。一幅更比一幅奇怪的景象不断地浮现在他的眼前：他忽而看见彼得罗维奇，向彼得罗维奇定做了一件置有捉贼的机关的外套，他老觉得贼就躲在他床底下，并且时时刻刻叫房东太太把贼从他的被窝里拖出来；忽而问人家为什么把旧长衫挂在他面前，说他原是有一件新外套的；忽而觉得他站在将军的面前，一边谨听严厉的训斥，一边诺诺连声地说：我错了，大人；最后，忽而撒野骂起街来，用了一些最难听的字眼，使房东老太婆甚至画了十字，她有生以来从来没有听见他说过这样的话，尤其这些字眼是直接紧跟在"大人"这个词后面的。再往后，他完全胡言乱语起来，叫人一点也听不明白了；只知道这些杂乱无章的胡话和思想，翻来覆去总离不了那件外套。最后，可怜的阿卡基·阿卡基耶维奇咽了气。无论是他的房间或者他的物件，都没有封存起来，因为一来没有承继人，二来剩下的遗产很少，不过是：一束鹅毛笔、一帖公家的白纸、三双袜子、两三颗裤子上脱落下来的纽扣和那件读者已经熟知的长衫。谁得了这一切东西，只有天知道：老实说，连讲这个故事的人对这也不感兴趣。人们把阿卡基·阿卡基耶维奇抬了出去，埋掉了。于是彼得堡就没有了阿卡基·阿卡基耶维奇，仿佛彼得堡从来就不曾有过他这个人似的。一个谁都不保护、不被任何人所宝贵、任何人都不觉得有趣、甚至连不放过用钉子把普通的苍蝇穿起来放在显微镜下面仔细察看的自然观察家都不屑加以一顾的生物，消失了，隐没了；这个生物顺从地忍受公务员们的嘲笑，没有做过任何非凡的事业就进了坟墓，然而无论如何，在他生命快结束之前，一个光辉的访客曾经借外套的形式闪现了一下，刹那间使他可怜的生命活跃起来，后来灾祸还是降临到他头上，正像降临到帝王和世间的统治者头上一样……他死后过了几天，部里派了一个看门的到他家里来，带着叫他立刻去办公的命令：说是长官要他去；可是，看门的不得不一无所得地回去，报告他不能再来了，对于质问"为什么？"是这样答复的："就因为他已经死了，大前天把他埋掉的。"这样，部里的人才知道了阿卡基·阿卡基耶维奇的死讯，第二天在他的坐位上已经坐着一个新的官员，个子高得多，写的字母已经不是直体，却偏得多，歪斜得多。

可是谁会想到阿卡基·阿卡基耶维奇的故事到这里还没有完结，他注定死后还得轰动几天，好像补偿他默默无闻的一生似的？事情就这么发生了，于是我们可怜的故事就意外地得到了一个荒诞无稽的结局。

忽然谣言传遍了彼得堡，说是在卡林金桥畔和附近一带地方，一到晚上就有一个官员模样的死人出现，在寻找一件被劫的外套，并且以外套失窃为借口，不问官职和身份，从所有人的肩上剥掉各种外套，不管是猫皮的、海狸皮的、棉絮的、貂皮的、狐皮的、熊皮的，总而言之，剥掉凡是人们想得出用来遮盖自己的皮肉的各式各样的毛革和鞣皮。部里的一个官员亲眼看见过那个死人，立刻就认出他是阿卡基·阿卡基耶维奇；这把他吓坏了，他拼命地往前跑，因此没来得及瞧仔细，只看见那个人远远地用手指威胁他。状子雪片似的从四面八方递上去，说是由于夜晚外套的被剥，尽是九等文官倒也罢了，连一些七等文官的脊梁和肩膀，也都不免有受冻的危险。警察局下了命令，不管死活，无论如何得把死人逮捕归案，严加惩罚，以诫其余，并且差一点连这也几乎办到了。是这样的：某一区的岗警在基留施金胡同，在出事的当场，当死人正待从一个从前吹笛子的退职乐师身上剥掉一件粗毛布外套的时候，已经完全把死人的领子抓住了。他一把抓住死人的领子，大声喊来另外两个同伴，拜托他们抓住他，他自己不过花掉片刻的工夫伸手到靴统里，打算从那儿摸出桦皮鼻烟匣来，使一生中冻坏过六次的鼻子暂时清醒一下；可是，鼻烟一定是连死人都受不住的一种。岗警用手指塞住右鼻孔，左鼻孔还没有来得及吸完半手掌鼻烟，死人就一喷嚏打得这么凶，溅了他们三人满眼都是脏水。当他们举起拳头擦眼的时候，死人连影儿也没有了，甚至他们都不知道刚才死人是不是真的被他们抓在手里。从此以后，岗警们对死人这样害怕，甚至连活人也怕捉了，只是站得老远地喊"喂，快走你的路吧！"于是死官员甚至在卡林金桥的那一边也出现了，给胆小的人带来不少的惊慌。可是，我们完全把某一位要人忘怀了，他才可以说真正是这本来完全真实的故事的荒诞无稽的趋势的原因。首先得说句公道话，自从被痛骂了一顿的可怜的阿卡基·阿卡基耶维奇走后不久，某一位要人感到了一种类乎怜悯的东西。他不是绝对没有同情心的；他的心也会发生许多善良的冲动，虽然官级常常阻碍它们表露出来。来客刚走出他的办公室，他甚至思念起可怜的阿卡基·阿卡基耶维奇来了。从此以后，受不住职务上的斥责的脸色苍白的阿卡基·阿卡基耶维奇就差不多每天都浮现在他的眼前。一想到这人，他就陷于极度的不安，过了一星期，他甚至决定派一个官员去探听一下这人的情况，能不能真的对这人有所帮助；当他得到报告说，阿卡基·阿卡基耶维奇患热病暴死了的时候，他甚至吃了一惊，受着良心的责备，整天心绪不宁。他想散散心，忘掉不愉快的印象，这天晚上就到一个朋友家里去。这朋友家里聚着一大群正派的人，尤其称心的是，几乎大家都是一样的官级，因此他可以完全不受任何拘束。这对他的精神状态发生了惊人的作用。他松动起来，眉飞色舞地聊着天，态度和蔼可亲，总之，这一晚过得非常愉快。晚饭时，他喝了两杯香槟酒——大家知道，这是一种不坏的助兴的东西。香槟酒使他涌上来一股子豪兴，想做各种奇特的事情，那就是：他决定还不回家，却去找一位熟识的太太卡罗琳娜·伊万诺夫娜，这位太太似乎是德国血统，他跟她交情很深。得交代一下，要人已经不年轻了，是个好丈夫，可敬的一家之主。他有两个儿子，其中一个已经在衙门里当差，还有一个讨人喜欢的十六岁的女儿，生有一个微微弯曲、但很好看的鼻子，他们每天走来吻他的手，说道："日安，爸爸。"他的老婆，一个还很有风韵，一点也不难看的女人，先把自己的手给他吻，然后翻过手来，再吻他的手。要人虽然满足于家庭的温暖，却认为在城里别处另外交个女朋友倒也无伤大雅。这女朋友一点也不比他的老婆好看些、年轻些；可是，这样的难题世间是常有的，评判这一类难题可不是我们的事。这样，要人走下楼梯，坐上雪橇，对车夫说："到卡罗琳娜·伊万诺夫娜家里去。"而他自己，雍容华贵地裹着一件暖和的外套，落进了一种被俄国人认为无可再好的愉快的心境，就是说，自己一点事也不想，可是思想却自会钻到脑子里，一个更比一个愉快，甚至不用你费劲地去追逐，搜寻。他感到心满意足，轻快地想起刚才过掉的这一晚上所有快乐的事情，所有惹得一小堆人哄堂大笑的机智的警句；有许多话，他甚至低声地重复了一遍，觉得依旧像刚才一样可笑，所以无怪乎他要打心坎里笑出来。然而，不时有一阵一阵的暴风来打搅他，这风，天知道是打哪儿，也不明白怎么，就突然刮起来，刀子似的割他的脸，成块的雪往他身上撒，把外套的领子吹得风帆似的鼓起来，或是蓦地来了一股子非常的力量，吹得领子蒙住他的头，这样就使他老是忙着要把头钻出来。要人忽然觉得有人紧紧地把他的领子抓住了。他转过脸来，看见一个身材不高、穿着破旧的常制服的人，并且不无恐惧地认出这人就是阿卡基·阿卡基耶维奇。官员的脸色苍白如雪，完全像个死人。当要人看见死人咧开嘴，阴森森地向他嘘出坟墓似的气息，说出下面几句话的时候,他的恐惧就更无法控制了:"啊!这下子可找到你了!我总算那个,把你的领子抓住了!我正需要你的外套呢!你没有给我的外套想办法,还骂了我——现在把你的给我!"可怜的要人差点没有吓死过去。不管在办事处在一般的在下属面前他的脾气有多么大,也不管每个人一见到他堂堂的仪表和魁梧的身躯,就要说:"喝,多神气!"可是他在这时候,像许多有英武外表的人一样,害怕到了这步田地,竟并非毫无根据地感觉到有被病势袭击的危险。他甚至赶快自己从肩上把外套脱下来,用不自然的嗓音对车夫喊道:"赶快回家!"车夫听见平时只在紧急关头才喊出的声音,还随伴着一种更加有效得多的动作,就把脑袋缩在肩膀中间以防不测,鞭子一挥,箭似的飞去了。六七分钟,要人已经回到自己的家门口。他面无人色,饱受惊吓,没有了外套,卡罗琳娜·伊万诺夫娜那儿也没有去成,却回到了家里,好容易摸到自己的卧室,嘀嘀咕咕地熬过了这一夜,所以第二天早晨喝茶的时候,女儿径直对他说:"爸爸,你今天脸色难看极了。"可是,爸爸一声不言语。他发生了些什么事,到哪儿去过,打算上哪儿,他对谁都一字不提。这件事情给了他一个强烈的印象。他甚至不大对下属们说:"您怎么敢?您知道谁站在您的面前么?"即使说了,也总在先听明白了事情的原委以后。可是，尤其值得注意的是，死官员从此完全绝迹了：显然，将军的外套披在他的肩上是完全合适的；至少，再也未听说有从谁身上剥掉外套的事情发生。然而，许多好事而喜欢多操心的人还是怎么也不肯安静下来，说在城市的僻远的地区，死官员还是照旧出现。的确，一个柯洛姆纳区的岗警亲眼看见过幽灵从一幢屋子后面走出来；可是，他生来有点虚弱，有一回，一只普通的长成了的小猪从一家私宅里奔出来，把他撞了个狗吃屎，惹得站在周围的车夫们放声大笑，为了这场侮辱，他还逼他们每人出一文钱买过鼻烟闻哩，——他是这么虚弱，所以不敢把幽灵拦住，却在黑暗里一直跟他往前走，直到最后，幽灵忽然回头一看，停下来问道："你要干什么？"并且举起了在活人中间也从来没有见过的大拳头。岗警说了声："没有什么。"立刻就往回走。然而，幽灵的身材可变得高得多，长着一把大胡子，仿佛举步往奥布赫夫桥那边走去，完全被夜的黑暗吞没了。

马 车

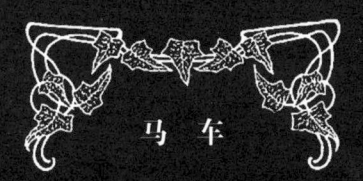

小城 B 自从某骑兵团驻扎在那儿以后，着实显得热闹起来。这以前，那儿却是十分沉闷的。你偶尔乘车经过，看见那些愁眉苦脸的低矮的小土屋……你很难形容心里是怎么一股子劲儿：这样懊丧，就像打牌输了钱，或是不凑巧干了些什么坏事一样，总而言之：怪不好受的。屋上的泥灰被雨水冲洗掉了，墙壁由白色变成有斑纹的了；屋顶大多盖着芦苇，像在我们南方城里通常所见的那样；为了整顿市容起见，市长早就下令把花园砍伐光了。街上一个人影也不见，除非偶尔有一只雄鸡穿过街道，街上铺着四分之一俄尺厚的尘土，软绵绵的像只枕头，但只要下一点雨，可就变成满街泥浆，那时候，小城 B 的大街小巷就到处挤满着被当地市长称为法国人的一种肥头胖耳的动物①。它们从浴盆②里撅起严肃的嘴脸来，发出一阵呼噜声，使过路人只得赶快策马跑开。然而，过路人在小城 B 是很难

---

① 指猪。
② 这里形容的是满布水洼泥坑的街道。

碰得到的。——难得，很难得才有一位拥有十一个农奴的地主，穿一件土布上衣，驾着半似轻便马车半似货车的车子，坐在一堆面粉袋中间，赶着一匹枣红色的骒马，骒马后面还紧跟着一匹小马驹，辚辚地沿着街道过去。连市场也带着几分凄凉的神气：一家裁缝店不露正面，却十分难看地凸出着斜角；在它对面，一幢有两扇窗的石头房子已经建筑十五年了；再远一些，孤零零地立着一座式样时髦的板棚，涂着和泥土差不了多少的灰油漆，这是市长在他年轻时（那时还没有养成吃完饭就睡午觉和夜里喝干醋栗熬制的药酒的习惯）造来给别的建筑物示范的。在其他的地方，就几乎全是篱笆；广场的中央，有几家顶小的店铺；里面经常可以看到一串面包圈、一个包红头巾的女人、一普特肥皂、几俄斤苦杏仁、打猎用的子弹、棉布和两个整天在门口玩投铁环游戏的店员。可是骑兵团一驻扎到 B 城来，一切就都变了。大街小巷显得五光十色、生气蓬勃起来，总之，完全换了一副样子。从矮房子里望出来，常常可以看见一个帽上竖着缨子的、敏捷而身材魁梧的军官走过去，他去找他的同事，谈谈升官晋级，谈谈上等的烟草，有时还瞒过将军的耳目，把一辆弹簧座马车放在纸牌上做赌注，这辆马车可以称为团部的马车，因为它从来没有离开过团部，倒来倒去给所有的人都服务遍了：今天少校坐了它，明天停在中尉的马厩里，再过一星期，说不定又是少校的勤务兵在给它抹油了。人家与人家之间的木栅，挂满了军帽，晒在太阳底下；一件灰外套一定撂在门上的什么地方；士兵们在小胡同里出出进进，长着一嘴像靴刷子似的硬胡子。这些胡子大爷们满处溜达。主妇们带着长柄勺聚集到市场上的时候，准有几个胡子大爷在她们肩膀缝里钻动。宣谕台上，总有一个满脸胡子茬的士兵在殴打一个傻头傻脑的乡下人，打得那人直哼哼，两眼翻白。军官们给社交界带来了生气，社交界从前总共只有一个跟补祭老婆同居的法官，还有一位市长，那是一个明白事理的人，却整天贪睡不醒：从吃午饭到夜晚，又从夜晚到吃午饭。自从旅长的公馆搬到这儿来以后，社交界的人数就增多起来，兴头也越来越大了。从前根本不见影踪的邻近的地主们，开始常常到县城里来拜望军官们，有时还打打邦克牌，他们以前尽顾着张罗播种、老婆的托付和狩猎兔子，对于这种牌戏是只能朦朦胧胧地幻想着的。遗憾的是，我不记得有一回旅长为什么忽然想起要大请客；宴会的准备是规模宏大的：大师傅们的菜刀叮当声，老远的在城厢附近就听到了。整个菜市被这次宴会收买一空，因此法官和他那位补祭老婆只得吃荞麦粉做的烧饼和面粉糊来果腹。将军府小小的院子里停满了弹簧座马车和半篷马车。这是爷们的聚会：到的是军官们和几位邻近的地主。地主中间最引人注意的是庇法果尔·庇法果罗维奇·车尔托库茨基，Ｂ县一个最重要的贵族，他在选举中喧嚷得最凶，是坐着一辆富丽堂皇的马车来的。他从前在一个骑兵团里服务过，算是一位最重要、最显贵的军官。至少，无论团部移驻到什么地方，人们总可以在许多跳舞会和宴会上看见他；然而，关于这方面，最好去打听一下坦波夫省和辛比尔斯克省的姑娘们，就更清楚了。他的英名很可能也会远播到别的省份，如果他不是为了一种通常被叫作不愉快的经历的情况退职回乡的话：到底是因为他早年打了别人一下耳光呢，还是因为别人打了他一下耳光，这一点可记不确切了，但事情是这样：人家示意他退了职。然而，他决不因此而丝毫降低自己的身份：他穿一件腰身裁得很高的军装式的燕尾服，长统靴上绑着刺马针，鼻子下面蓄一撮胡子，因为不这样做贵族们会认为他是在步兵队里服务过的，他可顶瞧不起步兵，轻蔑地把他们有时称为小步兵，有时称为步兵小鬼。他常常去逛各式各样人迹杂沓的市集，俄罗斯内地人，那些保姆、孩子、小妞儿和肥胖的地主，喜欢坐着轻便半篷马车、货车、大马车以及任何人做梦也没有梦见过的马车，上那儿去赶热闹。

他的鼻子嗅得出哪儿驻扎着骑兵团,并且总要赶去拜会军官们。他一瞧见他们,十分敏捷地从轻巧的半篷马车或者弹簧座马车里跳下来,很快地就跟他们交上了朋友。上次选举的时候,他请贵族们吃了一顿丰盛的筵席,他在席间宣称,只要把他选为贵族团长,他就让贵族们得到最高的地位。大体上,按照县城和省城里的说法,他过的是老爷式的生活,他娶了个很漂亮的老婆,带来嫁妆两百个农奴和几千卢布现款。这笔钱立刻被他花光,买了六匹出色的骏马,几把镀金的门锁,一只驯服的猴子,还雇了个法国人管家的。两百个农奴加上自己原有的两百个,为了某种商业周转,被押在当铺里了。总之,他是一个像样的地主……一个十足地道的地主。——除了他以外,将军的宴会上还有另外几个地主,可是关于他们是没有什么话可说的。其余的客人是同一个团里的军人和两位校官:上校和相当胖的少校。将军本人结实、肥胖,军官们评价他是一位好长官。他用低沉的、含有深意的低音说话。筵席丰盛极了:鲟鱼肉、大白鲟鱼、小蝶鲛、野雁、龙须菜、鹌鹑、鹧鸪、蘑菇,证明大师傅从昨天起就一滴酒也没有沾过嘴唇,四个士兵给他做助手,通宵手里拿着菜刀张罗着炖肉汁和熬肉冻。无数的酒瓶,装红葡萄酒的长酒瓶,装玛岱拉酒的短酒瓶,晴朗的夏日,敞开的窗,摆在桌上的冰盘,军官们最后一颗解开的纽扣,穿宽大燕尾服的人的乱蓬蓬的衬衣硬胸,一会儿被将军的声音淹没一会儿又被香槟酒打断的交错的谈话,——这一切显得非常协调。饭后,大家感觉到肠胃里有一点愉快的重量,站起身来,吸着长短不等的烟管,手里端着咖啡,走到台阶上。

*　　*　　*

将军、上校,甚至少校,制服都完全解开了,可以看见里面讲究的丝质的背带,可是军官们为了保持应有的尊敬起见,纽扣是扣紧的,只除掉最后的三颗纽扣。

"现在我们可以瞧瞧她了,"将军说,"劳驾,"他对自己的副官说。那副官是一个灵巧的、有着讨人喜欢的外表的年轻人。"吩咐下去,叫把那匹枣红色的骒马牵到这儿来!诸位请赏光吧。"说到这儿,将军吸了一口烟,喷出烟来,"饲养得还不够周到:这倒霉的小城!没有一个像样的马厩。说到马呢,扑夫,扑夫①,倒是挺不错的!"

"大人,扑夫,扑夫,您养了这马许久了么?"车尔托库茨基说。

----

① 喷烟的声音。

"扑夫,扑夫,扑夫,嗐……扑夫,不很久。我从养牧场弄来,总共才只有两年。"

"来的时候已经驯服好了的,还是自己驯服的?"

"扑夫,扑夫,扑,扑,扑……夫,自己驯服的。"说完这句话,将军整个儿消失在烟雾里。

这时候,一个士兵先从马厩里蹿出来,传来了马蹄声,临了,另外一个穿白长褂、长着一把乌黑的大胡子的士兵,带紧马勒,把一匹惊慌战栗的骒马牵了出来,骒马蓦地一抬头,差点把蹲在地上的士兵连人带胡子一起举到半空中。"喝,喝!阿格拉芬娜·伊万诺夫娜!"他说,把马牵到台阶前面。

骒马的名字叫阿格拉芬娜·伊万诺夫娜:又结实,又野蛮,活像个南方美女,用蹄子踢着台阶,站住了。

将军放下烟管,带着满意的神气瞧着阿格拉芬娜·伊万诺夫娜。上校走下台阶,抚摸阿格拉芬娜·伊万诺夫娜的脸。少校拍拍阿格拉芬娜·伊万诺夫娜的大腿,其余的人也都啧啧赞赏。

车尔托库茨基走下台阶来,绕到她的后面。挺直了腰板、拉紧马勒的士兵,对走来的人瞪着眼,好像要跳到人堆里去似的。

"挺好,挺好!"车尔托库茨基说,"长得真匀称!大人,请问它走得快么?"

"它走得不错；可是……鬼知道……一个混账兽医给它吃了一种什么丸药，害得它整整打了两天喷嚏。"

"挺好，挺好。大人，您有一辆跟马相称的马车么？"

"相称的马车？……这可是一匹供人骑的马呀。"

"这我知道；可是我想问大人的是，您有跟您别的马相称的马车没有？"

"哦，我的马车可不太多。老实对您说，我早就打算弄一辆新式马车。我弟弟现在在彼得堡，我写信托过他，可不知道他会不会给我办到。"

"我认为，大人，"上校说，"再没有比维也纳的马车更好的了。"

"您说得对。扑夫，扑夫，扑夫。"

"大人，我倒有一辆出色的马车，地道的维也纳货。"

"什么样的？就是您坐来的那辆么？"

"啊，不。那只是代步的工具，我出门随便坐坐的，可是另外的那一辆……简直世间少有，轻得像羽毛似的，您要是坐在里面，请大人容许我斗胆说一句，就像保姆用摇篮摇着您一样！"

"那么，挺舒服吧？"

"非常，非常舒服；坐垫呀，弹簧呀，一切都跟画在图画里的一样。"

"真不错。"

"再说，能够装得下多少东西呀！大人，我还从来没有见过这样的马车。当我在军队里服务的时候，我在车箱里装过十瓶甜酒和二十俄斤烟草，此外我还带了大约六套军服，衬衣裤，这样长的两根烟管，大人，请容许我斗胆说一句，长得简直像两条长虫一样，在车门的兜里还可以装得下一条公牛。"

"真不错。"

"大人，它值四千卢布。"

"照价钱来说，应该是一辆好马车，您自己买来的么？"

"不，大人；是偶然落到我手里来的。原先是我的一位朋友的，他是一个很难得的好人，还是我儿时的伙伴哪。您跟他也会交得来的。我跟他彼此不分，交情别提有多厚啦。我是打牌把它赢来的。大人，您肯赏光明天中午到舍间去吃个便饭么？顺便也去瞧瞧那辆马车。"

"我不知道该怎么跟您说才好。我一个人去可不大……除非您请军官们一块儿去。"

"军官们我也非常欢迎。诸位先生，你们肯赏光，我认为是最大的光荣。"

上校、少校和别的军官们都客气地鞠躬道谢。

"大人,我有这样一种想法:要买东西,就一定得买好的,买了坏的,那就太不上算。各位明天赏脸到舍间来玩的时候,我要让各位瞧瞧我在治家方面的成绩。"

将军瞅了他一眼,从嘴里喷出了一缕烟。

车尔托库茨基非常高兴邀请了军官们到自己家里;他的脑子里已经在琢磨着采办肉馅饼和调味汁一类的事情了,他兴奋地瞧着军官们,军官们也像用加倍的好意来报答他,那是从他们的眼神和微微弯腰作礼一类小动作上可以看出来的。车尔托库茨基的态度显得更随便了一些,往前靠近了几步,他的声音变得轻柔起来:被满足感压倒着的声音就有着这样的表情。

"到了舍间,大人,我要把内人给您引见引见。"

"那我是很高兴的。"将军说,抚了抚胡子。

车尔托库茨基想立刻回到家里去,预先准备准备,明天好招待客人吃午饭;他已经把帽子抓在手里了,但事有凑巧,不知怎么又停留了一会儿。这时候,牌桌摆好了。客人们分成四个人一组,分散在将军房间的各个角落里,准备打惠斯特牌。

蜡烛点上了。车尔托库茨基半天拿不定主意,不知道要不要坐下打惠斯特牌。可是,架不住军官们都来劝驾,他觉得坚持不打是不合社交礼法的。他坐下了。不知不觉之间，面前已经摆上一杯果酒，他拿过来糊里糊涂地喝下肚里去了。打了两局之后，车尔托库茨基又发现手边摆着一杯果酒，他又糊里糊涂地喝下了，嘴里说："先生们，我该回家了，时候不早了。"可是，他又坐下来，重新又打第二圈。这时候，在房间的各个角落里，人们谈着完全不同的话题。打牌的人是很沉静的，不打牌的人坐在旁边沙发上聊起天来。在一个角落里，骑兵上尉把垫子垫在腰眼里，嘴里叼着烟管，滔滔不绝地讲自己的恋爱经历，招引得周围一群人听得出了神。一位有着两条像大马铃薯似的短胳膊的胖地主，带着异常甜蜜的神情倾听着，偶尔才把短胳膊弯到宽阔的脊梁后面①去，掏出鼻烟匣来。在另外一个角落里，掀起了一场十分热烈的关于营的操练的辩论，而车尔托库茨基这时候已经有两回错把J当作Q打了出去，忽然插嘴打断别人的话头，坐在自己的座位上喊道："哪一年？"或者"哪一团？"却不知道他有时提的问题完全是不相干的。最后，在晚饭前几分钟，牌算是打完了，可是谈话还是离不了牌经。看来所有在场的人头脑里都塞满了惠斯特牌。车尔托库茨基清

---

① 旧式燕尾服后面有口袋。

清楚楚记得他赢了许多钱,可是一个锵子也没拿到,他从桌子边站起来,取着忘了带手帕的人的姿势①,愣了老半天。这时候,晚饭开出来了。不用说,酒是并不缺少的,车尔托库茨基几乎不由自主地总要给自己斟上一杯,因为他的左右两边都是酒瓶。

晚饭时大家不住嘴地聊,可是内容是有点奇特的。参加过一八一二年战役的一位地主讲了一场从来不曾发生过的战斗,然后不知道为了什么从酒瓶上拔掉一只塞子,塞进甜点心里去。总之,大家散场的时候,已经三点钟了,车夫们不得不把几位客人像抱一包包货物似的抱上车去,车尔托库茨基也顾不得平日的贵族气派,坐在车上那样低低地行礼,把脑袋那样厉害地摆动着,等到回到家里,竟在胡子里沾上了两只牛蒡刺实。

家里大家都睡了。车夫好容易才找到一个仆人,仆人搀扶着老爷穿过客厅,交给内房的侍女,车尔托库茨基跟着她醉步歪斜地回到了寝室,在穿着雪白的睡衣、露着千娇百媚的睡姿的年轻美貌的妻的身边躺下了。丈夫横倒床上时的振动把她惊醒了。她伸了伸懒腰,抬起睫毛来,迅速地眨动了三次眼睛,然后带着半嗔半怒的微笑把眼睛完全睁开了;可是,看到丈夫

---

① 进退两难的意思。

这一回一点也不想对她表示一下温存，她就气愤地转到另外一边去，把脸颊搁在手上，很快地跟在他之后也睡着了。

当年轻的主妇在鼾声如雷的丈夫身边醒过来的时候，在乡下已经不算是很早了。她想起他昨晚是三点多钟才回家的，舍不得去叫醒他，就独自穿上丈夫从彼得堡定购来的睡鞋，穿上一件像清泉般带着波纹的白色短外衣，走到化妆室里去，用像她本人一样鲜洁的水洗了脸，然后移步到梳妆台前面。她对着镜子顾盼了两回，看到自己今天实在姿色不坏。这个显然没有什么了不起的情况，使她在镜子前面整整多坐了两个钟点。终于她把自己打扮得漂漂亮亮的，到花园里去自在自在。这当口，正是南方夏日所能够夸耀的最最明媚美丽的时候。近午的太阳用全部强烈的光焰燃烧着，但在幽暗的树木茂密的林荫道上散散步却是挺凉快的，被阳光照耀着的花草加倍地发出芳香来。俏丽的主妇已经完全忘记时候已经十二点，丈夫还在高枕晏卧。两个驭者和一个骑手①睡在花园后面的马厩里，他们午睡的鼾声送到了她的耳边。可是，她仍旧坐在可以望见大路的浓密的林荫道旁，心不在焉地往那条阒无人迹的大路眺望着，这时候

---

① 见第 53 页注①。

忽然远远里扬起的尘土,吸引了她的注意。仔细一瞧,她很快地认出了几辆马车。头里走着一辆敞开篷的两个座的半篷马车;车上坐着一位斗大肩章在阳光底下闪闪发亮的将军,还有一位上校并排坐着。这辆车子后面紧跟着一辆四个座的半篷马车;车上坐着少校和将军的副官,坐在对面的还有两位军官;再后面,是那辆大家都知道的团里的弹簧座马车,这一回它的主人是一位肥胖的少校;这辆弹簧座马车后面,是一辆旅行马车,车上坐着四位军官,第五位坐在他们的膝上;旅行马车后面又有三位军官耀武扬威地骑在漂亮的黑花枣红马上。

"别是上咱们家来的吧?"主妇想,"啊,我的老天爷!他们真的拐到桥上来了!"她叫喊起来,急得把手直甩,穿过花坛和花丛,一口气跑到丈夫的寝室里。他睡得跟个死人一样。

"起来,起来!快起来吧!"她拉住他的手喊。

"啊?"车尔托库茨基嘟哝着,伸了个懒腰,没有把眼睛睁开。

"起来,亲亲!听见了没有?客人来了!"

"客人?什么客人?"说完这句话,他发出了一阵轻柔的、像小牛犊钻到母亲怀里找奶儿吃时发出的哞哞声。"……唔唔,"他嘟哝道,"小乖乖,把脖子伸过来!让我亲亲你。"

"宝贝,看在上帝的分上,快起来吧。将军跟军官们一块儿来了!哎哟,我的老天爷,你的胡子里还沾着一只牛蒡呢。"

"将军?啊,他已经来了么?这是怎么一回事,见鬼,谁也不来叫醒我?那么午饭,午饭怎么样了,都准备好了么?"

"什么午饭?"

"难道我没有吩咐过么?"

"你?你夜里四点钟才回的家,我再三地问你,你一句话也不回答我。我早晨没有叫醒你,亲亲,为的是我疼你!你简直没有睡什么……"最后的几句话,她是用一种懒洋洋的、恳求的声音说出来的。

车尔托库茨基圆瞪着两只眼睛,在床上躺了一会儿,像一个闷雷打在他头上似的。最后,他只穿一件衬衫就从床上跳下来,忘了这是完全不成体统的。

"唉,我是一匹蠢驴!"他说,在脑门上打了一下,"我请他们来吃午饭的。怎么办呢?他们离得还远么?"

"我不知道……他们应该立刻就到了。"

"宝贝……你去躲起来吧!……喂,来人哪!你,小丫头!过来呀,傻瓜,你怕什么!军官们立刻就来了。你去说,老爷不在家,这会儿还不会回来,一清早就出门了。听明白了没有?

你去把这话告诉所有的仆人,赶快给我去!"

说完这句话,他匆忙地抓起一件睡衣,奔出去躲藏在马车房里,认为那是万无一失的地方。可是,他站在马车房的角落里,又觉得即使在这儿,人们也还是可以发现他的。"这样就好得多了,"他脑子里忽然闪出一个主意,他立刻把停在身边的一辆半篷马车的踏脚板放下来,跳上车,关上了车门,为了格外小心起见,又用绷布和皮子把身体遮盖起来,于是蜷缩在睡衣里,完全安静了下来。

这时候,马车拉到了台阶跟前。

将军首先走下车来,抖动了一下身子,上校跟着走下来,用手理了理帽上的缨子。然后,肥胖的少校腋下挟着指挥刀,从弹簧座马车上跳下来。然后,瘦个子的少尉同着坐在人家膝盖上的准尉从旅行马车上下来。最后,几个耀武扬威地骑在马上的军官翻下马鞍来。

"老爷不在家。"仆人走到台阶上,说。

"怎么不在家?那么,他总要回家来吃午饭的吧?"

"不,他不回家吃饭。他今儿个要出去一整天。大概得明天这时候才能回来。"

"这可怪了!"将军说,"这是怎么一回事?……"

"我敢说,这是拿咱们开玩笑。"上校笑着说。

"不见得吧,他哪能这样呢?"将军很不高兴地继续说,"呸……见鬼……既然不打算请客,何必叫人家白跑?"

"我不明白,大人,他怎么能这样办事。"一个年轻的军官插嘴说。

"什么?"将军说;他有一种习惯,当他跟尉官说话的时候,总要使用这种疑问词。

"我是说,大人,他怎么能够干出这种事来?"

"自然……要是发生了什么事情——至少他应该通知一声。否则就干脆别请我们来。"

"大人,没有办法,我们只能打道回府!"上校说。

"当然啰,除此也没有什么别的好主意了。不过,就算找不到他,咱们也可以去瞧瞧那辆马车呀。他不见得会把车子坐走吧。喂,来人哪!伙计,上这儿来!"

"您有什么吩咐?"

"你是马夫么?"

"是,大人。"

"领我们去瞧瞧你们老爷不久前买来的那辆新的半篷马车。"

"请到马车房来吧!"

将军跟军官们一块儿走到马车房里。

"等一等,让我把车子推出来一些,这儿光线不好。"

"够了,够了,好!"

将军和军官们环绕半篷马车走着,细心地察看车轮和弹簧。

"唔,没有什么了不起,"将军说,"是一辆顶平常的半篷马车。"

"一辆顶不起眼的,"上校说,"根本说不上好。"

"我觉得,大人,它完全不值四千卢布。"一个年轻的军官说。

"什么?"

"我说,大人,我觉得,它不值四千卢布。"

"什么四千!它连两千也值不到呀。简直什么也没有。除非内部有什么特殊的地方……伙计,你把皮子揭开来……"

于是,穿着睡衣、以一种不平常的姿势蜷缩在车厢里的车尔托库茨基,就暴露在军官们的眼前。

"啊,您在这儿哪!……"大吃了一惊的将军说。

说完这句话,将军立刻砰的一声关上车门,重新用绷布盖住车尔托库茨基,跟军官先生们一块儿走了。

狂人日记

十月三日

今天发生了一件不寻常的事。我早上起得很迟,当玛夫拉把擦干净的长统靴给我送来的时候,我问她几点钟。听说早已打过了十点钟,我就尽快地穿起衣服来。我得承认,我是绝对不会到部里去的,早就知道我们的科长会绷起一张阴沉的脸。他老是对我说:"老弟,你怎么脑子里老是这么乱七八糟的?你有时候像疯子似的东奔西窜,把事情搅得一团糟,连撒旦也弄不清,你把官衔写成小写字母,也不注明日期、号码。"可恶的长脚鹭鸶!他一定是忌妒我坐在部长的办公室里给大人削鹅毛笔。总而言之,我是不会到部里去的,要不是想见到财务员,向这犹太人预支一点官俸的话。这又是一个什么家伙啊!要他早一个月预支一点官俸——我的老天爷,那还是末日审判会来得快些。不管你怎么求,就是喊炸了也罢,再穷些也罢——他总是不给的,这白头发的老鬼。可是在家里,连女厨子都要打他的嘴巴。这是大家都知道的。我不懂在部里当差有什么好处。一点财源也没有。要是在省政府、民政厅和税务局里,情形就完全不同。在那边,你会看见一个人躲在远远一个犄角里,涂写些什么。他身上的燕尾服脏得要命,那张脸简直叫人要啐唾沫,可是你瞧,他住着一幢多么漂亮的别墅!要是送他一套镀金的瓷茶杯,他还瞧不上眼哩:"这种礼物,"他说,"只配送给医生。"你得送给他一对骏马,或者一辆弹簧座马车,或者价值三百卢布的海狸皮。他的外貌这样文静,说起话来这样细声慢气:"请借尊刀给我削削笔。"可是背地里,他会把申请人剥得只剩一件衬衫。实在不错的,我们是清水衙门,什么都是一清二楚的,省政府一辈子做梦也别想梦见:桃花心木做的桌子,各科的科长都称呼您。真格的,我得承认,要不是为了职务高贵,我早就挂冠求去了。

我穿上了旧外套,拿了伞,因为外面正下着倾盆大雨。街上一个人也没有;只有用前襟兜着头的婆娘们,撑伞的俄国商人们,还有赶马车的,映入我的眼帘。至于上等人,只有我们的一位同僚在徜徉漫步。我看见他在十字路口。一看到他,我立刻就对自己说:"啊哈!别给我装傻,朋友,你不是上部里去,你是在追那个走在前面的女人,你在看她一双白嫩的脚。"

我们的同僚是一个什么样的无赖啊！我敢赌咒，他在这方面不比任何一个军官差：只要有一个戴花帽子的女人走过，他一定会盯上去。当我这样想的时候，我看见一辆轿车开到了我正走过的那家商店门口。我立刻认出了它：这是我们部长的马车。可是，他是不会到店里来买东西的，我想：这一定是他的女儿。我贴近了墙脚。从仆打开车门，她从轿车里像小鸟似的飞了出来。她怎样地左右顾盼，眉毛和眼睛怎样地闪动……我的天啊！我完蛋了，简直完蛋了。这样的下雨天，她干吗还要出门！你现在再硬说女人不怎么喜欢剪衣料吧。她没有认出我来，我也故意尽可能地把自己藏起来；因为我身上的外套脏透了，并且是旧式的。斗篷现在都时兴有高领子，我穿的却是短的双层领子；并且呢子是完全没有水烫①过的。她的狗来不及跳进店门，留在街上了。我认得这条狗。它的名字叫美琪。我站了还不到一分钟，忽然听见一个细小的声音："你好，美琪！"哎呀！谁在说话！我向四下里张望，看见两个女人撑着伞在走路：一个老太婆，还有一个年轻的，可是她们已经走过去了，我身边又发出声音来："你真坏啊，美琪！"该死！我看见美琪在嗅

---

① 小裁缝店制衣，不经过水烫，衣服遇潮即缩。

那条跟在两个女人后面走的狗。"嘿！"我对自己说，"留点神，我别是喝醉了吧？这样的情况可是不大有的。"——"不，菲杰尔，你错怪我了，"我明明看见美琪在说话："我是呀，哇！哇！我是呀，哇，哇！害了一场大病。"原来说话的是条狗哪！我得承认，我听见狗说起人话来是不胜惊奇的。可是后来，把这一切好好儿想了一下，就不觉得奇怪了，说实在的，这样的事情世上早已不乏先例。据说，英国有一条鱼浮出水面，用古怪的语言说了两句话，害得学者们研究了三年工夫，至今还是无从索解。我又在报上读到两头牛跑到铺子里去，要买一磅茶叶。可是，我得承认，当听到美琪说出下面这些话的时候，我更是格外地惊奇："我写过信给你的，菲杰尔；大概是波尔康没有把我的信送到！"我绝没有撒谎！我有生以来，从来还没有听说过狗会写信。只有贵族才能够写得通顺。当然，有些商店掌柜，甚而至于农奴，也有能动动笔的，可是他们写起来大都是刻板的老一套：没有逗点，没有句点，没有文体。

这件事使我大吃了一惊。我得承认，最近以来，我开始常常听见和看见一些大家闻所未闻、见所未见的事情。"走吧，"我对自己说，"跟着这条狗走，就会知道她是个什么人，她想些什么。"

我撑开伞，跟着两个女人走去。经过豌豆街，暨入小市民街，再到木匠街，最后到了杜鹃桥，在一家大宅门前面停了下来。"我认得这家人家，"我对自己说，"这是兹维尔柯夫的家。"这样一个乱糟糟的大杂院！住在里面的，三教九流的人都有：一大群烧饭娘姨，一大群波兰人！至于讲到我们的同僚，他们像狗一样，一个叠一个地挤在一堆。我有一个朋友也住在这儿，他喇叭吹得挺不坏。两位太太一直跑到五层楼上去了。"好吧，"我想，"现在我不必去了，只要记住这地点，将来就会有用处的。"

十月四日

今天是星期三，所以我到部长的办公室里去。我故意来得早些，坐下来，把全部鹅毛笔都削尖了。我们的部长准是一个绝顶聪明的人。他的整个办公室摆满了书橱。我读了一下几本书的书名——渊博之至，渊博得简直不是我辈所能懂得的：全是些法文或者德文的洋书。再看一看他的脸：啊，一双眼睛闪着怎样尊严的光啊！我从来没有听见他说过一句废话。除非当你递给他公文的时候，他会问："外边天气怎么样？"——"天气潮湿，大人！"我们真不能跟他相比啊！他是一位身居要津的大人物。不过，我看出他对我倒是大有好感的。要是他的女儿也……哎呀，下流……没什么，没什么，别说了！——我读了《蜜蜂》①。法国人全是些多么愚蠢的家伙！他们说的是些什么？真格的，我想把他们统统抓起来，用桦树棍子抽他们一顿才痛快！我在那上面也读到了一篇描写跳舞会的挺有趣的文章，这是一个库尔斯克的地主写的。库尔斯克的地主们写得一手好文章。后来，我注意到已经过了十二点半，我们的上司还没有从卧室里出来。可是在一点半钟的时候，发生了一件远非笔墨所能形容的事情。门开了，我以为是部长来了，捧着文件从椅子上直立起来；可是这是她，她呀！老天爷，她打扮得多么漂亮！她穿的一身白，活像是天鹅：啊，别提多美啦！只要她看你一眼：太阳，简直是太阳！她行着礼，说道："爸爸不在这儿吗？"哎哟，哎哟，哎哟！什么样的声音啊！金丝雀，真的，金丝雀！"小姐，"我想说，"别叫人来处死我，要是您要我死，那么，就请用您高贵的手处死我。"可是，见鬼，不知怎么的，舌头转不过来，我只说了一声："不在。"她瞧瞧我，瞧瞧书，掉落了一块手帕。我飞扑过去，在可恶的镶花地板上

---

① 全称是《北方蜜蜂》。

扑通滑了一跤,差点没把鼻子磕破,可是到底站稳了,拾起了那块手帕。天哪,什么样的手帕啊!最细巧的,用上等薄麻布做的——琥珀,完全是琥珀!光说手帕,就散发出高贵的味道。她道了谢,微微一笑,几乎连嘴唇都没有牵动一下,接着就走掉了。我又坐了一个钟头,仆人忽然进来说:"回家去吧,亚克森齐·伊万诺维奇,老爷已经出门了。"跟仆人打交道我可受不了:他们喜欢在门厅里展肢而卧,连头也懒得向你点一下。这还不算什么:有一回,一个坏蛋站也不站起来,就想敬烟给我吸。你知道吗,愚蠢的奴才,我是一个官,我是名门出身哪。于是我拿了帽子,自己穿上了外套,因为这批家伙是从来不肯侍候你穿衣服的,就走了出去。回到家里,大部分的时间躺在床上。后来,我抄了一首很好的诗:"一小时不见宝贝的面,好像别了一年;对生活怀着憎恨,叫我怎么活下去?"①这该是普希金的。晚间,裹着外套,到小姐门口去等了许久,希望她会出来,坐上那辆轿车,可以再让我看她一眼,——然而不,她没有出来。

---

① 这首诗是诗人尼古拉耶夫(1758—1815)所作。

十一月六日

科长生气了。我到了部里,他把我叫到跟前,对我说:"说吧,你干了些什么?""什么干了些什么?我什么也没有干呀。"我答道。"放明白些吧!你四十开外的人了——应该长点脑子了。亏你不害臊,你当我不知道你的一套鬼把戏么?你拼命在追部长的大小姐!喂,你瞧瞧你自己,想想你是个什么东西?你是个窝囊废,再不是别的什么。你身上一个钱也没有。到镜子里去照照你那副尊容吧,亏你还痴心妄想呢!"见他的鬼,只因为他脸长得有点像药铺里的玻璃瓶,脑袋瓜上一撮头发,卷成刘海,只因为他昂着头,上了油,涂得像朵蔷薇花似的,他就自以为了不起。我知道,我知道他为什么生我的气。他是嫉妒呀;说不定他已经看出上司对我独加青睐来了。我真想对他啐唾沫,一个七等文官稀罕什么!表上挂着金链子,定做三十卢布一双的皮靴——见他的鬼!我难道是个平民,是个裁缝,或者是个下士的后代?我是一位贵族哪。我会步步高升上去的。我还只有四十二岁——这正是大有作为的时候。等着瞧吧,朋友!我会做到上校的,也许,天帮忙,官还会做得大些。名气还会比你响些。你凭什么以为,除了你就再没有一个正派人。给我穿上一件时式的鲁奇①公司制的燕尾服,再给我打一个像你一样的领结,——那时候,你要做我的鞋底都不配呢。苦的就是没有钱。

十一月八日

上戏园里去听了戏。演的是俄国傻子费拉特卡的戏。把我的肚子都笑痛了。另外还有一出通俗笑剧,用可笑的诗句讲到朝臣们,尤其是讲到一个十四等文官,措辞肆无忌惮,我奇怪检查官怎么会通过的,至于讲到商人,那就干脆说他们讹诈人民,纵容儿子闯祸,往贵族堆里爬。讲到新闻记者,也编了一首滑稽的讽刺歌:说他们喜欢骂倒一切,作者要求公众支援。作家们现在写的都是一些非常可笑的剧本。我爱到戏园里去。只要袋里还有一文钱,总忍不住不去。可是我们的同僚就有这样的蠢货:压根儿不上戏园,这些乡下佬;除非白送他戏票。有一个女戏子唱得可真棒。我想起了那个人儿……哎呀,下流……没什么,没什么……别说了。

---

① 鲁奇是当时时髦的裁缝。

十一月九日

我在八点钟到部里去。科长头也不抬,仿佛没有看见我进来。我也装作好像我们之间什么事情也没有发生似的。我披览并校正文稿。四点钟下班。走过部长的住宅,但一个人也没有看见。饭后,大部分的时间躺在床上。

十一月十一日

今天坐在我们部长的办公室里,给他削了二十三支鹅毛笔,给她呢,哎哟!哎哟……给小姐削了四支。他是喜欢笔筒里多插几支笔的。嘀!他该是一个了不起的人!老是沉默不语,可是我想,脑子里一定在深思熟虑。我真想知道他想得最多的是什么,脑子里在打些什么主意。我想更逼近地看看这些先生们的生活,一切这些双关语和繁文缛礼,他们在自己的圈子里怎样生活,做些什么——这才正是我想知道的!我好几次想跟大人攀谈攀谈,可是见鬼,舌头总不听使唤:只说了天气冷或者天气热,话就说不下去了。我想窥望一下客厅,——有时候你只能看到一扇打开的门，客厅那头还有另外一间房间。啊，陈设得多么富丽堂皇！什么样的镜子和瓷器啊！我想窥望一下小姐住的地方，我真想到那地方去啊！窥望一下她的闺房，看看摆在那儿的那许多瓶儿、罐儿，吹一口气就怕吹破的娇嫩的花，还有她脱掉的衣服，看来不像是衣服，倒更像一堆空气。我想窥望一下卧室……我想，那儿一定是一个不可思议的地方，一定是天堂，连天上也不会有的天堂。我想瞧瞧她起床后用来搁脚的那只踏脚凳，她怎样在白嫩的脚上穿上雪白的袜子……哎哟！哎哟！哎哟！没什么，没什么……别说了。

然而，今天我好像是看到了一线光明，我记起了我在涅瓦大街上听到的那两条狗的谈话。好吧，我心里想：我这就要打听出个水落石出。必须把这两条倒霉狗的通信弄到手才好。我从那里面一定会探听到一些什么的。我得承认，我有一回还把美琪叫到了跟前，说道："听我说，美琪，现在这儿没有外人，你要是不放心，我还可以把门关上，不叫任何人看见，你把你所知道的关于小姐的一切告诉我。她是个什么样的人？她在干些什么？我担保，我决不泄漏给任何人知道。"可是狡猾的狗，夹紧尾巴，缩做一团，悄悄地从门缝里溜掉了，好像什么也没有听见似的。我早就猜想，狗比人要聪明得多；我甚至相信狗会说话，不过她有一种拧脾气罢了。她是一个了不起的政治家：她注意一切，注意人的一举一动。不，无论如何，我明天要上兹维尔柯夫家里去，打听一下菲杰尔，要是事情顺利，我就可以把美琪写给她的全部信件弄到手里。

十一月十二日

我在午后两点钟出门，一定要找到菲杰尔，向她打听一下。我顶受不了卷心菜，它那股气味从小市民街所有一切的杂货铺里散发出来；再加上从每一家人家的门缝里流出这样一种地狱一样的恶臭，使我不得不捏紧鼻子，三脚两步地赶快跑开。还有那些低三下四的工人从工场里倒出来这么多的烟渣和煤灰，叫一个上等人简直没法在这一带溜达。我爬到第六层楼，摇了一下门铃，一个长得不算坏，脸上有一些小雀斑的小姑娘走了出来。我认出了她。就是那天跟老太婆一块走路的那一个。她稍微红了一下脸，我立刻恍然大悟：女大不中留，你在想姑爷哪。"您有什么事么？"她问我。"我需要跟您的小狗谈谈。"小姑娘怔得呆了！我一下子就看出来，她呆得可以！这时候狗吠着跑过来；我想一把抓住她，可是，这坏东西，差点没有咬掉我的鼻子。然而我看到犄角里有她的一个窠儿。哈，这正是我所需要的！我走过去，拨开木箱里的稻草，出乎我意外的高兴，抽出了一小捆小纸片。该死的狗，看到这样，先来咬我的小腿肚，后来嗅出我拿到了纸片，就开始唧唧哀鸣，亲昵我，可是我说："别给我来这一套，亲爱的，再见啦！"掉过头就跑开了。我想，那小姑娘一定把我当成疯子看待了，因为她显得非常惊慌。回到家里，我想立刻就来研究这些信件，因为我在蜡烛光下眼睛看不大清楚。可是玛夫拉想起要擦地板了。这些愚蠢的芬兰女人总是在不适当的时候死要干净。因此，我就出去蹓了一个弯，把这件奇遇前前后后揣摩一下。这一回我终于要把整个事件、计划，一切这些动机探听清楚，终于要挖个根儿。这些信件会把一切都向我说明的。狗是聪明的家伙，他们懂得一切政治关系，所以信里一定什么都记载着：这人的外貌和全部经历。信里一定也会讲到那个人儿……没什么，别说了！傍晚时分，我回到了家里。大部分的时间躺在床上。

十一月十三日

我们来瞧瞧这些信吧：信是写得流畅可读的。然而笔迹总有些狗腔狗调。我们念下去吧：

> 亲爱的菲杰尔！我总看不惯你这个小市民式的名字。难道就不能给你起一个好一些的吗？菲杰尔啦，罗莎啦——多么俗气，然而这一切都不用提啦。我很高兴我们决定今后常常通信。

信是写得一笔不苟。标点符号，甚至不常用的字母，都用得非常恰当。就是我们的科长也未必写得出，虽然他吹牛他在什么大学里读过书。再往下念吧：

> 我认为，分担别人的思想、感觉和印象，是世界上一种最大的幸福。

哼！这一点思想是从一部由德文译出的作品里摘引出来的。书名可不记得了。

> 我是根据经验说这话的，虽然我足不出户。难道我的生活过得还不满足吗？我的小姐，爸爸管她叫莎菲的，喜

欢得我要命。

哎呀，哎呀！……没什么，没什么。不说了！

爸爸也常常跑来亲昵我。我喝加上奶油的茶和咖啡。啊，**亲爱的**，我必须告诉你，我对于波尔康在厨房里抱着大嚼的早已啃光了肉的大骨头一点也不感兴趣。只有野禽的骨头才有味道，并且还须在没有吸骨髓的时候。把几种汁子混在一起，是很好吃的，但不要有老鼠瓜和蔬菜；我不知道再有比掷给狗吃面包搓成的小圆球更坏的习惯了。坐在桌上的一位先生，手里什么脏东西都捏过了，他就用这双手搓面包，把你叫到跟前，把小圆球塞到你的牙齿缝里。却之不恭，你就只能吃下去；厌恶，可是总得吃……

鬼知道这算是什么玩意儿！这些废话！仿佛没有更好的题目可以写似的。我们翻过另外一页来读吧。不知道是否可以读到一些更有价值的。

我乐意把我们家里发生的一切事报告给你听。我已经跟你谈起过一点这位主要的先生,就是莎菲管他叫爸爸的。这是一个古怪的人。

啊!终于找到了!是的;我知道的:他们对于一切事物有着政治家的眼光。我们且看爸爸是怎样一个人物:

……一个古怪的人。他老是沉默着。话说得非常少;可是一星期之前,他不断地自言自语:得到,还是得不到?一只手捏一张纸,另外一只手捏个空拳,说:得到,还是得不到?有一次,他向我发问:你怎么想呀,美琪?得到,还是得不到?我简直一点也弄不懂,嗅嗅他的靴子,就走掉了。后来,**亲爱的**,过了一星期,爸爸得意洋洋地回来了。整整一早晨,全是些穿制服的先生们来拜会他,向他道贺些什么。在饭桌上,爸爸那副高兴的劲儿是我从来没有看见过的,讲了许多笑话,饭后把我搂在他肩膀上,说道:"瞧呀,美琪,这是什么?"我看见一根带子①。我嗅了嗅它,可是一点香味也闻不出来;临了,偷偷地,我舐了一下:

---

① 指横挂在胸前的绶带、勋章一类的东西。

有点咸味儿。

哼！我觉得这条小狗未免太那个……简直该打！啊！那么，他原来是一个爱慕虚荣的人！这一点必须牢记在心里。

再见！*亲爱的*！我要走开了，诸如此类等等……明天再来写完这封信……你好！我现在又来跟你笔谈了。今天我的小姐莎菲……

啊？好吧，我们来看莎菲是一个怎样的人。哎呀，下流！……没什么，没什么……我们念下去。

……我的小姐莎菲心情十分不宁。她准备参加跳舞会去，我巴不得她快点走掉，我好当她不在的时候给你写信。我的莎菲老是喜欢去赴跳舞会，虽然她在梳妆打扮的时候，总要生一场闲气。*亲爱的*，我怎么也弄不明白，跳舞有什么开心。莎菲直要到早晨六点钟才跳完舞回家，我几乎总可以从她苍白消瘦的脸上看出来，人家在那边没有给可怜的孩子吃过东西。说实在话，这种日子我可是过不来。要是不给我吃鹌鹑汁子或者炖鸡翅膀,那……我不知道我将怎么活下去。把菜汁掺和在粥里,也是很好吃的。可是,红萝卜、白萝卜或者朝鲜蓟,就一点也不好吃……

完全牛头不对马嘴的文体。一眼就可以看出,不是出于人的手笔。开头很合章法,结束就有点狗腔狗调。我们再来看一封信吧。太长了一点。哼!并且也没有注明日期。

哎呀,亲爱的!春天的来临是多么可以令人感触到的呀!我的心跳动着,好像老是在等待什么人似的。我的耳畔老是嗡嗡作响。所以我常常举起一只脚,好几分钟伫立在那儿,倾听门外的声音。告诉你实话,有不少人追求我呢。我常常坐在窗台上观察他们。啊,你才不知道他们有的长得多么丑呢。有一条笨头笨脑的看家狗,蠢得不得了,一脸的蠢相,他大模大样地在街上走,自以为是个了不起的人物,大家都要停下来看他一眼。根本没有这回事!我就连正眼也不望他一下,就当没有瞧见他一样。还有一条多么可怕的猛犬逗留在我的窗前啊!他要是用后爪站起来,——蠢家伙大概是不会这一招的——他会比莎菲那个又高又胖的爸爸高出一个头来。这楞小子恐怕是顶不要脸的。我对他叽咕着,他却毫不在乎。眉毛也不皱一下!伸长舌头,搭拉着大耳朵,向窗口直眉瞪眼地望着——这样的一个乡下佬!可是,**亲爱的**,你以为我对于一切的追求都无动于衷么,——啊,才不呢……你还没有看见从隔壁篱笆缝里爬过来的那位骑士,他的名字叫特列索尔。啊,**亲爱的**,他有一张多么惹人爱的小脸蛋呀!

咄,见他的鬼!……简直胡说八道……怎么可以把这些蠢话写在信里?给我写点人物!我要看人;我要的是滋养并慰娱灵魂的养料;可是代替这些,看到的都是连篇废话……我们翻过一页来看吧,是否还有中听些的:

……莎菲坐在桌子旁边,在缝些什么。我望着窗外,因为我喜欢眺望来来往往的过路人。忽然仆人进来了,说道:"泰普洛夫请见!"——"请进来,"莎菲喊,一下子跑过来搂住了我,"啊,美琪,美琪,你知道他是谁:一个头发乌黑的漂亮小伙子,一位侍从官,他有一双多么吸引人的眼睛啊!又黑又亮,像一团火。"莎菲跑到自己房间里去了。过了一分钟,进来了一个长着黑色络腮胡子的年轻侍从官;他走到镜子前面,拢了拢头发,向四下里张望。我叽咕着,在老地方坐下来。莎菲不久也进来了,满面春风地弯腰行礼,来回答他的碰脚礼;而我呢,我装作什么都没有看见,继续望着窗外,不过把脑袋稍微向旁边歪着些,想听清楚他们说些什么。啊!亲爱的,他们讲些什么昏话啊!他们讲到一位太太在跳舞时本来应该跳一种姿势,结果跳成了另外一种姿势;又有一个波波夫打着个花领结,活像只仙鹤,差点没有摔倒在地上;一个李丁娜自以为有一双蓝眼睛,其实却是绿色的,——诸如此类的话。我心里想:这侍从官怎么比得上特列索尔呢!老天爷,差远去啦!第一,侍从官有一张大扁脸,四周全是络腮胡子,仿佛他用一块黑布把脸包了起来似的;特列索尔却有一张小瓜子脸,额上有一块白斑。特列索尔的腰身也不是侍从官所能比得上的。还有眼睛呀、风度呀、举动呀,全不一样。多大的差别啊!我不懂她看上了侍从官点什么。她怎么会被他迷住的?……

我也觉得这中间出了鬼。侍从官这样使她倾倒,是不可思

议的。再念下去:

> 我认为,她要是会爱上侍从官,那么,她也应该会爱上坐在爸爸办公室里的那个官。啊,**亲爱的**,你不知道这人长得多么丑。简直像一只装在麻袋里的乌龟……

这个官会是谁呢?

> 他的姓怪得很。他老是坐着削鹅毛笔。脑袋瓜上的头发像一把稻草。爸爸常常把他当仆人使唤……

我想这卑劣的狗好像是在讲我。我的头发怎么像一把稻草?

> 莎菲看到他就忍不住要笑。

你撒谎,可恶的狗!你敢这样血口喷人!莫非我不知道这是出于嫉妒,这是谁在玩手段。这全是科长玩的手段。这人和我有不共戴天之仇——所以他就破坏,破坏,每一步都要破坏我。然而我们再来读一封信吧。也许在这一封信里,真相会弄明白的。

  亲爱的菲杰尔,好久没有写信给你,乞谅。我正迷恋着呢。一个作家说得对,恋爱是人的第二生命。同时,此刻我们家里也发生了大的变动。侍从官每天上我们这儿来。莎菲爱得他要发疯。爸爸心里十分高兴。我甚至听到喜欢自言自语的擦地板的格利戈里说,不久就要办喜事啦;因为爸爸一定要莎菲嫁给一位将军,或者一位侍从官,或者一位陆军上校……

见他的鬼!我再也念不下去了……老是侍从官和将军。世界上一切最好的东西,都让侍从官或者将军霸占去了。你刚找到一点可怜的值钱的东西,满以为伸手就可以得到,——侍从官或者将军立刻就从你手里把它夺走。真是活见鬼!我也想当一下将军,倒不是为了便于求婚。不!我想当将军,为的是要看看这些人怎样在我面前摇头摆尾地讨好,玩出各种各样的繁文缛礼和双关语,然后我要对父女两个说:我向你们啐唾沫。活见鬼。真气人!我把这只愚蠢的狗的信扯了个粉碎。

十二月三日

这是不可能的。瞎扯淡！这门亲事决成不了！他是个侍从官，这算得了什么！爵位不过是爵位罢了；并不是什么眼睛看得见、伸手摸得着的东西。做了个侍从官，脑袋上又不会多生一只眼睛。他的鼻子又不是金子打的，跟我的一样，也跟任何人的一样；他用鼻子闻东西，却不是用来吃饭，用它打喷嚏，却不是用来咳嗽。我好几次想研究明白，为什么人要分成许多等级。我为什么是个九等文官，凭什么我是个九等文官？我也许是一位伯爵或者将军，不过外表看来是个九等文官？也许，我自己也不知道我是个什么。历史上是不乏先例的：原本是一个老百姓，不一定是贵族，只不过是一个小市民，甚至是一个农民——忽然却发现他实在是一位大臣，有时候甚至是皇上乔装改扮的。一个农民尚且这样变幻莫测，一个贵族更会变成什么样子呢？譬如说，平地一声雷，我会穿上将军的制服：右边一个肩章，左边一个肩章，横穿肩膀一条蓝带子——那时候该怎么着？我的美人儿会有什么表示？爸爸，我们的部长，会怎么说呢?这个极度爱慕虚荣的人啊!他是个共济会①会员,一定是个共济会会员,虽然他装模作样,可是我一眼就看出他是个共济会会员:他要是跟人握手,总是只伸出两个手指头的。难道不能立刻钦赐我总督、军需官或者什么别的官衔么?我想知道我为什么是个九等文官?为什么恰巧非是个九等文官不可?

十二月五日

我今天读了一早晨的报。西班牙发生了一些奇怪的事情。我简直猜不透到底是怎么一回事。报上写着,皇帝逊位了,官员们为了遴选继承人,陷于非常困难的状况,所以发生出叛乱来了。我觉得这是十分奇怪的。皇帝怎么可以逊位呢?据说一位女贵族应该继承帝位。女贵族可千万不能继承帝位。无论如何不行。继承帝位的应该是皇帝。人们说,皇帝没有。——没有皇帝,那可不行。国不可以一日无君呀。皇帝是有的,不过他躲藏在什么地方,大家不知道罢了。他也许就在国内,可是为了某种家庭的原因,或者因为受到邻邦例如法国或其他国家

---

① 一种秘密的宗教性组织,十八世纪产生于英国,后遍及世界各国。

的威胁，不得不躲藏起来，或者还有别的原因。

十二月八日

我本来早就要到部里去了，可是种种原因和顾虑阻止了我。我说什么也忘不掉西班牙的那一回事。女贵族怎么能够当皇上呢？这太不像话了。首先，英国就不会答应。其次，还有整个欧洲的政治形势：奥国皇帝啦，我们的圣上啦……我得承认，这些事变使我烦恼和震动到这步田地，一整天简直什么事也没干成。玛夫拉告诉我，我吃饭时心神非常恍惚。这是实在的，我茫然地摔了两只碟子，在地上砸了个粉碎。饭后我到山脚边去溜达。一点也得不出什么有益的结论来。大部分的时间躺在床上，考虑西班牙问题。

二〇〇〇年四月四十三日

今天是值得大大庆祝的一天！西班牙有了皇帝了。他被找到了。这皇帝就是我。直到今天我才明白过来。我得承认，我好像突然被一道闪电照亮了。我不懂以前怎么能够设想自己是一个九等文官。脑子里怎么会生出这种疯癫的想法？那时候没有人把我送到疯人院里去，总算是不幸中之大幸。现在，一切都明明白白地摆在我面前。现在，一切都了如指掌了。而在从前，我是不明白的，从前一切都像笼罩在雾里。我想，这都是因为人们设想脑子是在脑袋里；事实不然：脑子是被一阵风从里海那边吹来的。我首先告诉了玛夫拉我是个什么人。当她听说西班牙皇帝站在她面前的时候，她摆动双手，差点吓死过去。这蠢东西还从来没有看见过西班牙皇帝呢。然而我努力要使她安静下来，用温存的话谆谆相劝，要她相信我的好意，我决不因为她有时候给我皮靴擦得不亮而降罪于她。她可是一个无理可喻的俗物。这些人你不能跟他们宣谕高尚的道理。她害怕，是因为她相信所有西班牙皇帝都像菲利普二世一样。可是我告诉她，我跟腓力普丝毫没有相似之处，我手下没有一个托钵僧……我没有上部里去。滚他妈的！不，朋友们，你们别想再引我上钩；我再也不给你们抄写那些臭文稿了！

三十月八十六日。昼与夜之间。

我们的稽核员今天来通知我：要我到部里去，说我已经有三个多星期不上班了。我为了瞧热闹，就应邀前往。科长以为我要向他鞠躬、道歉，可是我冷冷地瞧着他，不太生气，也不太高兴，在自己的位子上坐下来，好像什么人也没有瞧见似的。我望着这群瘟官们，想："你们还不知道谁坐在你们的中间哪……老天爷，你们要是知道了，就会怎样地骚动起来，连科长都会向我鞠一百八十度的躬，正像他现在向部长鞠躬一样。"我面前放了几件文稿，要我摘由。可是我连手指也没有去碰一下。过了几分钟，人声鼎沸。大家在说部长来了。许多官员争先恐后地跑着，为了要在他面前表现自己。可是我一动也不动。当他走过我们科里的时候，大家把燕尾服上的纽扣扣起来；我可决不这样做！部长算个什么东西！要我在他面前站起来——休想！他是个什么部长？他是个塞子，不是部长。一个普通的塞子，一个平平常常的塞子，再不是别的什么。就是用来塞瓶子的软木塞。当他们拿文稿来叫我签字的时候，我好笑得要喷饭。他们以为我会在文稿的最末尾签字：某某股长。还会有什么别的呢！不料我却在应该部长签字的最显著的地位不慌不忙地涂了几个大字："费迪南八世。"这下子，大家都肃然沉默起来了；可是我只挥了挥手，说："卿家平身，你们用不着多礼！"说完，就走掉了。我打那儿直奔部长的住宅。他不在家。仆人想拦阻我，可是我说了几句话，他就把手放了下来。我一直跑到化妆室。她正坐在镜子前面，看见了我就跳起来，倒退了几步。然而我没有告诉她我是西班牙皇帝。我只对她说，她所想象不到的幸福正在等待着她，不管敌人千方百计陷害，有情人终要结成眷属。我不想再说别的什么，掉头就走掉了。女人真是狡猾的家伙啊！我现在才知道女人是怎样的东西。直到现在，从来还没有人知道，她爱的是谁：是我首先发现了这一点的。女人爱的是鬼。是的，我不是开玩笑。物理学家写了许多愚蠢的话，说她这样长，那样短，——其实她喜欢的只有鬼。那儿，你瞧，在第一层包厢里，她拿着有柄眼镜。你以为她在看那个戴星章的胖子么？才不呢，她在看站在他背后的鬼。鬼躲在胖子的星章里面。他在那儿向她招手！于是她死乞白赖就要嫁给他。就要嫁给他。这一大批人，他们做官的父亲们，这一大批吹牛拍马、趋炎附势的人，老说自己是爱国分子：其实他们要的就是地租，地租！为了钱，他们甘心出卖父亲、母亲、上帝，这些爱慕虚荣的家伙，出卖基督的人！这一切都是虚荣，虚荣是因为舌头下面有一个小水泡，小水泡里面有一条像针头大小的虫，而这一切，都是一个住在豌豆街的理发师安排的。我不记得他叫什么名字。可是这一切的幕后策动人是一个土耳其国王，他收买了理发师，想在全世界传播回教。据说，大部分法国人都已经相信穆罕默德的教义了。

不是某日的某日。没有日期的一天。

我在涅瓦大街上微服察访。皇帝陛下刚好在这条街上经过。大家脱帽致敬，我也跟着这样做；不过，我没有显示出我是个西班牙皇帝。我认为，当着众人说出我的身份，是失礼的；因为我首先应该进宫觐见。我直到现在还没有进宫去，只是因为我没有皇帝的制服。只要有一件斗篷也就可以了。我想到裁缝店里去定制一件，又怕裁缝全是些蠢驴，同时他们做活又不地道，尽想做投机买卖，一天到晚在铺石子路。我决心把一件只穿过两回的新制服拿来改做。可是为了不叫这些坏蛋把东西糟蹋起见，我决定自己来缝，把门关得严严的，不让任何人看见。我用剪刀把它完全裁开了，因为式样应该与众不同才好。

日期不记得。也没有月份。鬼知道是什么日子。

斗篷完全缝好了。当我穿上它的时候，玛夫拉大叫了起来。

然而我还踌躇着没有进宫去。直到现在,西班牙还没有派使节团来。不带几个使节同去是失礼的。我的威严就没有分量了。我每时每刻都在等待着他们。

一 日

他们的姗姗来迟使我很吃惊。什么原因叫他们耽搁下来的呢?是法国在捣鬼么?不错!这是一个最怀有恶意的强权国家。我上邮政局去打听了一下:西班牙使节们到了没有?可是邮政局长非常愚蠢,什么也不知道:不,他说,这儿没有什么西班牙使节,如果要寄信,我们可以照规定的价钱收费。——见他的鬼!信是什么?信是扯淡!药剂师才写信呢……

马德里,冬末月①三十日。

这样,我来到了西班牙,事情发生得这么快,我直到现在还没有清醒过来呢。今天一清早,西班牙使节们到我家里来,

---

① "冬末月"出自拉丁语,指2月。——编者注

我们就一起坐上了马车。那速度之快，使我觉得奇怪。我们走得这样神速，不到半个钟头就到达了西班牙国境。也难怪，现在整个欧洲都通了火车，并且轮船也是行驶得很快的。西班牙真是一个奇怪的国家：走进第一间房间，我就看到，许多人都剃光了头。然而我猜想，他们准是黑袍僧或者托钵僧之流，因为他们都是削发的。我觉得那位拉住我手的宰相举动非常古怪；他把我推到一间小房间里去，说："坐在这儿，你要是再称呼自己费迪南皇帝，我就要给你厉害瞧。"可是我知道这只是一种考验，我就不客气地拒绝了他，宰相因此就用棍子在我背脊上狠狠地打了两下，痛得我几乎要喊起来，可是我忍住了，想起这是天降大任之前的一种骑士风俗，因为在西班牙直到现在还流行着骑士风俗呢。当剩下我一个人的时候，我决定要视理国政。我发现中国和西班牙原来同是一国，只是因为愚昧无知，人们才把它们认作两个不同的国家。列位要是不信，我奉劝列位把西班牙写在纸上，结果就会变成中国的。可是，明天将要发生的一件大事情使我非常发愁。明天七点钟,将发生一种奇怪的现象：地球要坐到月亮上去。著名的英国化学家威灵顿也讲到过这一点。我得承认，当我想到月亮非常柔软而脆弱的时候，心里就烦乱不安起来。月亮普遍都是在汉堡做的；做得很不行。我纳闷儿英国为什么不注意到这件事。这是一个瘸腿的箍桶匠做的,这傻瓜显然不懂得月亮应该怎么做。他用了涂树脂的粗绳索和一部分树油;因此在整个地球上就发出这样一种古怪的臭味,使你不得不掩住鼻子。也因此,月亮才是一个柔软的球,人们不能住在那上面。现在住在那上面的只有鼻子。也正因为这样,所以我们自己看不见自己的鼻子,因为它们都到了月亮上面去了。当我想到地球是一个庞然大物,一屁股坐上去,会把我们的鼻子磨成粉碎的时候,我害怕极了,急急忙忙穿了袜和鞋子赶到国务院大厅去,下令军警别让地球坐到月亮上去。我在国务院大厅碰见的许多托钵僧,是非常聪明的人,我喊道:"先生们,快快救月亮,因为地球想坐到它上面去。"他们立刻就来执行我的圣旨,许多人爬到墙上,要去摘月亮,可是这时候,宰相进来了。大家一看见他,就一哄而散。我是皇帝,所以一个人留了下来。可是出乎我意料之外,宰相竟用棍子打我,把我赶到我的房间里去。民族风俗在西班牙发挥着这样大的力量啊!

同年接在二月之后的一月。

直到现在,我还是不懂西班牙是一个什么国度。民族风俗和宫廷的礼节都是非常特别的。我不明白，不明白，一点也不明白。今天他们把我剃光了头，不管我拼命地喊，说不愿意当和尚。可是我已经记不清，当他们用冷水浇我的头的时候，我遇到了一些什么事情。我还从来没有受过这样的活罪。我简直要发疯了，他们一时很难制止住我的脾气。我完全不明白这种古怪的风俗有什么意义。这是一种愚蠢的、蛮不讲理的风俗！我不懂皇帝们为什么这样糊涂，直到现在还不把它废除。瞧样子我恐怕会受到宗教裁判，而那个我把他当成宰相看待的人，没准儿是一位大审判官哩。可是我还是不明白，皇帝为什么要受宗教裁判。这一定是法国那边兴出来的，特别是波林尼雅克①！波林尼雅克这个畜生啊！他和我势不两立，一直到死。于是他一次两次地迫害我；可是我知道，朋友，你是被一个英国人操纵着的。英国人是大政治家。他到处甜言蜜语耍花招。全世界的人早就知道，英国闻鼻烟，法国就要打喷嚏。

二十五日

今天大审判官到我的房间里来，可是我远远地听见他的脚

---

① 波林尼雅克（1780—1874），法国政治家。

步声，就躲到椅子底下去了。他瞧见我不在，就开始叫我。开头他喊："波普里希恩！"——我不作声。后来又喊："亚克森齐·伊万诺夫！九等文官！贵族！"——我仍旧沉默。——"费迪南八世，西班牙皇帝！"——我想把头钻出去，可是后来一想：不，老弟，别来哄我！我知道你这一手；又该用冷水浇我的头了。可是他已经看见了我，就用棍子把我从椅子下面赶了出来。可恶的棍子打得我好痛。然而，今天的一个新发现把这一切痛楚都给我补偿了：我发现每一只雄鸡身上都有一个西班牙，那是在它的翅膀下面。大审判官悻悻然地从我身边走开了，威胁说要给我惩罚。可是我完全蔑视他的无力的仇恨，知道他不过是一架机器，不过是英国人手里的工具罢了。

年百月三十日四，二月三百四十九。

不，我再也没有力量忍受下去了。天哪！他们怎样地对待我！他们用冷水浇我的头！他们不关心我，不看我，也不听我说话。我哪一点对不起他们？他们干吗要折磨我？他们要我这可怜虫怎么样？我能够给他们什么？我什么也没有呀。我精疲力尽，再也受不了他们这些折磨，我的脑袋发烧，一切东西都在我眼前打转。救救我吧！把我带走；给我一辆快得像旋风一样的雪橇。开车呀，我的驭者，响起来呀，我的铃铎，飞奔呀，马，带我离开这世界！再远些，再远些，我什么都不要看见。天幕在我眼前回旋；星星在远处闪烁；森林连同黑黝黝的树木和新月一起疾驰；灰蓝色的雾铺呈在脚下；雾里有弦索在响；一边是大海，另外一边是意大利；那边又现出俄国的茅舍。远处发蓝色的是不是我的家？坐在窗前的是不是我的老娘？妈呀，救救你可怜的孩子吧！把眼泪滴在他热病的头上！瞧他们是怎样地折磨他啊！把可怜的孤儿搂在你的怀里吧！这世上没有他安身的地方！大家迫害他！——妈呀！可怜可怜患病的孩子吧！……

知道不知道在阿尔及利亚知事的鼻子下面长着一个瘤？

罗马：片断

当闪电穿过像煤块一般黑的乌云，发出泛滥的光辉，令人眼花地颤动起来的时候，试对那闪电瞧上一眼吧。阿尔邦诺①女子安农齐亚达的一双眼睛便是这样的。她身上的一切都使人想起古罗马时代，那个大理石生趣盎然，雕刻刀灿烂放光的时代。浓树胶般的黑发编做两圈肥大的辫子，盘在头上，拖下来四绺长长的鬈发，披散在颈脖上。不管她把莹洁如雪的脸转到哪一边，她的姿影总是深印在人们的心里。如果给你看到的是侧影，那侧影也充满着不可思议的雍容华贵的气派，显露出画家描摹不出的线条美来。当她把秀发向上梳起的后脑勺转过来，给人看到她的莹洁的脖子和人间少有的背部的美的时候，她也有着不可思议的魅力。可是最有魅人的是当她直对你的眼睛望着，发出冷若冰霜的光辉，使你喘不过气来的时候。她的响亮的声音像铜一样。随便多么灵巧的豹子，在动作的敏捷、泼辣

---

① 又译作奥巴诺。——编者注

和威严上，都比不上她。她身上的一切，从肩膀一直到古典美的脚，一直到最后一个脚指头，都是创造的王冠。不管她走到哪儿，哪儿就成了一幅出色的图画：如果在薄暮时分，头上顶着一只包铜皮的缸，赶到喷泉旁边去——她周围的一切就会渗透着一种不可思议的谐和：阿尔邦诺群山的美妙的轮廓更加轻淡地隐没在远方，罗马天空的深处更加显得澄蓝，丝杉更加笔直地耸入云雾，南方树木中的美女——罗马的凤梨树更加美妙、更加清晰地在天空里显出它伞形的、几乎像要消融在大气中似的树梢。在喷泉旁边，一群阿尔邦诺女人攒聚在大理石的台阶上，一个比一个站得高些，互相用嘹亮的银铃样的嗓子应答着，泉水画出潺潺作响的金刚钻似的弧线，轮流敲打在一只只凑上去的铜盆上——这一切，不管泉水也好，人群也好，都仿佛只是为了更清楚地衬托她的庄重美貌，让大家看到她在引导着一切，正像女皇引导一群侍从大臣一样。到了过节的日子，从阿尔邦诺通往卡斯泰尔—冈多尔福的暗沉的木头走廊上挤满了节日盛装的群众；平民出身的纨绔子弟们，穿着天鹅绒的衣服，束着五颜六色的带子，鸭绒毛帽子上插一朵金花，在走廊的阴暗的拱形圆顶下面隐灭闪现；半闭着眼的驴马，背上美妙如画地载着体格匀称的、健壮的阿尔邦诺和弗拉斯卡蒂女人，徐行或是疾驰而过，她们雪白的头饰老远的在发亮；也有驴马一颠一拐地走着，一点也不美妙地载着一个穿豌豆绿防水橡胶雨衣的、呆板不动的高个子英国人，他把双腿缩成一个锐角，免得触着地上，再不然是载着一个穿工作服的画家，皮带上挂着画具箱，长着漂亮的凡·戴克式胡子，影子和阳光交替地落在这一群人身上，——即使在这样的节日，有了她，也远比没有她在场更要有意思得多。即使躲在木头走廊的深处，满身发光的她也会从暗沉沉的昏黑中暴露出来，吸引人家的注意。她的阿尔邦诺装束的绛红色呢子，像被阳光射着的乌煤似的晶晶发亮。奇妙的节日好像从她脸上飞出来欢迎大家似的。人们一遇见她，就都呆若木鸡地站住了：帽子上插一朵金花的平民出身的纨绔子弟情不自禁地发出惊叹之声；穿豌豆绿雨衣的英国人在他漠然无情的脸上画出一个疑问号；长着凡·戴克式胡子的画家比谁都更长久地老站在一个地方，想道："这才是狄亚娜[①]、骄傲的朱诺[②]、迷人的美神和画布上能画出的一切女性的最好的模特儿哪！"同时又大胆妄想：要是能有这样的妙人一辈子装饰他那间寒酸的画室，该是多么幸福啊！

---

① 月亮女神。
② 主宰婚姻和生产的女神。

可是,谁在目不转睛地望着她呢?谁在注意她的每一句话、每一个动作、脸上每一个思想的闪动呢?这是一个二十五岁的青年,罗马一位名门出身的公爵,他家从前赢得过中世纪的名誉、夸耀和恶名,如今荒废破败,只剩下了一幢豪华的王府,府里满是圭尔奇诺和卡拉奇的湿壁画[1],此外只有昏暗的画廊、褪色的绫绢、天蓝色的食桌和一个白发苍苍的*管家*[2]。人们最近才看见他出现在罗马街头,一双乌黑的眼睛从披在肩上的斗篷里发出炯炯的光彩来;他有古典美线条的鼻子、象牙白的前额和披散在前额的飘荡的丝一般的鬈发。他在阔别十五年以后重新又来到罗马,不久以前还是个孩子,回来时已经是一个仪表非凡的青年了。

可是,读者一定想知道这中间的全部经过,所以让我们赶快来简单地交代一下他的虽然年轻但已经充满许多强烈印象的生活史吧。他最早的童年是在罗马度过的;他受了苟延残喘的罗马破落户贵族子弟惯常受的教育。家里给他延请了一位神父。又算是老师,又算是家庭教师,又算是看护人,

---

[1] 壁泥没有干时用水彩作画于壁上的一种画法。圭尔奇诺(1591—1666)和卡拉奇(1560—1609)均为画湿壁画的名手。
[2] 本篇小说中的楷体字在原著中均为意大利文,以下不再一一标注。——编者注

什么都是。这人是严格的古典派信徒，崇拜毕埃特罗·贝姆波①的书简，乔范尼·特拉·卡萨②的作品和但丁的五六首诗，他在读这些东西的时候，忍不住总要发出热烈的赞叹："老天爷，多么神妙的东西！"读了两行之后又说："鬼，多么神妙的东西！"这几乎就是他全部艺术方面的评价和批评。此外，他就谈到洋白菜和朝鲜蓟上去了，这是他最喜爱的话题；他知道小牛肉什么时候最好吃，哪一月份起该吃小羊肉，等等；当他在街上遇见了他的朋友，另外一个神父的时候，就喜欢谈到这一切；他先在黑丝袜里填一双羊毛袜，然后非常巧妙地把胖滚滚的小腿肚穿在黑丝袜里；他按月用咖啡杯盛了蓖麻油药剂清洗一次胃肠，让身体一天天发福起来，像所有的神父一样。自然，年轻的公爵在这种管教下，得到的知识是很有限的。他只知道拉丁文乃意大利文之父，主教有三种——第一种穿黑袜子，第二种穿淡紫袜子，第三种几乎就是红衣主教那种身份的人；略微知道几封毕埃特罗·贝姆波写给当时红衣主教们的信，大部分都是贺信；很熟悉陪神父一块去

---

① 毕埃特罗·贝姆波（1470—1547），文艺复兴时期的大学者。
② 乔范尼·特拉·卡萨（1503—1556），意大利作家。

散步的那条柯尔梭街①,波尔吉赛别墅②,两三家神父在那儿购买纸张、鹅毛笔和鼻烟的商店,神父购买蓖麻油药剂的那家药铺。这就把这个学生的全部知识包括尽了。讲到别的国家,神父只用含混的、模棱两可的几句话随便提到一下,例如说:有一个地方叫法国,很富饶;英国人是精明强干的商人,喜欢骑马;德国人是酒鬼;北方有个野蛮的国家叫莫斯科维亚,那儿的天气奇冷,脑袋都会冻得裂开。要不是老公爵忽然想起放弃陈旧的教育法,让儿子受点欧洲教养的话,那么,这个学生年纪纵然到了二十五岁,知识也决不会超过这些的,这件事一部分得归功于一位法国太太的影响,因为老公爵那时在所有的戏院和游乐场里,总是一边用有柄眼镜照着这位法国太太,一边把下巴颏埋在白蝴蝶领结里,时时抚弄假发上的黑鬈发。结果,年轻的公爵就被送到鲁卡去进大学了。他在那边读了六年,过去在神父枯燥的监视下昏昏入睡的泼辣的意大利灵魂蓦地伸展开来了。年轻人显出了迫切求知的心情和观察人生的智力。在意大利的大学里,科学披着干巴巴的玄学派外衣,早已名存实亡,不能使青年感到满足,他

---

① 当时罗马最热闹的通衢大道。又译作科索大街。
② 波尔吉赛别墅以收藏古代艺术品驰名。又译作博盖赛别墅。

们已经偶或听到了一些越过阿尔卑斯山传来的关于科学的生动有趣的消息。法国的影响在意大利北部渐渐变得显著起来：它是随着时装、小插画、通俗笑剧以及怪诞、热情、但不乏天才闪光的奔放不羁的法国诗歌一起传到那边去的。七月革命①以后在杂志上展开的强大的政治运动也在这里得到了反响。人们梦想着重振往日意大利的荣誉，用愤怒的眼光望着奥地利士兵的可恨的白军服。可是，喜爱恬静闲适的意大利天性，不会引发一场会引起法国人注意的冲突；结果，只引起了想到阿尔卑斯山彼方去，想到真正的欧洲走一趟的一种不可克制的愿望罢了。欧洲的永不休止的运动和光辉在远处诱人地闪耀着。那儿有新奇的东西，跟衰老的意大利对立的东西，那儿开始了十九世纪，开始了欧洲式的生活。年轻的公爵渴望冒险和社交，一颗心强烈地被吸引了过去，可是当他一想到这件事完全不可能办到的时候，沉重的悲痛就在他心里投下了暗影：他很清楚老公爵顽强不屈的暴躁脾气，这人是很难伺候的，可是，他忽然接到老公爵的一封信，叫他到巴黎去，在那边的大学里再求深造，暂时先在鲁卡耽搁一

---

① 系指1830年法国革命。

下，等叔父一到就一块儿动身。年轻的公爵高兴得手舞足蹈起来，吻遍了所有的朋友，请大家在城外饭馆里吃了一顿饭，过了两星期，他就怀着准备用喜悦的感激去迎接一切事物的一颗心登上了旅途。过了辛普伦，一个愉快的念头浮起在脑海：他来到了另外的一边，来到了欧洲！层峦叠嶂的瑞士的山岭，使他看惯意大利大自然崇高平静的柔和之美的眼睛感到有点森森逼人。可是，他一眼看到许多欧洲城市，华美的、明亮的旅馆，使每一个旅客感到宾至如归的设备，他的胸襟就为之一畅。过分的清洁、光彩——这一切对于他都是新鲜的。在德国的城市里，德国人那种失掉均匀之美的古怪的身材有点使他吃惊，而一个意大利人是天生对于均匀之美有着感受力的；德国话也使他的音乐性的耳朵听了觉得怪不舒服。可是，眼前已经来到了法国国境，他的一颗心悸动了起来。欧洲时髦语言的飘逸多姿的声音，爱抚着、吻着他的耳朵。他怀着隐隐的满足之情倾听一种滑溜的柔音，还在意大利的时候他就觉得这种柔音是非常高超的，完全没有那种伴随着不知道节制的南方民族的强烈语言而来的痉挛性的东西。使他印象特别深刻的是一种别有风度的女人——轻快的，飘逸多姿的。这种仿佛一吹就要消散似的生物，有着淡雅的姿容，纤巧的脚，苗条轻盈的身材，脉脉含情的燃烧的眸子，欲语又止的、优美的言辞，简直使他惊奇极了。他不耐烦地期望着巴黎，给它添上一些尖塔呀，王府呀，在心里想象着它的种种光景，终于激动地看到了走近京城的标志：张贴在墙上的广告，巨大的字母，越来越多的长途马车，大马车……终于眼前晃过了郊外的人家。于是他来到了巴黎，头绪纷乱地被它的怪异的外表包围着，看到街上的运动和光辉，不整齐的屋顶，林立的烟囱，一大堆毫无建筑美的、开设着光怪陆离的各种商店的房屋，丑陋不堪的、赤裸的、四面不挨边的侧墙，画在墙上、窗上、屋顶上、甚至烟囱上的数不尽的混杂的金字，用大块玻璃构成的辉煌透明的底层房子，他惊奇得呆住了。这便是巴黎——永远的骚动的喷火口！喷射出新奇事物、文明、时髦风气、高雅口味以及反对者也无法抗拒的浅薄但却强有力的法则的喷泉！手艺、艺术以及隐藏在欧洲冷僻角落里的每一个天才所能产生出来的一切东西的展览会！二十岁青年的心弦的战栗与亲切的梦想！欧洲的交易所和市场！他心神不定，茫茫然地走在街上。街上到处挤满各式各样的人，还有来来往往不断的车辆。他一会儿看到闪耀着从未见过的豪华装潢的咖啡馆；一会儿看到著名的搭着篷盖的摊贩，那儿密密层层攒动着一大堆年轻人，扬起成千双脚的轰轰然的脚步声，使他震耳欲聋，从玻璃天棚漏进回廊里来的光线照亮两旁的商店，耀出闪动的光辉，又使他眼花缭乱；他一会儿伫立在五光十色映入眼帘里来的成千上万的广告前面，这些广告宣布着每天的二十四场演出和无数的音乐会；最后，暮色降临了，这整个魔术似的一大堆东西在魔术似的瓦斯灯光下蓦地一亮，他就完全张皇失措了——所有的房子忽然都变得透明起来，从下面把强度的光反射到天空；商店的橱窗和玻璃仿佛消失了，不翼而飞了，室内的一切发着亮，反映在镜子里，毫无保障地暴露在街道当中。"*但这是神妙的东西！*"精神抖擞的意大利人重复着说。

他的生活，像许多巴黎人和成群年轻的外国人一样，过得非常活跃。早晨九点钟，从床上一骨碌爬起来，他就坐在漂亮的咖啡馆里了，这家咖啡馆有着嵌在玻璃后面的湿壁画，涂金的天花板，备有厚厚的杂志和报纸，派头十足的侍仆手里拿着漂亮的银咖啡壶，在客人身边穿梭似的走过。他怀着逸乐之徒的享受心情用大杯子喝着浓咖啡，一边舒适地坐在有伸缩性、有弹性的沙发上，回想起那些低矮的、阴暗的意大利咖啡馆和满身污秽、手里捧着没有洗干净的玻璃杯的侍仆们。然后,他开始阅读大型报纸,于是就想起《罗马日报》《海盗报》之类单薄的意大利小报,上面专门登载一些无足轻重的政治新闻以及关于泰尔莫比尔①和波斯王达里亚的趣闻逸事。在这儿,情形恰巧相反,到处都可以读到情思激荡的文章。问题对问题,反驳对反驳——仿佛每一个人都使出全副力气来摆开一个阵势似的:有人威胁说,不久局势就要大变,国家即将崩坏;几乎议会和内阁中每一个轻微的运动都在敌对党派之间引起巨大的骚动,接着就在杂志上发出近乎绝望的叫喊。意大利人读了这些东西,觉得明天就要爆发革命,于是在一阵迷茫中走出了文学的书斋,这时候,只有巴黎和它的街道才能把重压之感暂时从他的头脑里赶走。阅读了这些沉闷的书报之后,街上耀眼的光辉和五光十色的运动,显得好像是点缀在幽谷中的娇嫩的花朵一样。一刹那间,他的心情完全转移到街上来了,在各方面都变得跟所有看热闹的人一模一样。他在那些刚届妙龄的、活泼的、轻巧的女店员面前站住了,所有的巴黎的商店都充满着这些女店员,仿佛男

---

① 泰尔莫比尔是希腊的一处隘口。又译作温泉关。

人的粗糙的外表有失观瞻，会像粘在光滑的玻璃上面的污点似的。他瞧着用各种胰子洗过的、好修饰的、纤巧的手怎样诱人地辉耀着，折叠着包糖果的纸，一边把眼睛明亮地、专注地凝视在过路人的身上，另外一个地方又有一个金黄头发的脑袋怎样美妙如画地招倒着，把长睫毛垂落在流行小说上面，没有注意身边已经招引了一大堆年轻人，正在端详她娇嫩的、雪白的颈脖和她头上的每一根头发，窃听她随着看书起伏的胸脯的搏动。他逗留在书店前面，看见象皮纸①上像蜘蛛似的涂着一些黑色的小插画，这是用洒脱的笔触漫不经心地画下来的，因此有时竟看不清上面画些什么，古怪的文字看来像是象形文字一样。他又逗留在一架机器前面，光是这架机器就把整间店面占满了，它在玻璃窗后面转动着一只磨巧克力糖的巨大的滚筒。他逗留在各式各样的商店前面，那些地方总有许多巴黎的口腹之徒，双手插在口袋里，张着嘴，一站就是几小时，绿叶中包着巨大的海虾，衬托出鲜红的色泽，塞满松露的火鸡上标着简单的说明——"三百法郎"，黄色和红色的鲜鱼在玻璃缸里用金色的鳍和尾巴游动着。他也逗留在

---

① 一种画图用的纸。又称厚光纸。

横穿狭窄的巴黎的几条广阔壮伟的林荫路上，闹市中心耸立着六层楼房那么高的大树，两旁沥青人行道上挤满着成群的观光的客人和小说里经常被描写得不很恰当的巴黎当地的年轻哥们儿。他逛够了之后就到饭馆里去，在那儿，玻璃墙早已被瓦斯灯照得通明，反映出数不尽的绅士淑女在大厅各处小桌子旁边促膝谈心。饭后，他赶到戏院里去，只是不知道到哪一家去才好！每一家都有自己的叫座力，每一家都有自己的作家、自己的演员。到处都是新鲜引人的东西。有的戏院上演着像法国人一样活泼轻松的通俗笑剧，每天更换新节目，只花三分钟空闲时间就能编写一本，由于演员随便临时逗乐，从头到尾充满着笑料；有的戏院上演着热烈的正剧。——于是他不由自主地想起意大利的枯燥的、单调的戏剧，若不是重复家喻户晓的老头儿哥尔多尼①的作品，就准是演出一些天真幼稚得连小孩子都觉得淡而无味的新的喜剧；他把那些单调的东西拿来跟巴黎大批生动活泼的戏剧比较，——在这儿，一切都是"打铁趁热"的，每一个人都只担心别失掉了新奇之趣。他笑够了，激动够了，瞧够了，身心疲倦，被

---

① 哥尔多尼（1707—1793），著名的意大利戏剧家。

许多印象压倒着，回到家里，一歪身倒在床上，——大家知道，一个法国人在房间里就只需要一张床，因为他办公、吃饭、晚间点灯做一点事，都是利用公众场所的。可是，公爵没有忘记把他迫切追求的知识跟多方面的游览结合起来。他去听了所有著名教授的演讲。口若悬河的教授的生动的、常常是热狂的言辞，新的观点与立场，完全是意大利青年意想不到的。他觉得好像一块障眼布从眼睛上去掉了，过去被他忽视的事物用另外一种鲜明的本相出现在他的眼前，大多数人会觉得毫无用处而任其自生自灭的一大堆知识，现在用另外一种眼光看来，永远在他心里留下了不可磨灭的印象。他也从来不错过机会，去听著名的传道士、政论家、演说家等等的演讲，参加室内辩论会以及一切巴黎在欧洲掀起骚动来的东西。虽然他并不时常有钱，老公爵不把他当作一个公爵，却把他当作一个大学生，汇给他仅有的一点生活费，可是他仍旧能抓住机会到处走走，设法去接近欧洲报纸竞相宣传的名流，甚至还结交一些年轻的作家，他们用奇怪的作品以及其他东西使他热情如焚的年轻心灵受到激动，并且在这些作品里可以听见过去从未触动过的弦索，从未捉摸到的隐微曲折的情感。总之，意大利人的生活获得了广阔的、多方面的幅度，被欧洲活动的巨大光辉包围住了。同一天里有着多种不同的经历：无忧无虑的游览和不安的心的觉醒，轻快的眼睛的劳动和紧张的智力的劳动，戏院里的通俗笑剧，教堂里的传道士，杂志上和议会中的政治旋风，讲堂里的鼓掌，音乐学院里管弦乐的震撼的声音，狂舞的梦幻般的闪光，街道生活的噪音——对于二十岁的青年说来，这是多么丰富的生活啊！没有比巴黎更好的地方；他说什么也不肯把这种生活去调换别的东西。生活在欧洲的心脏，是多么高兴，多么愉快啊！在这儿，你一边走一边就会觉得自己升高了，就会觉得自己是伟大的世界大家庭中的一员。他甚至想到要永远离开意大利，永远留居在巴黎。现在在他看来，意大利是生命与运动都濒于衰微的、黑暗的、发霉的欧洲的一角。

这样过掉了他生命中如火如荼的四个年头——这四个年头对于一个青年是意义深远的，在这四个年头的结尾，他已经觉得许多事情都跟先前大不相同了。他对于许多事情感到了失望。永远吸引着外国人的这同一个巴黎，巴黎人的永久的热情，他现在都觉得远不如先前了。他看到，多方面的活跃的巴黎生活怎样毫无结果，不带来一点精神的成果就消失了。他现在在巴黎生活的永远沸腾的活动中看到了古怪的平静无为。这是一个光说不做的可怕的国家。他看到每一个法国人怎样专靠发热的头脑来工作；卷帙繁多的杂志的阅读怎样吞没了一整天，再没有时间留下给实际的生活；每一个法国人怎样被书本上的、铅字上的政治旋风培养起来，还不熟悉自己出身的阶层，也不知道自己的权利和关系，就参加了某一个党派，热烈地关怀一切利害得失，无情地打击敌人，虽然无论对于自己的利益或者敌人的利益都还完全弄不清楚……终于一提到政治这个字，就使意大利人厌烦透了。

在商业和灵智的运动中，到处他只看到紧张的追逐新奇的努力与渴望。人们不惜采取任何手段，要占另外一个人的上风，即使一会儿也好。商人把全部资本用来装潢店面，为的是用光辉和华丽招徕顾客。出版业拼命注重插图和印刷上的美观，企图用这些东西来唤起日趋冷淡的注意。长短篇小说都竭力想靠闻所未闻的离奇古怪的情欲以及人类天性的例外的畸形丑态吸引读者。一切似乎都在死不要脸地纠缠着，不管人家要不要，一个劲儿央求着，像夜里在街上拉客人的妓女一样；一切都好像是一群讨厌的乞丐似的，一个抢在另外一个前面，高举着手。就说是科学吧，在他不否认也有优点的令人振奋的演讲中，他现在到处也只看到一种炫耀、吹牛、出风头的愿望；到处都是辉煌的插曲，却没有庄严的、宏伟的整体。到处都可以看到一种企图，想把过去未被注意的事实揭举出来，有时甚至不惜牺牲整体的谐和来造成巨大的影响，只要自己享受到发明的光荣就行；最后，到处都可以看到勇敢的自信，却丝毫也看不到承认自己无知的谦虚的自责，——于是他想起了意大利人亚尔斐理①的一首诗，他刻毒地责备法国人道：

　　无所不为，一无所知，

　　无所不知，一无所为。

　　轻佻的家伙是法国佬，

　　你给他越多，他还你越少。

忧闷的心情占有了他。他想散散心，想跟他所敬重的人接近接近，但都没有用，意大利人的天性总跟法国脾气合不来。朋友很容易交上，可是不到一天工夫，法国人就把自己最后的一点特征表露无遗，第二天对他就再没有什么东西需要知道了，不能更进一步去挖掘法国人的灵魂，思想不能再往深里发展；

---

① 亚尔斐理（1749—1803），意大利戏剧家。又译作阿尔菲耶里。

可是意大利人的感情却非常强烈，他不可能在轻快的天性里得到充分的满足。他甚至在他不得不尊敬的人们的心里也看到了一种奇妙的空虚。最后他发现，不管有着这么许多光辉的特色，高尚的冲动，骑士风的气质，整个民族却是苍白的、不完美的，正像这民族产生出来的轻松的通俗笑剧一样。这儿没有宏大的庄严的观念。到处只有思想的影子，却没有思想；到处只有类似热情的东西，却没有热情；一切都不彻底，一切都是用粗针线缝上，用寥寥几笔画上的；整个民族是一幅光辉的小插画，却不是一幅出诸名家手笔的大画。

不知道是突然袭上他心头的忧郁在作怪呢，还是由于意大利人的真诚、纯洁的感觉，总之，不久他就改变了从前的看法，充满光辉和喧嚣的巴黎变成了一片不可忍受的荒漠，他不由自主地总要躲到辽远边僻的地方去。他只是有时还去看一下意大利的歌剧，只有在那儿他的灵魂才能得到休息，祖国语言现在在他听来显得更加强大而丰满。早已忘掉的意大利，现在又常常在远处，笼罩在一层诱人的光彩里，向他招手；祖国的召唤一天一天越来越响亮，他终于下了决心写信给父亲，要求准许他回罗马，并且说，继续留在巴黎对他一点好处也没有。足足两个月，他没有接到一个字的答复，甚至连早应该收到的向例的汇票也不寄来了。他起先焦急地等待着，知道父亲有任性的脾气；最后，他不禁被不安的心情占据住了。他一星期去找自己的银行家好几趟，可是每趟总是得到同一个答复，回说罗马方面没有任何消息。他的一颗心快要坠入绝望的深渊。生活费早已完全断绝接济，他已经向那位银行家设法通融了一些款子，可是连这点钱也早就花光了，他早已赊着账过日子，勉强混个温饱；大家开始用鄙夷不屑的、厌烦的眼光看他——就连一个朋友的消息也得不到。他这时候强烈地感到了自己的孤独。在不安的期待中，他在这个叫人讨厌死了的城市里蹀躞徘徊。在夏天，这个城市叫他更难忍受：所有的观光客人都到矿泉地，到欧洲的大旅馆去了，登上旅途了。在一切东西上面都可以看到空虚的幻影。巴黎的房屋和街道真叫人受不住，花园堵塞在被太阳烧烤着的一排排房屋中间，发出致命的暑热。他心灰意懒地伫立在塞纳河畔，在笨重的桥上，闷热的河岸上，徒然想眺望什么，借此忘情一下；无限的忧愁吞噬着他，无名的虫子咬着他的心。终于命运对他大发慈悲——有一天，银行家交给了他一封信。那是他叔父寄来的，告诉他老公爵已经下世去了，叫他快回去处理遗产，这件事非要他亲自到场不可，因为账目紊乱得很。信里附带寄来了少数现款，勉强只够路费和还清四分之一的债务。年轻的公爵不想再多耽搁，请银行家把债期延缓了一些日子，就在急行马车上占据一个位置出发了。当巴黎隐没不见了，田野里的新鲜空气吹到他脸上的时候，他觉得好像从心上搬掉了一块大石头。过了两昼夜，他已经到了马赛，他连一刻钟也不想休息，当天晚上就上了轮船。他对地中海特别感到亲热，因为它冲洗着祖国的海岸，他一直眺望着地中海无边无际的浪涛，心里觉得痛快极了。他看到第一座意大利城市时，那种心情是笔墨难以形容的——这是壮丽的热那亚啊！当轮船靠近码头的时候，它的色彩绚烂的钟楼，白色和黑色大理石砌成的条纹花样的教堂，以及突然从各方面把他包围起来的附有许多尖塔的圆形剧场，都加倍美丽地耸立在他的面前。他从来没有到过热那亚。辉映在蔚蓝色天空里的五光十色的房屋、教堂和宫殿，是世间无双的。他走上岸来，忽然踅入黑黢黢的、古怪的、狭窄的、铺着石板的小巷，抬头只望得见一线青天。高房子中间的狭窄的街道，车辆绝迹的悄静，三角形的小广场，像狭廊似的贯通在广场之间的满是热那亚金银细工店的迂回曲折的巷子，使他觉得非常惊奇。女人们被温暖的熏风微微吹动的美丽如画的花边面纱；她们的坚定的步伐，街上响亮的谈话声；教堂的敞开的门扉，打那儿送出来的熏香，——

这一切，在他都觉得是一种辽远的、早已逝去的东西。他想起他已经有许多年不上教堂了，教堂在他到过的那些欧洲智慧的国家里早已失掉了它的纯洁的、崇高的意义。他悄悄地走进去，默无声息地跪倒在壮丽的大理石圆柱旁边，祷告了好一会儿，自己也不知道为什么要这样做，——他祷告说：意大利接待了他，他有一种要祷告的愿望，他心里非常快乐等等，而这显然是最好的祷告。总之，他把热那亚作为一个美好的驿站深印在自己的心里，因为他把热那亚认作意大利的最初的接吻。他怀着同样明朗的心情看见了里伏尔诺、荒凉的比萨、他从前稍微有点熟悉的佛罗伦萨。大礼拜堂的笨重的多面体的圆屋顶、富有庄严的建筑风格的黝黑的宫殿，以及小城市的严肃的仪容，庄严地对他凝望着。然后，怀着同样明朗的心情，越过了亚平宁山脉。最后，经过六天的旅程之后，在晴朗的远方，在纯净的天空里出现了画着奇妙的半圆弧线的圆屋顶①的时候——哦！……他心头是怎样地百感交集啊！他说不出是一股什么滋味；他仔细端详着每一个小丘、每一处斜坡。最后，他眼前出现了罗马的大门米尔维奥大桥，围抱着顶顶美丽的广场人民广

---

① 指罗马的圣彼得教堂。

场，侧品丘山同着它的假山、石阶、石像、在山顶游览的人们一起向他招手。老天爷！他的一颗心跳得多么厉害啊！出租马车驶过柯尔梭街，那就是他跟神父一起到过的地方，当年他还是一个纯洁的、天真烂漫的孩子，只知道拉丁文为意大利文之父。所有的房屋又都出现在他的眼前，都是他心上非常熟悉的：**鲁斯波利宫酒店同着它的巨大的咖啡馆，科隆那广场，斯查拉宫殿，多利亚宫殿**；最后，他踅入一条被外国人骂不绝口的小巷，一条人迹罕至的小巷，那儿偶尔才碰得到一家门上画着百合花纹的理发店，一家门口挂起宽边的红衣主教帽子的帽子店，或者一家在街心干活儿的藤椅店。最后，马车在一幢布拉曼特①风格的富丽堂皇的王府前面停下了。在赤裸裸的未经打扫的门厅里，一个人影儿也没有。老态龙钟的"管家"在楼梯口迎接了他，因为看门人照例挂着拐棍上咖啡馆去打发他的日子去了。老头儿赶快打开了百叶窗，几间古色古香的庄严华瞻的大厅慢慢地亮了起来。一种忧郁的感情占有了他，——这种感情是每一个离家数载一旦归来的人都能感受到的，那时候所有的一切似乎都显得更古老、更空虚了，每一样儿时熟悉的东西都

---

① 布拉曼特（1444—1514），文艺复兴时期的意大利建筑家。

在诉说着悲伤的经历，愉快的回忆越多，就越是给他心里带来致命的惆怅。他走过一连串毗连的大厅，看到了书房和寝室，不久以前这幢王府的老主人还曾经在这寝室里飘着穗子、画着纹章的帐子下面睡觉，然后穿着睡衣和拖鞋，走到书房里去喝一杯驴奶，想填填肚子；他也看到了那间化妆室，老公爵曾经以一个冶容卖俏的老头儿的细腻精神在这儿打扮过，然后带着侍从出去，坐着马车逛波尔吉赛别墅，不停地用有柄眼镜照一个也是来游山逛水的英国女人。在桌子上和抽屉里，还可以看到胭脂、粉以及老头儿使自己变得年轻的每一种化妆品的残痕。据管家说，他在去世前的两个星期还非常坚决地准备结婚，特地请教过许多外国医生，怎样继续光荣地执行丈夫的**责任**；可是忽然有一天，他出门去拜访了两三个红衣主教和修道院住持，疲倦地回到家里，坐在圈手椅里，就寿终正寝了，虽然照**管家**的说法，他如果早两分钟能想到差人把自己的解罪**神父本文纽托神父**请来，那就死得更光彩了。年轻的公爵茫然地听着，这些话都不能引起他的注意。他从旅途的疲劳和各种古怪的印象中解脱出来，休息了一下，就开始着手自己的事务。这些事务的极度混乱使他非常惊奇。大大小小的事情，都在一种纠缠不清无从插手的状态中。倒塌的王府以及非拉腊和尼亚波洛的田地所引起的四起永远打不完的官司,早三年花尽的进项,债务,豪华残局中的穷困——这些便是他眼前所看到的。老公爵是吝啬和奢侈集于一身的不可理解的混合体。他雇了一大群仆人,这些仆人除了制服之外不领取一文工钱,只指望前来参观画廊的外国人给一些外赏。老公爵手下的人,有猎户、侍者,站在马车后面踏凳上的听差,不跟出门,整天坐在附近咖啡馆或者酒馆里瞎聊天的听差。年轻的公爵立刻辞歇了这一大帮猎户和跟丁们,只留下一个老头儿管家;几乎把所有的马厩都拆除了,卖掉了从来不用的马匹;请了律师来,商量处理那几起官司,至少把四起官司并成两起,放弃其余毫无利益可得的两起;决定各方面撙节一下,过着非常俭朴的生活。这在他是不难做到的,因为他早已习惯于撙节了。他也不难跟自己阶层的人断绝来往,这阶层不过包括两三个破败的大族,全是靠法国式教育的余波哺养长大的人;还有一个时常跟外国人接触的富有的银行家,几个难以接近的红衣主教——独善其身的、冷酷无情的、专爱跟自己的侍仆或理发师打"tresette"(捉傻瓜一类的牌戏)寂寞地打发日子的人。总之,他完全隐匿起来,潜心观察罗马,这就变得很像外国人,他们起初对罗马猥琐的、不光彩的外观和斑痕累累的昏暗的房子感到惊奇，从一条巷走到另外一条巷，满腹狐疑地问：伟大的古罗马在哪儿？后来，古罗马慢慢地从狭窄的小巷里显露出来，他就恍然大悟了。他看到昏暗的拱门、嵌在墙上的大理石的飞檐、绯红色的陈旧发暗的圆柱、坐落在发臭的鱼市场当中的三角墙、展延在不太古旧的教堂前面的回廊，最后，在罗马的市街临到尽头的地方，他看到古罗马在千年的常春藤、芦荟和空旷的平原中巍然耸起：辽阔的大剧场、凯旋门、广无涯际的帝王宫阙的遗址、皇家浴场、庙宇、陵墓等等。外国人完全被古代世界包围住，再也看不见罗马的狭窄的大街小巷：脑海里浮起帝王们伟大的形象；古代群众的喊声和喧哗震袭他的耳鼓……

可是，年轻的公爵不像外国人那样专门崇拜利维乌斯[①]和塔西陀[②]而忘掉其他的一切，只在古代世界里驰骋想象，想在一阵高贵的迂腐脾气的发作中铲平整个新城市，——不，他认为一切都同样美好：在暗沉的轩辕下微微闪动的古代世界，到处留下艺术巨匠的迹象和教皇的豪华的痕迹的强大的中世纪，以及承续下来的拥有大批新人的新世纪。他喜欢这种奇妙的混

---

① 利维乌斯（公元前59—公元17），罗马历史学家。著有《罗马建城以来的历史》。
② 普布利乌斯·塔西陀（约58—约117），罗马历史学家。著有《编年史》《历史》等。

合，一边是热闹的京城，一边是荒漠：宫殿，圆柱，杂草，墙脚边的野生灌木，夹在阒无人迹的、下面遮得暗淡无光的巨大建筑物之间的喧嚣的市场，回廊附近鱼贩子的活泼的喊声，万神庙前一家摆满花草的卖柠檬水的小店。他甚至也喜欢黑暗不齐整的街道的寂寞风光，缺乏黄色和亮色的房屋，闹市中心的田园风味：沿街休息的一群山羊，孩子们的叫喊，飘浮在一切上面的使人沉醉的、明朗的、庄严的寂静。他喜欢罗马街上这种令人惊奇的层出不穷的突然袭来之感、意外之感。他像一个清早出外行猎的猎人，像一个古代骑士，像一个冒险的猎奇家，每天出门去搜寻更多更多新的奇迹，当小巷里一座暗沉的、有着庄严的威容的宫殿忽然耸立在他眼前的时候，他不由自主地就要停下来。笨重的坚实的宫墙是用一种暗沉的灰华做成的，顶上冠着富丽堂皇的巨大的飞檐，大门两边围着大理石的方柱头，窗上装饰着豪华的花纹。——再不然，在小广场旁边，忽然意外地现出美丽如画的喷泉，把水沫溅在长满青苔的花岗石石阶上；——或者在黑黢黢的肮脏的街道尽头，意外地发现优美的贝尼尼①式的建筑，高耸的方尖石塔，和煤块般漆黑的

---

① 乔万尼·贝尼尼（1598—1680），意大利雕刻家、画家和建筑家。

丝杉一起在深琉璃色的天空里被阳光照亮的教堂和寺院的墙。越是往深巷走去，就越是看到更多的宫殿，布拉曼特、博罗米尼①、桑加洛②、戴拉·伯达③、维尼奥拉④、博那罗蒂⑤等等式样的建筑物，——于是他终于明白，只有在这里，只有在意大利，才能看到建筑，才能懂得艺术品的壮丽的美。当他走进教堂和宫殿里去的时候，他内心的欢乐就更是描摹不尽：拱门、扁平的柱子、各种大理石雕成的圆柱以及镶配着琉璃色雪花岩的飞檐、云斑石、金子和古代的宝石，在一个深思的思想的支配下融洽地浑成一片，而不朽的壁画更是超出在这一切之上。大厅里这些经过深思的装饰非常美丽，充满着宏伟、华丽的气度，但跟那个丰饶时期所产生的绘画比起来还是得甘拜下风的，因为在那个时期里一个艺术家同时又是建筑家，又是画家，甚至又是雕刻家。再也不会重现于今日的杰出的壁画，在色彩剥落的墙上，昏暗地显露在他的眼前，更显得不可思议，

---

① 弗朗西斯科·博罗米尼（1599—1667），意大利建筑师。晚期巴洛克优美别致建筑的著名代表。
② 小安东尼·桑加洛（1483—1546），意大利建筑师、建造了罗马市的萨凯蒂宫。
③ 贾科莫·戴拉·伯达（1532—1602），文艺复兴时期前后的意大利建筑师。
④ 维尼奥拉（1507—1573），意大利建筑师，建筑理论家。
⑤ 米开朗基罗·博那罗蒂（1475—1564），文艺复兴时期前后的意大利建筑师。

无法模仿。他越来越专心观摩这些东西，感觉到自己的审美口味显著地在发展起来，这审美口味的保证是早已蕴藏在他心里的。和这种庄严的美比起来，他现在觉得十九世纪的低级的华丽显得是多么卑俗啊！这是一种琐屑的、毫无价值的华丽，只配装饰商店，使镀金匠、家具匠、裱糊匠、木匠和一大群别的匠人都有活儿干，却从世人那里夺去拉斐尔们、提香们、米开朗琪罗们，使艺术堕落为技艺！王府主人有一种美好的思想：他在公余和繁琐的奔波之暇，远离众人，独自在一个角落里，坐在旧式的沙发上，默默无语地凝目注视，同时灵魂更深入地钻进画意里去，无形中受到精神的感化。和这种用永恒的壁画装饰墙壁的庄严的思想比起来，粗看时令人惊奇、但后来就觉得淡而无味的华丽，显得是多么卑俗啊！因为艺术会给灵魂带来高贵的气度和奇妙的美，会把人提高。和这种从各方面推动人向上、哺育人的灵魂的、结实的、有益的华美比起来，他觉得今天的琐屑的装饰是多么卑俗啊！变动的流行式样，这圣贤们默默无语地拜服的十九世纪不可思议的产物，一切伟大、壮丽、神圣的东西的无情的摧残者和破坏者，就每年在摧毁和勾销这种装饰。左思右想，他就达到了这样的结论：充满本世纪的平静的冷淡，卑贱的商业计算，还未发展和生长的感情的早发性痴呆症，不都是打这儿起的么？圣像搬出了寺院——寺院已经不像寺院：蝙蝠和恶灵在里面做窠儿啦。

他越看得多，这个异常丰饶的世纪就越使他感到惊奇，他不由自主地喊道：他们怎么会做出这么许多事业来的啊！罗马的壮丽的一面好像每天在他眼前增长起来。画廊，画廊，永无穷尽的画廊……一个教堂里还保存着一幅名画。一垛古老的墙上，正待消失的湿壁画还在引人注意。在那些从古代异教徒庙宇里搜集来的著名的大理石和柱石上，天花板画发出千古不灭的光辉。这一切很像一个隐藏的金矿，上面覆盖着普通的泥土，只有矿工才认得出来。他每次回到家里，心里感觉到多么充实啊。这种被庄严的平静包围着的心情，跟在巴黎时毫无意义地充满在他灵魂里的骚乱的印象是多么的不同——那时候，他回到家里，又疲劳，又厌倦，再也没有力量把印象整理一下。

现在他觉得，被外国人骂不绝口的罗马的鄙陋的、灰暗的、污秽的外观跟它的内部的宝藏更加调和了。从此以后，他不愿意再去光顾那些有着辉煌的百货店、漂亮的人物和车辆的时髦街道：到那儿去会显得是无聊的作乐、亵渎神圣的行为。他更喜欢的是这种僻静的街道，这种罗马居民的特殊的表情，这种还在街上闪动着的十八世纪的幻影：有时走过一个戴三角帽、穿黑袜黑靴子的全身黑的神父，有时驶过一辆有着金光灿烂的车轴、车轮、飞檐和纹章的旧式绯红色的红衣主教坐的马车——这一切都跟罗马的矜持风度非常协调；还有这些生气洋溢的、从容不迫的人们，美妙如画地、平静地在街上溜达，披着轻便斗篷，或者把短褂搭在肩上，脸上没有丝毫沉重的表情，而巴黎的那些穿蓝色工装的居民们总是以这种表情使他吃惊。在这儿，连乞丐也给人一种明快的感觉，他们乐天知命，从来不懂得苦恼和流泪，无忧无虑地、姿态美妙地向人伸着手；一群美妙如画的修道僧穿着白的或黑的长袍走过大街；肮脏的、有火红色头发的托钵僧，在阳光下忽然闪出浅骆驼色来；最后，还有这一群从世界各处汇集来的画家们，他们到了这儿，就抛掉了狭窄的欧洲式服装，穿上了舒适的美丽的衣裳，他们从莱奥纳多·达·芬奇和提香的肖像画上模仿来的尊严的、威风凛凛的胡子，跟法国人每月修剪五回的那种丑陋的、狭小的山羊胡子是毫不相像的。在这儿，画家感觉到长长的波浪形的头发的美，听任鬈发披散下来。在这儿，连罗圈腿、身材臃肿的德国人也有了意味深长的表情，金色的鬈发披垂在肩上，穿着轻飘飘的希腊式工装，或是只有罗马的画家们才穿的叫作十六世纪的一种天鹅绒服装。庄严的平静和安详的劳动在他们脸上留下痕迹。在街上，在咖啡馆里，在酒馆里所听到的谈话和议论，都跟他在欧洲大城市里听到的完全不同，或者毫不相像。在这儿，没有人谈论股票行情的下降，室内辩论会或者西班牙局势；在这儿听到的只有关于最近发现的古代塑像，关于著名画家们的价值的谈论，关于新近画家的展览作品的争论和辩驳，关于民众节日的谈论，最后，还有自由自在的私人谈话，——人们在这儿畅所欲言，而在欧洲，大家都绷着脸，这种谈话是被枯燥乏味的社会议论和政治见解所排斥的。

他常常离开城市，去看看城市的四郊，那时就有另外的一些奇迹使他感到惊奇。这片静默的、荒凉的罗马原野，点缀着古代寺院的遗迹，四周荡漾着不可言喻的幽静，是非常美丽的：融成一色的黄花，像黄金的海洋似的燃烧着，野生的罂粟花的大红叶子像烧红的炭火似的发亮。站在原野向四面眺望，就有四种美妙的景色映入你的眼帘：田野的一边直接和地平线相连，接壤处划出一条清晰的、笔直的细线，水道的拱门像是悬在空中，又像是粘贴在发光的银色的天空里似的。另外一边，群山俯瞰着田野；但这些山不像提罗尔和瑞士的山岳那样突兀，那样岭巇，却画出柔和的、淡淡的线条，起伏着，蜿蜒着，被明朗的空气的色彩照耀着，好像一直要飞向天空；山脚下，水道的拱门像是一长串敷设在建筑物下面的基石，而山岭就像是这座奇妙的建筑物的玲珑透剔的尖顶，覆盖在上面的天空显得不是银色的，而是一种不可言喻的春天紫丁香的颜色。向第三方面望去——也是一些山，可是显得更近了，更高了，前面的几座特别陡峭，慢慢地斜下去，隐没在远方。淡淡的蓝色的空气包围住它们，给它们染上浓淡不等的美妙的色彩；透过这层渺茫的蓝色的薄纱，许多房屋和弗拉斯卡蒂①的别墅隐约在望，有些微微地被阳光照耀着，有些隐没在远处几乎看不清的丛林的明媚的雾霭里。猛一回头，就看到了第四种景色：原野的尽头就是罗马城。房屋的角与线，圆浑的圆屋顶，拉特兰的约翰雕像，圣彼得罗教堂的庄严的圆屋顶，鲜明而清晰地辉耀着。离开圣彼得罗教堂越远，圆屋顶就越显得高，最后，当罗马城完全隐没的时候，只有它仍旧独自残留在地平线上。他更喜欢在日落的时候，从弗拉斯卡蒂或阿尔邦诺附近什么别墅的露台上来眺望这原野。那时候，从昏暗的露台里面望出去，原野好像是一片无边无际的发光的海洋一样。

---

① 距离罗马市东南二十公里的城市。

起先它还带一点绿莹莹的颜色,到处还可以看到一些碑碣和拱门,后来,在虹彩般的颜色中透露出一点淡淡的黄色,古代的遗迹几乎已经看不见了,最后,深红色越变越浓,把巨大无边的圆屋顶也给吞没了,融成一片浓浓的覆盆子的颜色,只有远处大海的金黄色的带子把原野跟同样深红色的地平线隔开。他从来没有见过原野会跟天空一样变成一片火焰的。他怀着不可言说的感激长久地站在这景色前面,后来已经不再激动了,但还是凝神不动地站着,这时候太阳落下去了,地平线很快地变成漆黑,暗沉下去的原野也更快地变成漆黑,暮色到处垂下自己的影子,闪烁的苍蝇像火粉的喷泉似的升起在废墟上,笨重的有翅膀的虫子——以"魔鬼"的名字著称的一种——像人似的直立着飞过来,直扑他的眼睛。他这才觉得一阵阵南方的夜寒袭来,浸透了他的全身,于是他赶快往城市那边走去,提防别得了南方的热病。

他的生活,就在观察大自然、艺术与古迹当中流过去了。他在这种生活中,比任何时候都更感觉到一种愿望,想深入地钻研从前他只是零零碎碎知道一些的意大利历史;没有历史,他觉得现时也是不丰满的,因此他就贪婪地涉猎起档案、编年史和纪事来。他现在能够不像一个蛰居斗室的意大利人那样钻研历史了,那种人把全身心钻在他所谈到的事件里面,不善于从包围他的人物和事件中去看到整体,——他现在能够像置身在梵蒂冈教皇宫里那样,平静地看一切了。逗留在意大利国外,看到了各个活跃的民族与国家的喧嚣和运动,这就给了他严格查考所有结论的一个准则,带给他的眼睛广阔的幅度和无所不包的容量。现在,他读着历史,越来越厉害、同时也越来越公正无私地被意大利过去时代的伟大和光彩所惊倒。他感觉惊异的是,人类在这样狭小的地球的一角竟发挥出这样强大的力量,完成了这样迅速多变的发展!他看到人们在这儿怎样沸腾过,每一个城市怎样都用自己的言辞发言,每一个城市怎样都有自己的卷帙浩繁的历史;一切市民制度和政治体制怎样蓦地都在这儿产生出来:许多有着坚强不屈的性格的令人振奋的共和国以及它们中间的掌有全权的暴君;在总督的统一权力的幻影下被隐秘的政治线索操纵着的一大群骄傲自大的商人;被招请到本国人中间来的异邦人;小城核心里面的强有力的压迫和反抗;小地方上的公爵和僧侣们的近于童话一样的光辉;关心艺苑的名公巨子,庇护者和迫害者;在同一个时期叱咤风云的许多大人物们;竖琴、圆规、宝剑与调色板,许多在辱骂和激动中兴建起来的寺院;敌忾心,有了另外一种崇高的看法，认为意大利并没有死灭；可以感觉到它君临于全世界之上的无可颠覆的永久的统治；伟大的精神永久地飘浮在它上面，这种精神在一开始时就在它的胸臆里安排下欧洲的命运，把痛苦的十字架带进欧洲的黑暗的森林，用市民制度的搭钩竿在遥远的边陲把野蛮人钩住，首先在意大利发展全世界性的商业、狡猾的政治和复杂的民政机构，然后焕发出全部智慧的光辉，给自己的前额戴上神圣的诗歌的王冠，而当意大利的政治影响开始削弱的时候，又向世界显示庄严的奇迹——艺术，给人带来未知的喜悦和从来还没有在人的心怀里滋生过的神圣的感情。当艺术的世纪也消逝了，斤斤于蝇头微利的人们对它表示冷淡的时候，这种精神又变成了吸引人的音乐的调子，飘浮、散布在全世界，在塞纳河、涅瓦河、泰晤士河、莫斯科河、地中海、黑海的旁边，在阿尔及利亚以及在遥远的、不久以前还未开化的许多岛屿上，一种狂热的声音招引着歌喉嘹亮的歌手。最后，伟大的精神现在仍旧用它的荒凉和毁坏严厉地统治着全世界：这些壮美的建筑物像幻影一样残留下来，仿佛是在责备欧洲不该有中国式的琐屑的华丽，玩具似的鸡零狗碎的思想。这种旧世界的奇妙的集合，它们跟永远开花的大自然结合在一起的美——这一切之所以存在，都是为了要唤醒世界，为了使北方的居民有时像做梦似的也想到一下南方，为了让南方的憧憬把他们从专门做些摧残心灵的工作的冷冰冰的生活环境中拉出来——在他们面前现出突然消逝的远景、月下的大剧场的夜色、幽美而古老的威尼斯、不可见的天上的光辉和奇妙空气的温暖的接吻——让他们一生中哪怕一次也好，做一个优秀的人……

在这样庄严的一刻，他跟自己祖国的荒废完全融洽无间了，于是他在一切里面看到了永恒的生活的萌芽、永恒的创造者①为世界准备的永恒美好的未来的萌芽。在这样的时刻，他甚至常常思索着罗马人民今天所负担的使命。他在人民身上看到了无穷尽的力量。人民在意大利的光辉时期里一次也还没有起过作用。翻开历史来一看，人们只看到神父和贵族的名字，可是对于人民却一字不提。人民周围的利害关系的进程，仿佛和人民漠不相关似的。教育没有影响到他们，潜伏在他们身上的力量也从来没有卷起过旋风似的波动。他们的天性里包含着一种孩子般高贵的品质。首先，这是以罗马的名字为荣的骄傲——由于这种骄傲，一部分人认为自己是古罗马市民的后裔，拒绝

---

① 指上帝。

跟别处的人通婚。善良和热情混糅而成的气质说明了他们的明朗的天性：罗马人不忘记报恩，也不忘记复仇，不是善人，就一定是恶人，不是挥霍无度的人，就一定是守财奴，在他们身上，善与恶表现得非常原始，不像有教育的人那样混杂不分，任何一点点的热情总是被利己主义占着上风。放纵不羁和任意挥霍的冲动——这是强有力的民族的癖性——这一切对于他都有了意义。还有一种明朗的、直率的欢乐，这现在在其他国家的人民身上是很少见的了：在所有他走到过的地方，他总觉得有人在娱悦人民，这儿却相反，人民自己在娱悦自己。他们自己想成为参与者，迫不及待地等着谢肉节；所有一年当中积聚起来的钱，他们都准备在这一个多星期中花光；他们把钱都花在衣装上：他们装扮成小丑、女人、诗人、医生、伯爵，不管人家听不听，讲着一派的胡言乱语，长篇大论——欢乐像旋风似的把四十岁的成人和小孩子都卷进去：穷光蛋没有衣服换，就把短褂翻过来穿在身上，脸上涂着煤渣，也跑到这儿来，加入这一堆五光十色的人群。这种欢乐是直接从他们的天性里发出的；不是因为几杯酒下了肚才发作起来，——同样的这些人，如果在街上碰到了醉鬼，倒是会把醉鬼撵走的。还有这种与生俱来的艺术本能与感觉：他看到一个普通女人怎样向一位画家指出他绘画的缺点；他看到怎样在美丽如画的衣装上、在教堂的装饰上自然而然地表现出这种感觉，人们怎样在贞桑诺用繁花织成的地毡把街道装饰起来，五颜六色的花纸怎样变成了彩色与光影，在街道上铺出图案、红衣主教的纹章、教皇的肖像、花字、禽兽和花纹。在复活节前夜，食品商们怎样装潢自己的店铺：火腿、腊肠、白色的胆囊、柠檬、树叶都变做镶木细工，嵌成一幅天花板画；一圈圈巴尔马产的乳酪和别的干酪重叠起来，堆成许多圆柱；一根根蜡烛做了遮蔽里墙的镶木细工的帷幕的穗子；雪白的脂油堆成许多塑像，一群群基督教或犹太教历史上的人物，惊异的观众还会把它们看成是雪花石膏雕成的哩；——整个店铺辉耀着金星，被吊灯照得通明，镜子里反映出一堆堆无穷无尽的鸡蛋，简直像是一座光辉的神殿。要做到这一步，得有高雅的审美口味才行，并且食品商们这样做，不是为了利欲熏心，而是为了让别人和自己欣赏。最后，这里的人民是具有自尊感的：在这儿，他们是人民，不是愚民，他们的天性里带有古罗马时代沿袭下来的东西；甚至外国人的观光也不能把他们引坏——而外国人是会使无为的民族堕落的，他们在旅馆里、在路上造成一大批下流家伙，旅客往往就根据这些人来判断整个民族。愚昧的政府法令，一大堆历古以来就存在、直到今天也不会废止的各种乱七八糟的法则，其中还包括古罗马共和政体时代的告示，——所有这些东西，不能丝毫损害人民的高度的正义感。他们谴责邪恶的野心家，连死者的棺材也不肯轻易饶恕，但却情愿亲手去拉爱护人民的人的柩车。僧侣阶级的行为常常是富有诱惑性的，在别的地方会引人淫乱，可是对于他们也几乎不发生丝毫影响：他们善于区别宗教和伪善的执行者，不会传染冷淡的猜疑。最后，贫乏和穷困，一个停滞的国家的不可避免的命运，也不会引诱他们去干无法无天的罪行：他们快乐，能够容忍一切，只有在小说里才会满街乱杀人。这一切，都给他显示出一个有着未来前途的、强大的、未加发掘的人民的原始力量。欧洲文明仿佛有意地没有触及他们，这种文明的冷淡的完美没有在他们的胸怀里留下丝毫痕迹。僧侣执政，这过去时代的奇妙的孑遗，之所以会完整地保留下来，好像是为了要保护人民不受外来的影响，为了不让任何一个怀有野心的邻邦侵犯他们的个性，为了在一定的时期到来之前静静地保持着他们的傲慢的民族性。并且在这儿，在罗马，感觉不到有什么死亡的东西；即使在罗马的废墟和很有气派的贫困中，也绝没有那种在凭吊衰亡民族的遗迹时不自觉地会陷入的令人难堪的、痛苦的感觉。这儿有着一种相反的感觉：明朗的、庄严的平静。公爵每次想到这一切，就不由自主地陷入了沉思，开始在"永恒的罗马"这句话里琢磨出一种神秘的意义。

这一切的结果是，他更想认识自己的人民。他在街上，在咖啡馆里，注视着他们。这些咖啡馆每一家有每一家特殊的顾客：第一家招待的是古董商人，第二家是射击手和猎人，第三家是红衣主教的仆人，第四家是画家，第五家是全罗马的年轻人和纨绔子弟。他在酒馆里，在外国人不去的纯粹罗马式的酒馆里，注视着他们；在那种地方，罗马的**贵族**往往跟平民并肩而坐，在大热天惯常脱掉礼服，解开领带。他在郊外有着缺少玻璃的空窗棂的、小巧而并不华美的小饭店里注视着他们；罗马人携老牵幼成群结队地跑去吃饭，或者用他们的话来说，*消遣作乐*。他坐下来跟他们一块儿吃饭，高高兴兴地加入聊天，常常惊奇这些目不识丁的普通市民说起话来竟充满着明辨是非的机智和生动的独创性。可是，他更多的是在过节的时候认识他们，那时候全部罗马的居民都沸腾起来了，许多以前连人影也不见的美女蓦地都出现了——这些美女的形象只有在浮雕和古代诗文中才能想象得到。发亮的双眸，雪花石膏一样洁白的肩膀，束在头顶上或者往后梳拢、用金针美丽地别起来的千百种不同式样的漆黑的头发，手，骄傲的步伐，到处都显出严肃的古典美，却不是那种美貌妇女的轻薄的魅力。在这儿，女人就像意大利的建筑物一样：她们不是宫殿，就一定是陋屋，不是美女，就一定是丑婆子；她们中间没有中庸之才：薄具姿色的人是没有的。他欣赏她们，正像在一首美丽的史诗里读到几句特别突出，给灵魂带来清醒的战栗的诗句一样。

可是不久在这种欣赏里面，又加上了向一切其余感情宣布激烈斗争的一种感情，——这种感情从灵魂深处唤起强烈的人间热情，对灵魂的统一发动叛乱：他看见了安农齐亚达。这样，我们终于讲到在我们这篇小说的开头光华四射的那个光辉的形象了。

这是发生在谢肉节的事情。"我今天不到柯尔梭街去，"主人走出门去，对管家说，"谢肉节真叫人腻烦死了，我还是喜欢夏天的一些节日……"

"可是，这算是谢肉节么？"老头儿说，"这是骗骗孩子玩的谢肉节罢了。我还记得从前过谢肉节的那种光景哪：那时候，整条柯尔梭街连一辆马车也挤不过来，通宵达旦满街上吹吹打打奏着音乐；画家、建筑家、雕刻家们，大伙儿扮作许多历史上的人物；那么多的人啊，——公爵爷您知道：那么一大堆，一大堆，一大堆，镀金匠啦，窗框匠啦，镶木细工匠啦，漂亮的娘儿们啦，所有的爷们，所有的贵族，所有的，所有的，所有的……**多么快活啊!** 那才是过节呢。可是,现在,这算什么过节?哎!"老头儿耸了耸肩说,接着又说了声:"哎!"又耸了耸肩,接着说道:"**简直混账!**"

管家一时说得高兴,打了个非常有力的手势,可是看见公爵早已消失了影踪,就不说下去了。公爵已经到街上来了。他不打算参加谢肉节,所以脸上不戴假面具,也不戴铁网面罩,把斗篷搭在肩上,只想穿过柯尔梭街走到城市的另外一头去。可是,街上的人太挤了。他刚从两个人身边挤过去,就有人劈头盖脸撒了他满身面粉;穿得花花绿绿的小丑用拨浪鼓打了一下他的肩膀,带着扮丑婆子的彩旦坐着车子从他身旁擦了过去;彩纸和花束纷纷向他掷来,分立道路两侧的两个人对他的耳朵嗡嗡地说个没完:一边是一个伯爵,另外一边,一个医生对他唠唠叨叨地说,他的胃肠里藏着个什么东西。他没有力量挤过去,因为人越来越多了;一长串的车辆不能向前移动,停住了。群众的注意被一个心粗胆壮的小伙子吸引了过去,那人踩着和房屋一般高的高跷,一失脚,随时都有跌死的危险。可是那小伙子仿佛一点也不在意。他肩上扛着一个大草人,一只手托住它,另外一只手拿着一张纸,写着一首短诗,纸上还拖着一条风筝尾巴一样的东西,大声嚷道:这是一位已故的大诗人!这是他的有尾巴的短诗①。这个大胆的小伙子引了这么一大群人挤挤攘攘跟在他后面，简直叫公爵连气都透不过来。终于人群跟着死诗人往前挤了过去；车辆开动了，这下子可把他乐坏了，人家把他的帽子挤掉了，他也不在乎。他跑过去把帽子拾起来，一抬眼睛，却怔住了：在他面前站着一个艳绝人寰的美人儿：她穿着漂亮的阿尔邦诺式的衣服，跟另外两个长得也很俊俏的女人并列着，但另外两个跟她一比，就好像黑夜跟白天一样大不相同。这实在是一个笔墨难以形容的绝代佳人。无论什么东西，在这种光辉前面，都会变得暗淡无光的。瞧见了她，你就明白为什么意大利的诗人把美女比作太阳。这真正是太阳，丰满的美。一切美女个别的美点，都凝集到她一个人身上去了。看了她的胸膛和乳房，别的美女的胸膛和乳房有什么缺点就一目了然。一切别人的头发，跟她的浓密的、发光的头发比起来，就显得是稀疏而暗淡无光的。她天生成这一双美妙的手，似乎为的是叫所有的人都变成画家，——像画家似的凝注这双手，连大气也不敢出。和她的脚比起来，无论是英国女人、德国女人、法国女人或者所有其他国家的女人的脚，都变成了木

---

① 意大利有一种诗体，叫作"有尾巴的短诗"（con la coda），思想多得容纳不下，就在后面拖一段补充的文字，往往比短诗本身更长。——果戈理注

片子；只有古代的雕刻家在他们的雕像中才保存着这样崇高的美的观念。这是一种丰满的美，是为了叫所有的人耀目欲眩才创造出来的！这儿用不着有什么特殊的审美口味；在这儿，所有的审美口味都应该是一致的，所有的人应该都会拜服得五体投地；不管是信神或不信神的人，都会拜伏在她的脚下，像蓦地看见神灵降凡一样。他看到，不管眼前有多少人，大家怎样目不转睛地对她望着，女人们怎样在脸上混糅着惊奇和欣赏的表情，一再地重复说："啊，真美！"大家仿佛都变成了画家，凝然不动地注视在她一个人身上。可是，美人脸上的表情却只是说明她全心全意地在欣赏谢肉节：她只是望着人群和戴假面具的人，并不留意别人向她身上直射过来的眼光，也听不见站在她背后的穿天鹅绒短上衣的男人们的谈话，这几个男人显然是陪她们一块来的她们的亲戚。公爵回头问了问周围的人，这艳绝人寰的美人是谁，是从哪儿来的。可是，到处都得到同样的回答：耸耸肩，外带着手势和这样的一句话："这可不知道，没准儿是个外国娘儿们。"① 他一动也不动，屏住声息，贪婪地

---

① 罗马人把所有不住在罗马城内的人都叫作外国人（forestieri），纵使他们只住在离城十里的地方。——果戈理注

瞧着她。终于，美人把含情脉脉的眼光落到了他的身上，可是立刻不好意思起来，又把眼光移开了。一声叫喊把他惊醒过来：一辆大车停在他的面前。车上一群穿粉红色工装戴假面具的人叫他的名字，把面粉撒在他身上，拉长声音冲他喊道：呜，呜，呜……一会儿工夫，他已经浑身上下撒满了白粉，惹得周围的人哈哈大笑。公爵浑身雪一样地白，连睫毛都染白了，三脚两步地赶回家去换衣服。

等他赶回家里，换好衣服，距离天主教追念圣母玛利亚的*祈祷*已经只有一个半钟头了。一辆辆的空车从柯尔梭街回去：车上的人都已经坐到阳台上去，一边等候赛马，一边在眺望万头攒动的人群。在柯尔梭街拐角的地方，他碰见了一辆大车，车上载满着穿短褂的男人和头上戴花环、手里拿着羯鼓的光彩夺目的女人们。大车仿佛是欢天喜地地拉回家去，车身两侧挂满花环，车辐和轮箍上都被绿色的枝条盘绕住了。当他发现这一群人中间坐着那个刚才使他大吃一惊的美人儿的时候，他的一颗心怦怦地跳动起来。她的脸上辉耀着迷人的微笑。大车在叫喊声和歌声中飞快地过去了。他首先第一件事是跟着那辆大车赶上去，可是一大队乐师堵住了他的去路：六轮大车上载着一把大得怕人的提琴。一个人坐在琴柱上，另外一个人在琴柱旁边走动着。代替弦索,在绷紧琴柱的四根绳子上拉着巨大的弓子。这把提琴显然是花了许多劳力、金钱和时间才做成的。走在最前头的是一只大鼓。一大群人和孩子们挤挤攘攘地跟在乐师们的行列后面,最后是一个在罗马以胖出名的食品商,带着一只有钟楼那么高的灌肠器。直等到街上队伍走完之后,公爵才看出再去追赶那辆大车也是无益的了,太迟了,并且也不知道那辆大车直奔哪条街而去。可是,他仍旧念念不忘地要去寻觅香踪。这辉煌的微笑和满嘴美丽的牙齿一直浮现在他的脑海。"简直是一阵闪电的光,不是女人呀,"他重复地自言自语着,又骄傲地找补上一句:"她是个罗马人。这样的女人只能出生在罗马。我一定得去找她。我想看见她,倒不是为了爱她,不呀,我只想瞧一瞧她,瞧瞧她整个儿的人,瞧瞧她的眼睛,瞧瞧她的手、她的手指头、她的发亮的头发。我不是要吻她,却只是想瞧她一眼。这有什么呢?这是应该的,这是大自然的法则;她没有权利掩藏自己的美,把它带走。世上有丰满的美,为的是让每一个人都能看见它,把它的印象永远保持在自己心里。如果她只是长得还可以,而不是这样一种精美绝伦的创造物,那么,她有权为某一个人所专有,这人可以把她带到荒野的地方去,把她藏起来。可是,丰满的美应该是大家都能看见的。难道建筑师会把庄严的庙宇造在狭窄的小胡同里么？不，他一定把庙宇造在开阔的广场上，让大家从四面八方都能看见它，为它的庄严本相而惊奇。先哲说过，人拿灯来，岂是要放在桌底下，不放在灯台上么？不，人点灯，不放在桌底下，而是放在灯台上，照亮一家的人。不，不，我非得见她一面不可。"公爵这样盘算着，然后想了又想，琢磨用什么方法达到这个目的，——最后，似乎想出一个主意来了，毫不耽搁地立刻到一条辽远的街上去，——那样的街道在罗马多的是，椭圆形木楯上画着纹章图样的红衣主教的府邸连一幢也不见，小户人家的每一扇窗上，每一个门上都标着号头，凸凹不平的铺石道活像个驼背，外国人里边只有狡狯的德国画家才偶尔带着折凳和颜料上这儿来，此外还有一只离群的山羊停下来，用惊奇的眼光眺望从来没有见过的街道。在这儿，罗马女人的声音非常响亮：四面八方，从每一扇窗子里，传来嘈杂的谈话声。在这儿，一切都是公开的，随便一个什么过路人都能完全清楚一切家庭的秘密；甚至母女俩谈话，也都把脑袋伸到窗外来谈；在这儿，压根儿看不见一个男人。早上天蒙蒙亮，一扇窗就打开了，苏珊娜太太从窗口里探出头来，然后格拉齐雅太太从另外一扇窗里探出头来，一边还在穿裙子。然后南娜太太打开了另外一扇窗。然后鲁契雅太太钻出来，用木梳梳着辫子；最后，车契里雅太太从窗口伸出手，去取那晾在绳子上的衬衫裤，费了许多力气好容易才拿到，就破口大骂起来，把衬衣裤揉成一团，掷在地上，骂道："畜生！"在这儿，一切都吵吵闹闹，一切都沸腾着：鞋子从脚上飞起来，飞到窗外，落在顽皮孩子或者山羊身上——山羊正在走近安放一岁婴孩的篮筐旁边，嗅嗅他，把头低下去，要向他说明羊犄角的威力。在这儿，没有不清楚的事情：一切都是彼此都知道的。娘儿们什么事情都知道：朱琪达太太买了什么样的头巾，谁家吃午饭煮了鱼，巴尔巴鲁齐雅的情夫是谁，哪一个托钵僧最会传教等等。丈夫插不上嘴，通常总是站在街上，靠着墙，嘴里叼着一根短烟管，听到谈起托钵僧，脱口而出说了一句："都是些骗子"，然后又继续从鼻子眼里喷出烟来。任何车辆都不会上这儿来，除非只有一辆用骡子拉着的双轮破马车，给面包房运面粉去，还有一匹睡眼惺忪的驴子，不管孩子们一个劲儿用石头扔它不知痛痒的肚子，赶它往前走，它还是驮着只装满洋白菜的筐子慢腾腾地踱着。这儿一家商店也没有，除非只有一家贩卖面包和绳子外带着玻璃瓶的小铺子，和街头拐角上一家狭小的咖啡馆，一个堂倌穿梭似的不停地跑到外面来，手里托着小小的洋铁制咖啡壶，把冲对羊奶的咖啡或者"曙光"牌子的可可茶送到太太们面前。这一带的房子都属于两个、三个，有时甚至四个房东所有，其中只有一个人有终身使用权，另外一个人只占有一层楼，只有两年享有收入的权利，根据契约，期满后这层楼应该由他交给神父维森曹，由后者享有十年的权利，可是住在弗拉斯卡蒂的前居住者的一个亲戚要把他赶走，已经向他提起诉讼了。也有这样的一些房东，他们在一幢房子里只占有一扇窗，在另外一幢房子里占有另外两扇窗，跟兄弟各半分享每一扇窗子的收入，虽然不可靠的房客竟没有付过一文钱的租费——总而言之，这是纷扰不休的诉讼的好对象，是挤满在罗马的律师和刀笔吏们的生财之道。我们刚才提到过的太太们，从用全名称呼的第一流的太太直到用小名来称呼的第二流的太太，所有的乔达们、屠达们、南娜们，大部分都是什么事也不做的；她们全是家庭主妇：律师的、小官吏的、小商人的、脚行的、搬运夫的，尤其是只会把单薄的斗篷漂亮地穿在身上的赋闲无事的市民的。

许多太太们都给画家当模特儿。这儿，各式各样的模特儿都有。有钱的时候，她们跟丈夫以及其他许多人一块儿嘻嘻哈哈地在酒馆里打发日子，没有了钱，也不发愁，尽是眺望窗口。现在街上比平时更清静了，因为有些人都到柯尔梭街去挤热闹去了。公爵走近一家小屋子的破烂的大门跟前，门上满是窟窿，所以连房主人都得把钥匙插来插去插上老半天，然后才能找到门上的钥匙眼。他已经举起手来打算拉门环，忽然听见一个人的声音："公爵爷您是来找贝贝的么？"他抬起头来朝上一瞧：屠达太太从三层楼上探出头来，对下面望着呢。

"嚷嚷些什么呀！"苏珊娜太太从对面窗户里钻出来说："公爵爷也许压根儿不是来找贝贝的。"

"当然是来找贝贝的啰，不是么，公爵爷？您不是来找贝贝的么，公爵爷？"

"什么贝贝，贝贝！"苏珊娜太太两手打着手势，接茬儿往下说："公爵爷这会儿还会想到什么贝贝！现在正在过谢肉节，公爵爷要跟表姊妹，蒙岱里侯爵夫人，一块儿出门去呢。要跟朋友们一块儿坐车逛去，去掷花，还要上城外开开心。什么贝贝，贝贝！"

公爵非常惊奇，关于他打算怎样消磨时间，对方竟知道得这样周详；可是，这没有什么值得惊奇的，因为苏珊娜太太什么事情全知道。

"不，我亲爱的太太们，"公爵说，"我真是有事来找贝贝的。"

回答公爵这一句话的是另外一位格拉齐雅太太，她早已从二层楼的窗户里伸出头来，一直在倾听着。她的回答是轻轻地咂咂舌头，把手指摇动了一下——这是罗马女人一个普通的否定的记号——然后找补上一句："不在家。"

"可是，也许你们知道他上哪儿去了？"

"哦！他上哪儿去了！"格拉齐雅太太接住话头重复了一句，把脑袋弯倒在肩膀上，"没准儿上酒馆去了，再不然，上广场那儿，上喷泉那儿去了；准是谁把他叫去，上什么地方去了，谁知道他！"

"公爵爷您要是有什么话跟他说，"巴尔巴鲁齐雅从对面窗户里紧接着说，一边戴着耳环："您尽管告诉我，我给您转告他就是了。"

"不用了。"公爵心里想，谢过了对方的一番热心。这时候，在交叉路口出现了一只肮脏的大鼻子，像一把大斧头似的挂在嘴唇上，整个脸上。这就是贝贝。

"贝贝来啦！"苏珊娜太太喊道。

"真的贝贝来啦，公爵爷。"格拉齐雅太太精神抖擞地攀住窗口喊道。

"贝贝来啦，来啦！"车契里雅太太从街道顶靠里的一角嚷。

"公爵爷，公爵爷！瞧，贝贝来啦，贝贝来啦！"孩子们在街上喊。

"瞧见啦,瞧见啦。"公爵说,这样大声的叫喊把他的耳朵都快震聋了。

"我来啦,阁下,来啦!"贝贝脱了帽子说。他瞧样子已经去参加过谢肉节了。他不知道打哪儿沾来了浑身的面粉。他的半边身体和脊梁全都染白了,帽子弄破了,满脸像钉满了白色的钉子一样。贝贝一辈子被人用贝贝这个小名称呼着,这一点是很特殊的。他的大名约瑟夫倒从来没有听人提过,虽然头发已经雪白了。他是好人家出身,富有的大商人的后裔,但他的最后一幢房子打官司输掉了。他的父亲虽然被人称为先生乔万尼,却也是跟贝贝一样的人,打他手里起就把一份家产吃光、花光,因此贝贝现在只能像许多人一样,得过且过地对付着过日子:忽而给外国人当听差,忽而给律师跑腿送信,忽而是某画家的收拾画室的用人,忽而又是葡萄园或别墅的看守,随着职位的变动他也不断地改换着衣装。贝贝走在街上,有时头戴一顶圆帽子,身穿宽肥的上装,有时穿着两三处开了绽的狭紧的长襟外衣,袖口这样狭小,伸出两条瘦长的胳膊,活像是两把扫帚,有时他脚上穿的是神父的黑袜和黑鞋子,有时他穿着不三不四的服装,简直认不出他是九流三教里哪一种人,再说,他的穿法也是与众不同的：有时候，人家简直以为他下身穿的不是裤子，却是一件短褂子，是从后面开口的地方把它束紧，扎起来的。他喜欢有求必应地完成所有的托付，即使没有好处他也从来不推辞：拿了街坊四邻嫂子们委托他的陈年旧货、破落的修道院长或者古董商人的羊皮纸书籍、画家的图画，沿街去叫卖；每天早晨到修道院长们家里去，取了裤子和鞋子，拿回家里来洗刷，可是，后来想巴结一个偶然来找他帮忙的第三者，往往又把这件事给忘了，没有在规定的时间把东西送回去，害得修道院长们没有鞋子和裤子穿，整天像犯人似的拘在家里。他手头常常有一大笔钱，可是他花起钱来完全是罗马式的，就是说，银钱在他手里从来是不过夜的，这倒并不因为他把钱花在自己身上，或者大吃大喝花掉了，却是因为他非常喜欢买彩票，他把身边所有的钱全拿去买了彩票。恐怕很少有一个彩票的号码他没有尝试过。每一桩微不足道的日常的小事件，在他说来，都含有十分重要的意义。他如果在街上拾到一件什么废物，他立刻就去翻占卜书，查出这件废物应该是几号，于是就按照这个号码去买彩票。有一回他梦见一个撒旦——不知道为了什么原因，他在每年春初做梦时总要梦见撒旦，——这撒旦拉着他的鼻子走过所有的人家的屋檐，从圣伊格纳齐教堂起，经过整条柯尔梭街，经过三盗胡同，经过印刷工人街，最后在三圣教堂的石阶附近停住了，对他说："贝贝，因为你向圣潘克拉齐祷告，所以我把你拉到这儿来：罚你再也打不中彩票。"——这场梦惹得车契里雅太太，苏珊娜太太，以至于整条街上的人，都议论纷纭起来；但贝贝对它却另有一番解释：他立刻去翻占卜书，查出鬼是13号，鼻子是24号，圣潘克拉齐是30号，当天早晨他就去把这三个号码的彩票都买了来。他又把这三个号码加在一起，得出了：67，于是他把67号的彩票也买了。可是，照例的结果是四个号码都落了空。另外有一回，他跟葡萄园主人，胖胖的罗马人拉斐尔·托玛车里先生争吵起来。他们为什么吵架，只有天知道，可是他们声势汹汹地嚷着，指手画脚，最后，两个人的脸都急白了——这是一个可怕的征兆，通常一看见这幅光景，所有的女人都会心惊胆战地从窗口探出头来，过路人会躲得远远的，——这是一个征兆，说明事情已经发展到要动武的地步了。果然，肥胖的托玛车里已经伸手到紧箍着他肥胖的腿肚子的皮靴统里去，打算把刀子摸出来，一边咒骂道："小子你等着，我要宰了你这小牛脑袋！"这时候，贝贝忽然伸出拳头，在自己的脑门上打了一下，一溜烟地跑掉了。他想起他还从来没有用牛头的号码买过彩票；他回去查出了牛头的号码，立刻飞快地直奔彩票店，所有等着瞧这一场好戏的人都被这种出乎意外的行动怔住了，至于拉斐尔·托玛车里本人，他把刀子重新插回靴统里，好一会工夫都还不知道该怎么办才好，终于说道："多么奇怪的家伙！"彩票没有打中，落了空，这些都没有使贝贝气馁。他坚决地相信，他总有一天会发财，所以他每回走过店门，几乎总要打听一下每样货物的价钱。有一回，他听说有一幢大房子求售，他特地去找卖主打听了一下，有些知道他底细的人就笑话他，他却非常天真地答道："这有什么好笑的？有什么好笑的？我又不是立刻就买，我要等到以后有了钱再买哩。这一点也没有什么……每一个人都应该挣得一份财产，往后可以传给子孙，捐赠教堂，赈济穷人，以及买许多别的东西……*谁知道他！*"他跟公爵很早就认得，甚至当年还被老公爵叫到府里去当过听差，后来因为他不到一个月就把制服穿破了，不留神用胳膊肘把老公爵的全部化妆品碰到窗户外边去，这才被撵了出来。

"听着，贝贝。"公爵说。

"您有什么吩咐，*阁下*？"贝贝光着脑袋，站在一旁说，"公爵爷您只要说一声：'贝贝！'我就回答您：'是。'然后，公爵爷只要吩咐一声：'听着，贝贝，'我就回答您：'我在这儿，阁下！'"

"贝贝，现在你得给我去办这么一件事……"说到这儿，公爵往四下里望了一下，看见格拉齐雅太太们、苏珊娜太太们、巴尔巴鲁齐雅们、乔达们、屠达们——所有的人都好奇地从窗口探出头来，可怜的车契里雅太太差点儿连整个身子都要掉到街上来了。

"哦，事情不大妙！"公爵心里想，"贝贝，你跟我来。"

说完这句话，他先在头里走掉了，贝贝跟在后面，沉倒着头，自言自语地说："咦！怪不得是女人，所以才那么好奇，此其所以为女人。"

他们许久从一条街踅入另外一条街，各自沉浸在自己的想象里。贝贝这样想："公爵爷准有什么事情托我办，也许是很要紧的事情，因为他不愿意当着人说；那么，他准会赏给我礼物或者现钱。要是公爵赏我钱，我可把这些钱怎么花呢？要不要把钱还给咖啡馆老板谢尔维里奥先生，我已经欠了他许多日子了？谢尔维里奥先生在大斋期的头一个星期准会来讨债的，因为谢尔维里奥先生把所有的钱都花在那只大得可怕的提琴上面了，为了参加谢肉节，他花了三个月工夫才亲手做成那只提琴，为的是要带着它走遍所有的街道，——这会儿，谢尔维里奥先生还没有把咖啡的欠账收回来，所以八成已经许久吃不到穿在铁钎子上的烤羊肉，只能嚼嚼用白水煮的洋白菜了。要不然，先不忙把钱还给谢尔维里奥先生，请他到小酒馆里去吃一顿也就算了，因为谢尔维里奥先生是真正的**罗马人**，只要给他面子，请他吃一顿，他就会心甘情愿不来讨债的，——而彩票在大斋期的第二个星期准就要开始发卖了。可是，怎么才能把这笔钱保存到那个时候，不让贾柯莫和旋工老师傅彼得鲁乔两个人知道呢？他们一定会来借钱的，因为贾科莫把他所有的衣服都拿到犹太人街去当掉了，老师傅彼得鲁乔也把衣服当在犹太人街上，自己穿上了裙子和老婆的最后一块头巾，打扮得像个老娘儿们……怎么才能不借给他们钱呢？"这些便是贝贝所想的。

公爵这样想："贝贝会给我打听出来这美人儿叫什么名字，住哪儿，打哪儿来，是个什么样的人。第一，他认得的人多，比任何人都更有机会在人堆里找到熟识的朋友，可以通过他们进行调查，可以到所有的咖啡馆和小酒馆里去侦察，甚至还可以跟人家聊聊天，他那身打扮也决不会引起别人的猜疑。虽然他有时爱唠叨，说话不知轻重，可是如果预先要他用一个真正的罗马人的名义来起誓，他是会保守秘密的。"

公爵从一条街走到另外一条街,心里这样盘算着,最后,看到早已过了桥,到了罗马城的特兰斯特维尔区,登上斜坡,坦比哀多教堂已经离他不远,他就停下了。为了不要停在路上,他就走进了广场,从那儿可以望见整个罗马城。他转过身来对贝贝说:"听着,贝贝,我要你去给我办一件事。"

"您有什么吩咐,阁下?"贝贝又问了一句。

可是这当口,公爵望着罗马的景色,不说下去了:永恒的城像一幅奇妙的、光彩的风景画似的展开在他的眼前。无数的房屋、教堂、圆屋顶、尖塔,被沉落的夕阳照耀得金光灿烂。房屋、屋顶、铜像、梦幻般的露台和走廊,一群群、一个个地凸现出来;那儿,许多钟楼和圆屋顶的尖顶染上斑斓的色彩,像街灯似的闪动着变幻的花纹;那儿,可以望见黑黢黢的宫殿;那儿是万神庙的扁平的圆屋顶;那儿是安东尼诺圆柱的漂亮的顶部,上面镶嵌着柱头和使徒保罗的雕像;往右些,卡比托利山上的建筑物连同许多马和人的雕像骄傲地耸立着;再往右些,黑黢黢的大剧场的庞大的姿影巍然耸起在无数光芒闪烁的房屋和屋顶之上;那儿又是许多闪烁的墙、露台和圆屋顶,被耀眼欲眩的阳光照耀着。在所有这些光华四射的东西之上,远远的,留多维希和梅岱齐斯别墅的石头般坚硬的橡树的梢顶发着青里带黑的乌光,一大堆细干向上直伸的罗马凤梨树的圆屋顶式的梢顶耸立在云霄里。然后,以这全幅图画为背景,像空气般缥缈的透明的山脉,被磷火样的光笼罩着,在远处迤逦,发出幽幽的蓝光。这整幅图画的不可思议的谐和与配合不是任何言语或画笔所能描摹的。空气纯净而又透明到了这种地步,远处建筑物的任何毫发样细微的线条都看得清清楚楚,一切显得是这样近,就像可以用手去触摸似的。建筑物的最微细的彩饰、飞檐的华丽的花纹,一一尽收眼底。这时候传来了一声炮响和远处混成一片的人群的呐喊声,——这说明没有骑手的赛马已经跑过,结束了谢肉节一整天的狂欢。太阳更低、更低地斜射到地面;投射在所有的建筑物上的光线越来越绯红,越来越热;城市越来越鲜明,越来越近;凤梨树越来越暗沉;群山越来越变得蔚蓝而带着磷光样的光;即将隐灭的天空越来越庄严而幽美……老天爷,什么样的景色啊!公爵被这样的景色包围着,忘记了自己,忘记了安农齐亚达的美,忘记了自己人民的神秘的命运,也忘记了世上所有的一切。